无关颜值

刘世芬 著

河北出版传媒集团
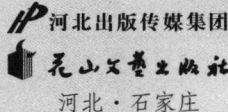
河北·石家庄

图书在版编目（CIP）数据

无关颜值 / 刘世芬著． --石家庄：花山文艺出版社，2022.10
　ISBN 978-7-5511-6326-2

Ⅰ．①无… Ⅱ．①刘… Ⅲ．①中国文学－当代文学－文学评论－文集 Ⅳ．①I206.7-53

中国版本图书馆CIP数据核字（2022）第187765号

书　　名：	无关颜值
	Wuguan Yanzhi
著　　者：	刘世芬
选题策划：	郝建国
责任编辑：	于怀新
责任校对：	李　伟
装帧设计：	陈　淼
美术编辑：	胡彤亮
出版发行：	花山文艺出版社（邮政编码：050061）
	（河北省石家庄市友谊北大街330号）
销售热线：	0311-88643221/34/48
印　　刷：	保定市正大印刷有限公司
经　　销：	新华书店
开　　本：	700毫米×1000毫米 1/16
印　　张：	15.25
字　　数：	220千字
版　　次：	2022年10月第1版
	2022年10月第1次印刷
书　　号：	ISBN 978-7-5511-6326-2
定　　价：	68.00元

（版权所有　翻印必究·印装有误　负责调换）

目录 Contents

第一辑　君子豹变

越轨笔致与文学僭越 / 003

无关颜值 / 010

你这么漂亮，还写什么作？ / 016

红包·打赏·拉票·朋友圈 / 021

身边有个小说家 / 027

第二辑　暗疾兰麝

作家，请慎用你的优越感 / 037

迷人的缺陷 / 040

当文学幽默起来 / 046

文学史上的"似曾相识" / 053

文人的暴发户心态 / 059

笛福"见证"《红楼梦》 / 067

真伪作家辨 / 074

写与画的文化掂量 / 080

文学"芯片"与文学的传承 / 086

寻访一位"七十岁少年" / 092

第三辑　星汉灿烂

来了一个董仙生 / 101

这个时代被他掐准了"三寸" / 108

刘江滨散文的品相 / 113

一支土腥笔　聊作稻粱谋 / 122

边月随弓影　横戈马上行 / 125

斯人久已殁　今世有知音 / 135

要么孤独　要么庸俗 / 139

《肥田粉》里的希望田野 / 144

苦难　人生的钙片 / 148

爱的"后来" / 151

直指教育　关乎成长　预约未来 / 156

一个人的地铁，一座城的时代印记 / 161

第四辑　月亮便士

诗意的点染　灵性的飞翔 / 167

黑孩笔下的"罗生门" / 174

文学为她止痛 / 180

高伟：在词语里放"蛊" / 187

堆土渐高山意出 / 193

阅尽山长水阔　静守凉月满天 / 197

一对年过半百的"疯子" / 208

在数字的天空云卷云舒 / 212

纤柔之指　教育之疴 / 222

后记 / 234

第一辑

君子豹变

越轨笔致与文学僭越

"文坛刀客"韩石山的长篇小说《边将》，读来很生猛，很颠覆，很出格，不像出自古稀之人。至少，我被其中的越轨和冒犯所刺痛。

按说，以韩老的文学高度，无论做出怎样高难度的"动作"，我也不该一惊一乍，但谁让现今太多的作品味同嚼蜡呢！而《边将》虽经几番的刮垢磨痕，"冒犯"这个主题却岿然不动，"出格"处令人肃然。不禁暗想：这韩老爷子还真敢写！大千世界的爱情，写哪个不行？偏要写一场轰轰烈烈的"叔嫂恋"——大同边关的英俊少年杜如桢，右手执剑，镇定自若地指挥着千军万马，左手却搂着二嫂的纤腰；一边向战场怒目而视，一边又与二嫂交换着灼热的眼神……机警，调皮，还有那么一点儿"痞"。一部《边将》读下来，不觉得猥琐、肮脏，反而让人感觉干净、纯挚、炽烈、饱满，行笔节制，"吊"足了读者的胃口。沉淀下来的印象就是：叔嫂之间这种"不伦"之情只有韩石山敢写，也只有韩石山能写！眼见得那七旬老翁韩石山，玩着，跑着，眯眼坏笑着，挥着毫，蘸着墨，捎带吃着一枚冰激凌，就玩转了大同边关六十六年，简直酷极了。

《边将》并非十足赤金，尤其杜如桢显得处处"不正确"，却也没觉得他"错"。不仅仅杜如桢，《边将》里的人物，都不是锁死在一种气质或身份上，难用好坏来定论。犹记得，当年鲁迅先生为《生死场》作序，用"越轨的笔致"来赞美萧红。此刻，悄然回首，再梳理那些令人冷汗涔涔的"冒犯和僭越"，庸常如我，有时还真的需要准备一粒速效救心丸……

我是从《雨天的棉花糖》"切入"毕飞宇的，这个中篇写了一个"失败的军人"的故事。在一篇创作谈中，毕飞宇谈到，《雨天的棉花糖》起笔于1992年，但故事的萌芽必须回溯到1988年。这年春节，他认识了一位瘦小、绵弱，不敢和人对视眼神的男人，虽然从外表上看这个男人没有半点历经硝烟的气息与痕迹，但这却是一位真正上过战场的军人。毕飞宇不相信这样的人竟然参加过战争。然而，他的那些"战地日记"，充满了决心、激情、呐喊，对死亡、牺牲的不惧和"渴望"，以及没有来路的、又大又空的爱——这位曾经的军人竟懊悔"白写了，没死掉"。难道他那么热切地盼望着"阵亡"？

在那个举办了巴塞罗那奥运会的暑假，十年"怀胎"的苦痛戛然落地，《雨天的棉花糖》一朝"分娩"，便有了一个"欲哭无泪"的结尾。

显然，《雨天的棉花糖》这样的主题，发表不会太容易。直到1994年读者才读到它。"人们可以用成败来论英雄，父母却从来不用成败来论孩子。"这枚"棉花糖"让毕飞宇"长大"，蜕变成"一个人道主义者"。他真切地爱着他的小说人物，"他们从不让我失望"。而毕飞宇也没让读者失望，因为他的"越轨笔致"。

忠于人性，还是忠于道德？毛姆写过一部中篇小说《奇妙的爱情》，说过一句颇为震惊的话："从某种意义上说，灵魂是麻烦的制造者，人一旦发育出了灵魂，便失去了伊甸园。"毕飞宇在《雨天的棉花糖》则说："人的灵魂不能被点亮，点亮了就是灾难。人不能自己看自己，看见了便危险万分。"如今在我看来，毕飞宇这句话有点儿自嘲的意味：正因为潜伏中的灵魂被"点亮"，才使一颗喑哑的"种子"发育成为秋月华星。

前不久，乔叶在我们这里举办一个讲座，题目是《写作的第一道德》。没有等到结尾，她就给出了结论："冒犯是写作的最高道德！"

初听时，我吓一跳："冒犯"可不是个"贤淑"的词儿。且听她面不改色地坦陈："每当看到有人写这些：身为已婚女人受到魅力男人诱惑，她的内心稳若磐石；身为绝版好丈夫忠贞不贰，对妻子之外的任何女人都没有动过心；在单位从不曾嫉妒过比自己强的同事；从不羡慕别人有那么多钱……作为一个人，他从不曾在滚滚红尘的欲望中挣扎过，动摇过。——我不相信。"

那么，乔叶相信什么呢？——"所有人的阳光笑脸下，都有难以触及和丈量的黑暗。当然，我也相信：所有黑暗的角落里，也都有不能泯灭的阳光。因此，我不去看历史也会相信：拿破仑也曾胆怯，埃及艳后也有天真……"她继而直言，"我对社会公德没有任何意见，但文学是深究人性的——真正优秀的小说天然带有一种冒犯性。"

曾有人质疑《最慢的是活着》：你怎能让祖母有一个"情人"？多不"完美"！但乔叶偏要让祖母有个"情人"。而更"叛逆"的是，祖母去世，"我"出差回来，偏要跟丈夫做爱、嗑瓜子、看欧美大片……乔叶很"鬼"，她其实把人类内心最隐秘的愿望全给晒到太阳底下。你若说她"去道德化"，她说就是要"有质量的冒犯"，"该老实的地方很老实，不该老实的地方很不老实"。诚实写作，方能获得自由。

一位"90后"小说编辑向乔叶约稿，乔叶把短篇小说《进去》投给那个年轻编辑。《进去》写现实生活中一位官员朋友，他就在乔叶眼皮底下，"进去"了。其实，我们身边都不缺少这样的人，但乔叶写的不是"进去"本身，而是"进去"之外，那些常人的软弱、动摇、犹疑，隐隐若现的贪心。这些，在成人的世界里，谁敢说自己丁点儿全无？人性的复杂性和丰富性我们何曾陌生？乔叶自称《进去》"不一定是成功的小说，但一定是诚实的、尊重人性的小说"。稿件遭遇退稿。那年轻编辑问她：你怎么能"同情"一个贪官？

乔叶在许多场合讲过那句名言："把好人当成坏人写，把坏人当成好人写，把自己当成罪人写。"烟火市井中，如果有一个人，一定要说他眼中看到的处处都是真善美，每天都是艳阳天，那也确实没什么好说的。

评论家张莉在一次演讲中发问："今天的我们真的能打开'自我'吗？真的能解放内心，不为世俗、不为文学趣味、不为批评家和读者好恶而写作吗？"大多时候，我们是否"还是那个写作初期'自我清洁，没有情欲，没有越轨,没有冒犯,有礼有节、温柔敦厚,从不越雷池一步?'"

临近岁尾,《中篇小说选刊》给鲁敏做了一期作家影像,所用导语是:"以娇小之躯,孤勇冒犯,果敢实验,欣然挑战四平八稳的审美。"恰恰是这样的鲁敏,读者喜欢到骨子里。这是不是恰恰契合了鲁迅先生所言之"不合众嚣,独具我见"——最好的文艺作品,都是"对"的;最难看的,却都是"正确"的。"对"的声音很微弱,可周围的人,却越聚越多。

张炜的《古船》出版后,引发多方争议,书中的"社会负载量很大",特别是对"土改"内容的质疑。有人不解:"你怎么能这样写?"张炜说:"我偏要写一点儿有分析的、不盲目的、具体的东西。"接着,他反诘,"出身贫苦的人一定要是好人、革命者、勇敢的人吗?你也知道不一定。穷人的打斗就一定是有理有力,是符合大多数人利益的吗?你知道也不一定……"

所有的质疑,皆因张炜"违背"了"已有的小说模式",但张炜具有极其稳定的心理素质,他拒绝做"拙劣的模仿者"。

王鼎钧在《骆驼祥子后事》一文中提到"工具化了的作品",这与格非在一次讲座中所说庶几无差:"面对话语无时不在的影响,文学需要不断的陌生化。优秀的作品要能够对生活产生反省甚至冒犯,让读者开始反思自己的生活,重新理解生活的意义。"

喜欢刘瑜已久。抛开才情,我更欣赏她那随时出鞘的笔锋——新锐、不羁、桀骜不驯。瞧瞧她的这些话:"我不喜欢学术圈子,就是个'学术产品'的流水线而已。跟智慧没啥关系,重要的是标准化。"我有时想,若将其中的"学术"置换为"文学",也该很有趣吧?她揭露大部分美式社科学问的特点就是"精致地平庸"。她认识大量"平庸得令人发指的文科博士",在生存法则下,比较"乖",且顺从流水线的"生产规则",而"灵气"反而成为一种障碍,容易产生反抗"标准化"的冲动。

刘瑜在哈佛读书期间遇到一个叫 Miriam 的"身材高挑,举止优雅"的德国美女。刘瑜检视了一下自己的"朋友地图",决定"插上这面美丽的小旗"。然而，戏份儿就来了——她遇到了一个永远"积极的人"，这使得她们的"友谊加温到 30 摄氏度以后，温度就再也上不去了。扔再多的柴好像也不管用了，就是眼泪给火熏出来也没辙"。原因是 Miriam "太正确了"，而刘瑜认为真正的女友是可以"彼此之间说别人坏话的人"。"永远的阳光灿烂，都要烤焦了"（刘瑜《积极的人》）。

我暗自一笑：现实生活中不乏这样的"灿烂"。那些总是一副固定面孔的人，仿佛自带刀枪不入的"金钟罩"，旁人永远也别想一窥真容。这样的结果，似对朋友无声的驱离，而朋友们也渐渐失去耐心。刘瑜就是在一次次被"熏"出眼泪之后，毅然拔掉了那面"小旗"。

"满脑袋标准答案的人，最讨厌！"说这话的人，就是纯真、洒脱、率性的佐野洋子。正是在她面前，我的小心脏隐隐发颤——如果说这个偌大的地球，有那么一个人，听到自己患癌的消息却喜出望外，那只能是佐野洋子。

1938 年，佐野洋子在北平的一座四合院降生，六年后回到日本，设计、插画、写作陪伴了她大半生。六十六岁那年，她被查出乳腺癌。当听到医生"两年"的宣判，她竟感到"无比幸运"。这消息让她喜不自胜："身为自由职业，没有年金，万一活到九十岁怎么办？"更令我们惊异的，这位豪迈的老太太，在回家的路上，豪迈地买下生平第一辆也是最后一辆捷豹，三更半夜去探险，驶入山林寻觅温泉……两年后，癌细胞转移至大腿。她拒绝治疗，并在那段日子写下了畅销书《无用的日子》："活着真残酷，但我要继续大笑。"奇妙的是，在这癌症晚期，困扰她多年的抑郁症竟然痊愈了。

让我们围观一下佐野洋子笔下的那对奇葩情人吧：原配是个美貌的主妇，拿着生活费在家赋闲，丈夫在外面情人无数。丈夫第五个情人是个中学女教师，奇丑无比，竟把原配激怒。原配拎着一箱啤酒讨上门去，喝完一瓶，就把空瓶砸到情人的门上。过了一会儿，情人开门了："你砸完了吗？砸完我好收拾扫地。"情人的儿子也出来了："妈，要我帮忙吗？""要，你帮我打着手电筒照着。"再过一会儿，情人的猫也出来了，原配拎着这只猫说："你要能把这只猫掐死，我就签了离婚协议。"情人说："你喜欢这只猫就带走好了——对了，能不能顺便把你老公也带走？不知怎么他就来了，赖着不走了。"原配气得回家就把离婚协议签了。情人听闻此事，连夜搬家逃走，怕那个男人彻底黏上她。

这样的故事，与佐野洋子足够匹配。据实看来，那个"情人"就是佐野洋子本人。日文里有个词叫"非常识"，意思是不符合日常常识。在我们眼中已经足够离经叛道的佐野洋子，居然吐槽与她黄昏恋并走进婚姻殿堂六年的谷川俊太郎"非常识"。这个敢于背对全世界的老太太，可以不靓，却实在潇洒得令人嫉妒。

我们往往小心翼翼地躲闪着"雷池"，稍不留意就会滑进"安全"的套路。倒是"安全"了，乏味也来了。著名的"鲇鱼效应"是怎么说的：沙丁鱼生性懒惰，船长把一条鲇鱼放入沙丁鱼箱。面对这凶猛的异己，沙丁鱼开始加速游动，最终都会活着回到港口——平庸的生活，需要蝇附骥尾，更需要佐野洋子和刘瑜这样的"鲇鱼"！"傻白甜"看多了，刘瑜们的"痞"，那种又萌又坏的反派的迷人感，恰恰为这个世界提供着"叫醒"服务。文学和思想的池塘，不该多几条这样的"鲇鱼"吗？

在我的少女时代，邢卓的《雪纷纷》是为数不多的藏书之一。光阴荏苒，内容或许模糊漫漶，但扉页上那首小诗，一直跳跃在我并不强健的心房——

  路边的那一潭死水
  无纹无波
  我不要这样的生活！
  要么卷入长江大海
  要么就去无声地
  滋润田禾

墙上的那幅肖像
　　是谁？不哭不乐
　　我不要这样的生活！
　　要哭就哭出性格
　　要乐就乐出生活！

　　这本书至今被我珍藏。漫长的成长，或许得到不少哲学的慰藉，但却又悄悄固执地期待一种文学的真实。恰在这些遵从内心、向人性致意的僭越与冒犯中，钓尽江波，金鳞始遇。

无关颜值

早年看电影《青春之歌》，眼睁睁看着林道静小姐以其凛然和貌美哗哗地"圈粉"无数。以我年轻时的激情澎湃，想象着原著作者杨沫就应等同于谢芳扮演的林道静。文必如其人！直到多年后，偶尔在一本杂志上看到杨沫的一张黑白照片，却瞬间让我整个人状如泥塑：这与林道静的形象南辕北辙嘛！

我在年轻时做过许多如此愚蠢而轻率的臆断，比如，把波伏娃想象成电影《花神咖啡馆的情人们》中那个活力四射、明瞳闪闪的"海狸"；把夏洛蒂·勃朗特想象成美丽优雅的琼·芳登；即使今天，每当提到"杜拉斯"这三个字，脑海中总是最先闪出电影《情人》的开场，那个躬身伏在船舷上，一身蛋青色连衣裙，戴着男帽，一张娇嫩欲滴的小脸儿的珍·玛奇——当然，我承认，杜拉斯虽不是珍·玛奇，但不能否认，年轻时的杜拉斯颜值并不低，绝不等同于荣获龚古尔文学奖时的那个女人。

以年轻的心性忖度着心目中的神圣之事与俊美之人，那种审美落差造成的不适感，经年不散。直至人到中年，披阅一些人和事，才深深得知，生得不美，但写得美，完全可以画等号。

《简·爱》原著对我影响至深。先读作品后看电影，那时对作者夏洛蒂·勃朗特毫无概念。巧合的是，我看电影《简·爱》的第一个版本就是琼·芳登主演，内心隐隐质疑：书中的简·爱与电影中的美女并不一致呀，你看琼·芳登，举手投足的端丽标致，哪像原著中一再强调的"长相平平"呢？

后来有了网络，得见夏洛蒂·勃朗特的画像，顿然如释，原来她在

《简·爱》中极为客观地"供"出了自己的肖像：身材瘦小，眼窝内凹，表情峻厉，乍看与她笔下貌不惊人的简·爱如出一辙。夏洛蒂·勃朗特的第一个传记作者加斯克尔夫人对她的最初印象也是"又黑又瘦"：柔软的棕色头发不很黑；眼睛很好，富有表情，坦然直接地看着你……《简·爱》英文版用"plain, and little"描述简·爱的外貌。为此我特意请教了曾在英国留学的女儿，"plain"在英语环境中就表示"平淡，或相当难看的"。在简·爱与罗切斯特相处了一段时间之后，她发现自己爱上罗切斯特时，自言自语地提醒自己长相平平、一无所有，"他不可能爱上自己"。书中还有一处对简·爱的外貌作了间接描述，月光下，简·爱对罗切斯特表白，"你以为，因为我穷、低微、不美、矮小，我就没有灵魂没有心吗？"由此可见，夏洛蒂·勃朗特塑造简·爱这个人物时融进了自己的原型特征，以及对自身容貌的自我认知和评判。

相对于琼·芳登，苏珊娜·约克主演的另一版本的《简·爱》，其外形与作品中的简·爱接近了许多，甚至很"像"现实中的夏洛蒂·勃朗特。琼·芳登虽美化了女主角，却也带来导演意欲迎合大众审美之嫌，我欣赏夏洛蒂·勃朗特对她心目中人物的客观塑造，无形中给读者一种舒适感。

这些年，经历了一番对《简·爱》的"淘洗"，看过几个版本的电影，而那个先入为主的琼·芳登，始终牢牢占据着我心中那个简·爱的位置。至此，我已对长相平平的夏洛蒂·勃朗特写出不朽名著《简·爱》心悦诚服。

《简·爱》让我想起严歌苓的第一部长篇小说《绿血》，女主角乔怡有太多严歌苓本人的影子。她没像有些并不美貌的女作家那样，惯于将笔下的主人公无限美化，以此投射寄托潜意识里对自己容貌的期待或反观。严歌苓从不在作品中美化自己，当然也没矮化，只是客观地就像镜子一样把自己照进去，"面色苍白"的"荞子"简直就是严歌苓本人的翻版。我看过她年轻时的许多照片，《绿血》扉页那张，微微侧身，素颜，贞净，与"乔怡"极为接近，及至后来看过她穿军装做舞蹈演员时的近照，面部的干净出人意料，却并不妨碍个性十足。

《绿血》里的那个文工团的所有成员，别人可以随意玩笑，并都有与自身相配的"绰号",但战友们到乔怡面前却一律噤声,因为她是令人难以定型的"荞子"——书中一个情节,新到文工团报到的男主人公杨燹,一个浑身充满了战斗性的人物。他听快板书演员丁万给每个成员起绰号,于是也让丁万给自己起一个指着楼下,"那个细挑个的……"(指乔怡)。没等他说完,丁万就回答:"她叫乔怡。我可没敢给她起绰号,她什么都不像。"

但杨燹马上来了"灵感":她应该叫"荞子"。荞子,苦甜参半……

这是男女主人公初次交锋后的进一步试探:"望着她苗条的背影,他绝不承认她漂亮,他只觉得她容貌和神情里有某种让人不能一眼看懂的东西。他喜欢她那独特的敏感,这敏感使她与他产生一种微妙的抗衡。"可以看出,若论对自身的投射或期许,作者在此处基本剔除了外形,而更注重的是内心和气质。对于完满与缺憾,严歌苓在书中有这么一段话作答:"完满是美,缺憾也是美。有着一颗坚硬心灵的人理应选择后者,因为只有那样的心才受得住缺憾。"

当我的目光偶尔从文学投向艺术,发现了同样的美丑之辨。巩俐饰演的电影《潘玉良》,后来得知香港明星李嘉欣也主演了一部电影《画魂》,女主角是同一个人——民国女画家潘玉良。如果我们从巩俐和李嘉欣这两个超级大美女先入为主地打量潘玉良的真实容貌,肯定会吃惊地合不拢嘴——巩俐和李嘉欣哪个不是美得惊心动魄,潘玉良定当是一位倾国倾城的大美人!可是直到看到潘玉良的自画像,不由得大吃一惊:画中的潘玉良身材壮硕、五官粗放,看上去一点儿都不美,恕我直言:不仅不美,还有点儿丑。后来怀疑自己不懂画画艺术,是否审美出了问题?上网查了许多潘玉良的资料,发现不少见过潘玉良本人的人都说她长得一点儿都不好看。

但,长得丑,画得美!

当我看到潘玉良背负着与生俱来、身不由己的劣势,艰辛地攀缘在艺术的"蜀道"之上,付出了那些先天条件优质的女子几十或几百倍的努力时,我的目光渐渐地从她的相貌转向那些征服世人的画作,她的丑,被画浸润着，稀释着，此时，她在我眼中，不再那么丑，甚而还有了几分美。

民国时期有六大"新女性画家"——潘玉良、方君璧、关紫兰、蔡威廉、丘堤与孙多慈。在这六个人当中，只有潘玉良是一个异数，她的一生概括起来，有四大"最"：出身最卑微、经历最曲折、长相最难看、名望最大。前几年，浙江美术馆曾举办潘玉良画展，使用了一个意味深长的名字——"彼岸"。她在此岸的俗世里"丑"着，却携带着天赋异禀来到艺术的彼岸，怀着一世的孤苦，用执着入迷的画笔将作品升华为永恒的生命，留给世人一个五味杂陈的背影。"彼岸"仿佛是对潘玉良一生的隐喻：此岸是现实人生，风雨飘摇，却有着俗世的幸福；彼岸是艺术圣境，高蹈出尘，却又寂寞清冷。

这与《月亮与六便士》中的思特里克兰德有着异曲同工之处啊！思特里克兰德原本是个证券经纪人，家庭美满，生活安定，有一天却忽然抛妻弃子离家出走，最后自我放逐去了大溪地……每一个被梦想击中的人都无可选择，"我必须画画，就像溺水的人必须挣扎"。

思特里克兰德如此，潘玉良亦然。作为一个女人，潘玉良经历了太多的不幸；作为一个艺术家，她却是幸运地释放了自己的天赋，并把这天赋发挥到极致。这时，谁还去在意她的容貌呢！

不能否认，造化就是这样弄人。一部法国电影《花开花落》，里面有一个四十多岁的臃肿女仆、众人的笑料——萨贺芬，奴面不如花面好，却是画画天才。1914年，著名德国艺术品收藏家威廉·伍德在离巴黎四十公里远的小镇租了一套公寓，他想暂时告别巴黎忙乱喧嚣的生活，在这里静静地写作。一天，房东邀请伍德聚餐，伍德在房东的客厅里看到一幅画，他很惊讶画作的艺术天分。但更让他吃惊的是，这幅画的作者竟是房东丑陋的女仆萨贺芬。

长期做收藏家的伍德是个资深"星探"，看看画，瞧瞧人，如此反复，他没让萨贺芬的容貌掩盖其艺术灵性和才华，鼓励她，支持她，承诺为她开一个个人画展。这无疑是对萨贺芬的莫大鼓舞，她便更加废寝忘食地作画。然而，世界大战爆发，伍德被迫逃离法国抛弃了萨贺芬，也把画展的承诺抛之脑后。然而，不论战时经历多少困难，萨贺芬都不曾放下画笔，一直执守着对艺术的探寻以及对伍德的承诺。

毛姆曾在长篇小说《旋转木马》中借主人公之口说，"美貌是世界上最重要的事情……我就知道一些男子仅仅是因为一双好看的眼睛或是很好的嘴形获得了所有荣誉及赞美……"。毛姆本人在我眼里毫无"颜值"可言，仅是他那一张类似"旧社会"的脸就让人望而却步了，然而这并不妨碍我当他一辈子的"铁粉"。他在九十一岁的人生中，爱了女人爱男人，被人拒绝，也拒绝别人，这些丰富的感情经历塑造了他，也成就了他的文学，助推着他的文学之路。

对于我来说，在颜值与写作这件事上，曾有一个最为现实而有趣的"教训"：收到某期《文学自由谈》之前，从网上某作者的博客里已看到封面照片，有朋友索性直接从微信里把封面发给我，同时告知那期封面人物"奇丑无比"。

一般情况下，朋友与我的审美情趣差别不大，我在印证着"奇丑"的同时，盼望杂志到手能一读封面"丑人"的文字。结果让我拍案称奇——这个"奇"，已改为文字的奇美。

嘀，长得丑，何妨写得美！

写作，给了作家、艺术家们淡定以素颜（甚至丑颜）面世又不至于太仓皇的理由。

长得美，写得美，固然值得欣慰，比如每当我感到绝望时，只要打开电影《小公子方特洛伊》，看一眼小公子那双深湖般美到戳心的大眼睛，立刻被一种美好抚慰。非常敬佩一些文、貌相宜的美女作家，她们对自己的颜值保持足够欣赏的同时更严谨警惕，从不张扬以容貌说事。我更敬重那些相貌一般而写得令人钦佩的作家。几年前，参加南方某省作协的一次活动，见到此前只闻其名不见其人却有书信往来的一男一女两位作家。男作家尚且年轻，近年来小说、影视都有涉猎，创作一片大好。但他其貌不扬，单眼皮，眯眯眼，扁平鼻子，面色苍白，神情冷峻，沉默寡语，低调得跟他的作品成反比。而那位女作家已年纪不轻，比我想象得更加苍老，可是，她的散文作品一部接一部地璀璨亮相，在当地乃至全国散文界举足轻重。

尽管生得并不美，所以动心忍性，经年砥砺，日有所增。无论美丑，只要你还在为这个世界输送光芒的文字，你就是灯塔。面对他们，我暗自欣慰，在这个世界上，尚有那么一小撮长得并不那么美的"灵魂"势力，依然死死盯紧着有关美的写作。

你这么漂亮，还写什么作？

中秋节前，我与一位作家女友参加一次聚会。席间有位男性贵宾，酒过三巡，直向我身边这位女友走来敬酒，脱口而出："你这么漂亮，还写什么作？"

这句话，让我立即想起"漂亮"的消费性——显然，在他眼中，必须重视并利用"漂亮"的使用价值，而写作岂能与"漂亮"相比！

我得承认，这位贵宾对"女性美"有着非凡的鉴赏力，而我这位女友的确貌若天仙，偏偏又是小说写作高手，这就决定了在某些场合中，她的小说被有限忽略，而她的美貌则被无限放大。

这么说，并非臆断这位贵宾对文学的不尊重，也不否认他这句话中或许隐含着一定的调侃成分，我也乐意理解为是对女友的由衷赞美。有那么一瞬间，我还闪出一丝的嫉妒与卑微——姿色平平如我，那一刻充当了女友的"陪衬人"！当然，我很快就放下了自己的狭隘，阳光地想象着人类追求美的天性与生俱来。

女子美貌，我认为这本身就是上帝对人类特有的恩赐。美女，偏偏又是作家，这可成为上帝的限量版。美是天赐，而写作不但仰赖先天的成分，更兼具对写作的执着和努力，一种不吐不快的冲动以及生生不息的原创动力。我这位女友虽天生丽质，却固执地将写作当成自己的容颜。她很反感被称为"美女作家"，当不得不提到这个词组时，她则更看重"作家"二字，认为"美女"是对她的某种讽刺和轻薄。在她看来，一个女子，美丽且写作，从脸庞到文字，若以颜值计算，还有着长距离的艰苦跋涉。

美丽的女子，以珍珠般的文字，以鲜明的个人风格，以有别于芸芸大众的个性特征示人，总能给人以独特的视觉和阅读感受。那是人类智慧洒落在她们心田的萌发，每当心有感遇，她们只愿意把自己同身边环境区分开来，这有什么错呢？女友作为文学女子，性格鲜明，个性色彩折射在容貌上，使她本来够高的颜值更增加几分奇异色彩，即所谓魅力。美女又是作家，美丽而有才情，则让她在人群中迅速加分，这也是不争的事实。但这更加促使她紧紧地拥抱写作。她说，唯有对文学的赤诚，唯有使小说更精良，才是最有价值的！

从这个角度讲，美女与写作之间的关系，多么漂亮！互相倚靠互相给予互相温暖，是所有生命与生命间最可靠的关系。小说写出了名气，不断有人请她去讲课，但她一直坚信小说家很难同时会写又会说。一般场合她不爱说话，也一直高度警惕那些社交聚会所带来的"牺牲"。她漂亮，却不等于她的人生一帆风顺，很多时候，俗务对她写作的羁绊大大淡化和抵消了写作带给她的成就感。文学之于她，还真是熬——熬炼、煅烧，她的美丽不得不经受着常人难以想象的考验。每当外界将暧昧、闪烁的眼神投向她，以美丽掩盖她的写作，我往往为她抱不平，此时很大程度上她从"怀璧其罪"成为"漂亮有罪"，这对她显然不公平。

看过乔治·桑、萨冈的照片，发现她们的文字跟她们的眼睛一样炯然放光。她们漂亮着，写作着，人间由此多出一道旖旎而凛冽的风景。如果不是躯体内承载着太多的痛苦以及非凡的心灵启示，文学很难成为美和爱的最高理想。俗世中，她们要克服多少非文学因素，才能拢聚起丁点儿的文学心绪！这些"非文学"因素就包括美貌带给她们的干扰和麻烦。"美貌是一种表情"，木心如是说，"别的表情等待反应，例如悲哀等待怜悯，威严等待慑服，滑稽等待嬉笑，唯美貌无为，无目的，使人没有特定的反应义务的挂念，就不由自主地被吸引，其实是被感动。"但还是木心，他在谈到美貌的引申义时，又说，在脸上，接替美貌，再光荣一番，这样的可能有没有？有——智慧。同时他又承认"很难，真难，唯有极度高超的智慧，才足以取代美貌"。木心对容貌与一个人精神气质的这番精辟解构，其实还连接着美貌的另一种含义——不安。美貌不仅仅给人舒适的审美体验，还使人不安。真的，你不得不承认，有时不安确是一种美。而女作家的美貌使这种不安无限放大，她们的作品决定了她们非循规蹈矩之辈，她们的气质成为她们的自有品牌……

美貌使人不安，这可太神奇了。美女作家被指指点点，往往是因为美貌容易掩盖智慧。一个女子容貌平平略有才智，容易被人认为"才女"，而一位天资国色的女子再有智慧，恐怕也是"疑似花瓶"。我的女友，初见她的所有人，美貌首先入眼，当得知她同时是一位小说家时，美貌与才华并列面前，往往千篇一律地先把她的"美貌"拎出来，至于她的小说家身份，干脆成了陪衬，或者索性被完全忽略和掩盖，无奈啊无奈……

我很高兴那次在台北，我和女友在出版人兼作家隐地先生面前，女友首先因作家的身份被尊重和敬仰。女友美貌依然，隐地也并非对她的美貌故作视而不见，而是给予恰当的儒雅的君子般的欣赏与正视，他对她容貌与文学成就的赞美，是我自认识她以来得到的所有赞美中最为舒适最为得体的一次。类似隐地这样的君子，他们懂得将爱与美纳入生命管制，正如鲁南子和柳下惠，我想他们并非拒绝欣赏女性的美貌，只是懂得把美貌尊重到一个令人舒适的位置和尺度。

有才华的女子不可能扼制她们的创作冲动，写作是她们生命中最重要的行动之一。"美女"与"美女作家"，两字之差，却形同天壤。美女作家在人群中飘然而立，气质高贵，安然静谧，风姿绰约，不说话，仅仅站在那里，就是人群中一道迷人的风景。我想，倘若少了美女作家这道风景，这个世界将减去多少色彩？为了不让美女作家的写作被美貌遮盖，我们的社会环境是否需要做出更多的努力？

当然，必须承认美女作家与相貌平平的女作家在世间行走的异同。在社会资源获取的多寡上，或许成为她们的不同，这就归于人的爱美之心的生理性与合理性。相同的是，她们的内心都是丰盈的，饱满的。这时，人们必须坦然面对上帝的"偏心"，把美貌赐予美女，而硬将"平平"安插成为你我的相貌前缀。尽管美女作家们更看重的是精神指引，但才女加美女更易激发这个世界滔滔不绝的激情。

我平时混在一个散文微信群，多为"潜水"，很少"冒泡"。有一天，群主高调宣布：拉一位重庆美女作家进群！这是一个近五百人的文学群，身份标签首先是写作者。当这一条信息刚刚发出，在线的各位一阵骚动，许多人急着问："可发玉照一观？"我发现，尽管在作家群，人们那微妙的爱美之心立即凸现，首先将"美女"掩盖了"作家"，并非不关心她的文字颜值，而是将文字放在了"美女"后面……那一大波讯息过后，我感慨着：性别真是意味深长！而平时在那个群里，男作家们对女作家们的兴致永远也不会疲倦，女性的特有磁性，尽管隔了远远近近的网络空间，那两极的吸引依然源源地袭向男作家们。

罗曼·罗兰曾说："在鄙俗的环境里，稍有理想而不甘于庸庸碌碌的人，日常在和周围的压力抗争，但他们彼此间隔，不能互相呼应、互相安慰和支持……"而写作就是寻找呼应，与同道的呼应，以文字达成的与自己内心的呼应。我一以贯之地欣赏那些从不以美"矫"文的美女，她们真诚写作，遵从内心，不因美貌获取文采之外的附加值，这难道不值得我们尊重吗？

写到这里，并无意为"美女作家"正名。显然不应由于她们的美丽而将"美女作家"敲一记闷棍，我得承认对于作家中的美女，更多时候源于我们的目力不逮。我的这位女友并非病病歪歪的"黛玉型"，她生活能力之强、选择写作决心之大远超常人的想象。她没有许多女作家的过于敏感，无论写作还是为人，利落干脆，入木三分，那些叽歪作态为她深深不耻。由此我也经常好奇地打量各式女作家，比如江苏的鲁敏说过自己的写作就像一场战役，一位同是南京的女作家黎戈也说，"写着，写着，就惹了浑身的疾病"——我想，这源于她们巨大的内在消耗。之于女人，有时就那么不可思议，美态还真的与病态丝丝缕缕地关联。这些因文学而多思甚至神经质的女作家，除了先天因素，她们的美有时是通过病态表现的——体味活着的美好，同时经受着最极致的痛苦。

作家中的"美女"占多大比例？显然，绝大多数人并不漂亮，绝大多数女人并不漂亮，绝大多数写作的女人更不漂亮。而对于那些相貌平平的女作家，我固执地以为，因写作的缘故，助推了其漂亮指数——她们那些文采飞扬的文字使其漂亮。

　　我坚定地认为，漂亮女子的写作是上帝赠予这个世界的一道彩虹。正因为漂亮才写作；写作着，漂亮才会增值，才会强化自己的颜值。或许，在写作这回事上，民众能有超乎颜值之上的选择，才是一个健康理性的社会。中国有个成语——"赏心悦目"，倘若用于女子，窃认为，悦目来源于她的颜值，而赏心则由她的精神气质成全。祖先造词时，是否考虑了内质与外在的辩证关系，以及知识与才华对于一个人容颜的作用意义，才把"赏心"放在"悦目"前面，而不是相反？诸葛亮的丑妻无所谓"悦目"，但其"赏心"的当量想必远超颜值，以至让这位千古一相忽略了容貌这回事。

　　当然，我也在想，倘若那丑女子当初遇到的不是诸葛亮，而诸葛亮恰恰面对的又是仪态万方的小乔呢？

红包·打赏·拉票·朋友圈

自从微信问世，这些关键词：红包，打赏，拉票，朋友圈，几乎让每一个写作者无处可逃。

这种设定当然以微信为前提，如果谁说，我根本不用微信，能奈我何？但放眼普天之下，逆"微"而动者有几？况且，即使你不用微信，总要看电视用电脑上网吧？总之，我经常下意识地把不用微信的现代人想象成车水马龙的马路上的逆行者，胆气横生，视死如归。

记得"抢红包"始于2015年，并迅速成为那一年的最流行关键词之一，可以确定的是"红包"已与每一位微友紧密关联。当2015年春晚上的"红包"进入大众视线，荧屏上那位美女主持人一声令下，我身边的那父女俩像打了鸡血一样兴奋紧张，起初不理解那如临大敌的架势，随着一次次"一声令下"，才明白全是红包惹的祸。那种央视麾下的全民疯狂，数亿国人，为了红包，放下手中所有的营生，置家人团聚于不顾，抢红包抢到手发酸，这番光景，还真令人眼界大开。

于是，红包来到了微信群。有一段时间我大幅削减了微信群数，只保留几个亲友群和文学群。这些群里，一旦有谁发表了作品，一个重要仪式就是"发红包"，有时作者自己主动发，如不主动，群友也要起哄，"求"红包。至于红包的大小，则心照不宣地，根据文章所发的报刊级别而定。有一次，一个文友兼编辑在《散文》杂志发了一篇短文，群里着实热闹一番，作者一高兴，发了一串红包。

开始时我是"坐山观包"，怀疑春节时老人们给晚辈发的纸包移到了微信，一时厘不清此间深浅，但内心不时涌起强烈不适。这时代是怎么啦？人们的生活真的优越到无所事事，以"包"消遣？但也只能心里活动一下，不敢公开忤逆，与大势为敌。从来少心没肺的我，此时思考起红包背后的目的性：隔山隔海的陌生人，一个虚拟，就可以动辄红包，难道那些"包"是台风刮来的？

面对红包的狂轰滥炸，贬斥与支持双方各执一词。有人认为红包是高科技时代的民俗文化，值得发扬；有人认为红包把亲情友情晾在一边，只认钱，坏了社会风气；也有人认为玩点儿游戏并没有错……似乎还有一点，科技发展日新月异，大家都惶恐自己与这个高速发展的世界脱轨，时时追赶着新潮流、新风尚，也成一种共识。对于数字通信时代的新事物，的确不易把控，比如微信，大有横扫天下之势。可是你安装了微信，就难免躺枪，微信与红包，正如你赤足游走海滩，要想双脚干爽清洁，需要怎样的克制和毅力？在我看来，红包强行进入生活，从闲暇消遣，演变为节日假期的家庭大战，甚至食不下咽，夜不能寐，冷落家人，疏远情感，实在属于买椟还珠，舍本逐末，而微信群里的红包"绑架"更使原本正常的文学写作增添许多怪异气息。

于是，有人因此论证红包的商业价值、市场价值、经济价值、社会价值，单看红包本身这些内涵，可以看出微信这支魔杖已经和正在改变了无数人的生活：网络写手、自媒体大咖层出不穷，靠着写字也能过得无比滋润——这就是打赏。

有一天，无意中发现一个毛姆公号正在征稿，试着把我刚写完的一篇毛姆读书随笔按邮箱地址发过去，当文章发出来，第二天我突然接到公号主人发来的五元红包，问他怎么回事，他说是读者"打赏"，那一刻我的心情很是复杂，隐隐意识到，文学生态正在被微信悄悄重塑着。平时着眼网络写作不多，那些动辄收入百万千万的网咖，由于离自己天地之遥，所以极少关注，倒是身边有两位"70后"小老乡，她们各司其职，但自从有了微信，各自建立了公众号，每天更新，相当于把网络上的博客搬到了手机。我钦佩她们旺盛的精力和活力，居然在职场、家庭和写作中游刃有余。几年下来，她们都红啦——网红！她们的多篇文章具有了"10万+"的点击量，文章最下方有着密密麻麻的微信头像每天为她们带来极为可观的"稿费"收入——打赏。

打赏与微信联姻，终究是新鲜的。我特地查证了"打赏"这种"非强制性的付费模式"，网上发布的原创内容，包括文章、图片、视频等，如果用户觉得好，看着喜欢，就可以通过奖赏钱的形式表达赞赏，这不禁让人想起那些源远流长的"打赏"。历史上，戏迷为自己热衷的"角儿"击节赞赏、一掷千金的故事并不鲜见。更有甚者，高官巨贾可以包下整个戏班，或者豢养自己的班底，比如唱堂会，官宦人家可以将名角儿请到自己家的府邸唱戏，有时候主人家本身是票友，还会要求客串一两个角色，享受与名角同场配戏的快乐，这被称为"耗财买脸"，花钱来寻求认同。

如今"打赏"这样的字眼儿被引入了文学，还真的必须有一个习惯过程。下意识里，文字应该纯洁而美好，打上了"赏"的印记，成了戏台上的一出"戏"，总是显得滑稽、拧巴。一篇文章发到公众号平台，"10万+"多多，打赏则水涨船高，"打赏墙"就是这样垒起来的。一个人一百万的"打赏"，总让人想起旧时代被富人一掷千金包养的伶人。这种"私人定制"拿到文学上无疑妨害了艺术的公共性，长此以往，其质量不但不会提升，反而可能倒退。当然，"文学伶人"们动辄年收入数千万，远超传统作家的版税收入，这对于他们个人也不算坏事，作为旁观者说自己不眼红那有点儿矫情，却总有一种朦朦胧胧的"浮"的感觉，就好比双脚离地，轻飘飘的，不知所以。《人民日报》曾发过一篇《莫让网络写作"打赏"遮望眼》，文中强调了对"打赏"的担忧，"网络写作原本就带有强烈的'读者导向'，如果打赏模式越来越被强化，网络写作将更加倾向于有能力打赏的读者，蜕变为'富人导向'"。这篇文章主张"打赏之类的喧嚣与炒作应该冷一冷了，文学作品固然可以取悦读者，也可以承载一定的经济功能，但从更开阔的视野出发，真正有价值的'打赏'，还是来自历史长河淘洗后的认定"。

不仅如此，打赏很快催生了微信的衍生物——拉票。自从微信投票诞生，立即成为人们散步、上班之类自然的事。求投票，成为微友逃脱不过的坎儿。《中国青年报》曾做过一次拉票调查：45.6%的受访者曾参与过朋友圈投票，44.7%受访者认为"绑架式"朋友圈投票让人烦恼、失去乐趣。但随着微商的"趵突泉"式喷涌，越来越多的商业活动开始在朋友圈盛行，拉票则充当了马前卒。

我的朋友圈里也充斥着各种提醒投票、票数高低的诸多信息，譬如"先关注，再投票，具体投票方法见详图""动动你们那双灵巧的双手，为宝贝投个票吧""无须关注，直接投票即可"……求投票者的招数五花八门，甚至每天"检查"投票情况，不断@着群里的所有人，仿佛他生活的使命就是拉票了。这样的"投票轰炸"持续数天，微友不堪其扰。圈内大多熟人，低头不见抬头见，利益驱动，碍于情面，必然形成"盲票"效应：有的人对投票内容一无所知，一不知、二不懂，懵懂着就被拉进某个链接被迫投票，自称"跟傻子一样"。

有需求就有供给，存在就是合理。刷票，就是这时出现的。

我被数次拉票，问单位同事如何应对？这才听说"刷票"一词。但仍不甚理解，上网一搜，内容"哗哗"地流出来，刷票就是"网上投票参选中参赛者利用某种方法突破投票网站的限制，实现重复投票、增加点击率和人气的过程，实际上是一种网络投票造假行为"。而在这个概念后面的相关链接，那些令人眼红耳热的词语才叫雷人：刷票软件、刷票神器、360抢票三代、快速刷票公司、专业刷票公司、环球刷票公司……服气吧，你懵懂着，人家就"产业化"了。

既然官方这样定义，为何拉票大行其道呢？趋势！于是许多一直"洁身自好"者不得不与趋势握手。中秋节前的一天，忽然一位某校朋友发过来一条拉票消息，给教员投票，并且持续近半月。从此，我那位拒绝微信四年，两个月前刚刚"被微信"的朋友，在平时一直关闭微信担心浪费时间的情况下，被迫四处拉票。那个投票名单的名次起起落落，开始时前一二名互咬不放，今天你领先我几百票，明天我发力又领先你几十票；上午还是甲第三名，下午就变成了乙。而微信圈里几乎每天都有我与这位朋友共同的微信好友不断在圈里重复发出拉票链接，一时间，从来对微信鄙夷不屑的这位朋友，不得不像对他的教学一样把微信研究个通透，一个个佛味十足的双手合十的感谢语图标不断排列而出……每当我看到朋友在别人为他拉票的链接后面那一长串拜谢符号（电脑键盘上打不出这个符号，否则很直观），心里总是五味杂陈。

必须指出，那位朋友相当杰出，列出的十位教员除了这一位，其他任何一个对于我都是陌生人，让我选择，肯定只会选择这位朋友。这时，真实的学识和能力，被许多非能力因素掩盖淹没，真正优秀的人，此时不得不拿出许多无谓精力用于拉票。

当然，无论红包、打赏、拉票，都离不开一个"神器"——万能的朋友圈。谁的微信通讯录都不会是光杆司令！有微信就有朋友圈，朋友圈就是一个浩荡的江湖——"鼠无大小皆称老"。随着微信的发展和细节完善，这个江湖越来越复杂。在我的微信圈里，有的人从来不发朋友圈，有的一天发几十条，有的则非常"实用"地使用朋友圈。前些天微信里流行一篇文章，声称通过一个人的微信朋友圈鉴定这个人的性格和品行，由此决定对这个人是否聘用。看似滑稽，其实大有其理，一个人言行的内在、外在，皆流露在朋友圈，某种程度上，朋友圈就是你这个人，而你与朋友圈的互动一点儿也不虚幻，一些微妙的关系皆由朋友圈泄露出来。光怪陆离的微信朋友圈，对人类，对这个世界的重塑，正变得扑朔迷离，莫衷一是。

与此同时，手机成为这个世界的庞大征服物。设想一下，如果一天没有手机，你能活吗？我能活吗？活成什么样？最近微信上列出人类十大杀手，手机被赫然列入其中。

"凡尔赛"，网络用语，不直接炫耀，朋友圈里不经意地展示：买了什么包包、饰品，做了什么拿手菜，到哪儿旅游了；如果是文人，刚发表或出版的作品，或者某幅字画，再配上文字，统统显示着自我陶醉、惬意和妥妥的自我满足。

"凡尔赛"用在朋友圈，也算得上新鲜、贴切。但是，我觉得真正意义上的"凡尔赛"，则是自己的状态已很好，却生怕身边的人看不到，于是扭扭捏捏地以抱怨的形式表现出来，给那些尚在挣扎、奋斗的人以撩拨，以期达到自己的心理平衡。至此，我有些明白为何近年许多微友让朋友圈

"三天可见"了，甚至有人索性关闭了朋友圈。人生仅仅是自己的私事，实在与别人无关。而且，越来越多的人也意识到，用自己的生活琐事占用公共资源，给他人带去不必要的叨扰和点赞负担，不免显得矫情了。人生海海，没人愿意对你的所有行为理解、感同身受，甚至买单。

让我内心难安的是，当我们这个民族正在"进化"为"低头族"，一些文学事件开始猝不及防：我曾订阅数年的《外滩画报》停刊，《东方早报》停刊，近日与纸媒朋友见面也传来大量纸媒式微的消息。与此同时，多年来一直写作的许多朋友纷纷注册微信公众号，过起"拼粉"的日子。"10万+"成为公众号的奋斗目标，有的网红动辄"100万+"。

每当听到又一家纸媒"阵亡"，内心难免惶惶。就说《文学自由谈》吧，我已经订阅十几年，即所谓"温不增华，寒不改叶"。开始时自费订阅，后来丈夫的单位改变书报费发放方式，可以订阅几份报刊，说实话，他那个职能部门真没什么需要订的，而他本人又没什么爱好，于是总让我占"便宜"。但我单位也有书报费，开始我自觉地用我的书报费订阅大部头，而把《文学自由谈》的订单给他，不料，他们单位的人惋惜地说："你看你们，订半天，一年48元，不能订几百块的吗？"

我多么理解人家好心的质询。他哪里明白我对这份杂志的感情，有时悄悄想象着，如果哪天《文学自由谈》也被迫"微"进手机，我会怎样？那一刻到底是什么体验，还真说不好。世事如烟，白云苍狗，倘若大势所趋，或许就是天意了。

虽然我身边不乏纯文学纸媒的坚守者，他们仍把《人民文学》《中国作家》《小说月报》等当成自己的写作目标，甚至至高无上，哪怕清贫，九死不悔。但有时，不得不怀疑他们能坚守到哪一天。

当然，据说还没悲观到顶峰。谈到纸媒现状，李敬泽说"我们有麦当劳等很多时髦的食品，但我们还是要吃羊肉泡馍"。我们这座城市的一位纸媒老总告诉我，纸媒不会马上消亡，"10万"仍然会继续"+"下去。相当长一段时间内，极有可能就是纸媒与"10万+"共存，你占你的山头，我安居我的乡野……

身边有个小说家

"在南京，没有一只鸭子可以游过长江"——鲁敏曾在不同场合讲过这句话。事实上，她也没让那个卖盐水鸭的中年男人游过她的小说疆域。

女儿读高中时，鲁敏在学校附近租了一套房子。而那个小区门口林立的店铺中就有一家"徐记鸭"店。鲁敏在一次次消费盐水鸭的同时，也没放过那个被她研究端详了无数次的店老板。排队的时候，盯着那个憨实的低头理鸭的中年男人，她那小脑瓜就开始转动了——给他编排一个怎样的故事呢？

是的，在她眼里，他应该有故事，他必须有故事，他的故事一定要属于她。于是她把他写进了一个短篇《徐记鸭往事》。或许，那个鸭店老板至今仍在他的小店里懵懵地忙着，是否会想到，自己头都没抬，已被小说家"瞄准"？

鲁敏盯上了这个小店主，还毫不"仁慈"地让他去死。她"派"给他的妻子，是一个布店女营业员。此时，我们虽不必强求鲁敏非要去布店买一块布，却可以肯定她曾经路过或进过布店，哪怕不经意地抬头，里面那些"花花绿绿"的"一溜儿的整齐、苗条、能说会道"的"老女人小女人胖女人瘦女人"，就收入眼底。这些女人也别想跑，当然，她只"用"一个，瞧，跟那盐水鸭店主还蛮搭的；当然，只有这些花花绿绿的女人还不够，穿过她们，她就看见了那个背着手踱步的布店副经理。只是，这位杨副经理与布店所有女人之间那些处理残次布品的经验，是否仅仅属于鲁敏呢？也可以理解为鲁敏的"借用"：卖布的与卖肉的、卖菜的、卖油的，其理相通。

总之，由于一捆厚厚的人字混纺华达呢，"很重，绝对上等货色，只中间有几行跳线，算三折的价格，简直白送"，鸭店主就被杨副经理戴了"绿帽子"。

店主怎么知道的？这类事，老婆会主动坦白吗？别担心，鲁敏的目光同时捎上了旁边"做桂花糯米藕"的湖州老板以及马路对面的"生煎包大王"钱老板，后者是店主的安徽老乡。哦，还有杨副经理的老婆，一家医院里的重症护工，好，诸人到齐，剩下的活计，就交给了小说家。

这个故事，鲁敏是让"死人话多"的店主的"地下自述"。她把他写死，他必须死。他直接去杨副经理家算账，狠狠地砸最贵重的物件、重重地打他。杨副经理不但不还手，还听之任之，提出"你也睡我的老婆"，并在上班的路上截住快要下班回到家的老婆讲明这件事，老婆也痛快地同意了。不过，杨副经理的老婆昨晚在医院上大晚班，一人看三个重症，"折腾一夜，死了两个，活了一个"，下班途中又挤了四十分钟公交车，再到菜市场买菜，"你最好快点儿，我困死了。"

但店主不想这么做，最后将杨副经理的老婆杀死……

一个日常生活中最为普通的买盐水鸭排队，一个小说家就把盐水鸭店以及周围的水煎包店以及不远处的布店调动起来，她自己做总指挥，奏成一支铿铿锵锵的交响乐，通过有限的五个人，让家庭、道德、法律、伦理与性，纠缠在一起，把一系列思考以及血淋淋的人性剖面，抛到世人面前。

多么称职的小说家！

鲁敏的另一个短篇《火烧云》也来自身边的人。开始是她听人讲过一个故事：一个年轻的女人突然把自己的小孩卖掉，到山上当居士。正好鲁敏认识一个出家的人，就把这两个一男一女融合在一起。整个行文恬淡如水，却展开了一段从红尘到山上试图逃脱人间烟火的居士生活。她把男人写成了一位躲避世事的真正的居士，而那个屡被生活拷打而又屡屡调戏人生、靠卖自己的孩子买了豪车的女人，这两个一真一假的居士相遇在城市边缘的山顶"云门"，最后女居士逼走了男居士，自己被山火烧死。

其实，我们对居士并不陌生，来自各类媒体的奇葩故事更是比比皆是，关键在于，他们是否已经或曾经被小说家盯上。哪怕被扫上一眼，在小说家笔下集合，都是迟早的事。

被小说家盯上，幸，或不幸？

付秀莹说过，想起一个漂亮句子的时候，一篇小说就开始了。

有时，岂止"漂亮句子"，一棵草，遇到了小说家，也别想"幸免"。有一年，付秀莹回到河北老家无极的芳村，趁家人午睡，她独自散步于少时走过的一条青草蔓延的村路。远远望去，麦田上流荡着淡蓝色的烟霭。河流在更远处，苍茫隐约。午后的阳光照下来，路边的田埂上，兀然一棵灯笼草，开着淡粉色的小花。

刹那间，她周身闪过一阵惊悸，仿佛雷击般，一篇小说就上路了。《灯笼草》中的灯笼草，"细细的叶子，春天的时候，开着一种粉色的小花，像灯笼。灯笼草在乡野极常见，田间，地头，垄上，满眼都是"。她把灯笼草赋予一个人物，美丽质朴的村妇小灯，生长在乡间大地的众多女子中的一个，她们的绽放和寂灭，如同灯笼草，在大平原的皱褶中，热烈而寂寞。

"小说如何诞生？对于我来说，我会被生活细部的皱褶打动，被打动的时刻，这就是小说诞生的时刻。"付秀莹坦言，当走在街上，看到一扇虚掩的门，刚刚窥到院子里的风景，很快就被关闭，这时，"对于小说家来说，就特别渴望看到院子里的生活场景，院子里是否晾晒有衣裳、房檐下是否有垂下来的辣椒串子，抑或一只猫在门槛边酣睡……小说家就会展开想象，这户人家生活是怎样的？有什么样的悲喜？"这个意义上，小说家都是克格勃。

这就是真正的小说家了。鲁敏在一次新书推介会上，讲到她为女儿读高中而租的那套房子。搬家前，她和丈夫带着女儿先去看房，"打开门后，进到门厅，我让他俩别动，我自己先把房子的各个角落仔细搜寻一番，为的是看看前任房客为这所房子留下点儿什么，哪怕一个粗淡的印记……"然而那次搜寻却"成果不佳"，前任房客或许是个洁癖，把房子清扫得一干二净。尽管如此，窗台的一些轻微划痕、灶台的抹布水迹，一个花盆底座留下的圆圈，都让她捕捉到了前房客细若游丝的气息，并浮想联翩。借助这哪怕浅淡的留痕，就可以隔空眺望那个不曾谋面的"假想客"了，她的职业，她的故事，她的苦乐……事实上，鲁敏的许多小说主人公就是这些迎面而来或转身而去，甚或这个曾经共同享用一个立体空间的陌生房客。

付秀莹特别喜欢"想象与一个人的相遇，想他在想什么，想着他身上的故事，并写进我的故事，就像我们真的认识一样"。从现实到文学，她就像一面滤镜，镜面扫过所有的人，最后把精选的文学颗粒嵌入她的小说，"你相信吗？有时候，在街上走着，迎面或许会走来一个人，你似曾相识。他可能在你的小说里出现过，在你的虚构里，他们过着另外一种生活。这生活在他们的世界之外，神秘邈远，充满想象。你忍不住看了他一眼，终于擦肩而过。你认识他，而他不认识你。你微微笑了，抬头看天，装作看一只飞鸟掠过。这是一个小说家隐秘而天真的快乐"。

这样的体验，除了小说家，还能属于谁？

还是鲁敏，她做过一个比喻：你把一个茶杯抛到天空，茶杯会掉在地上，水会洒出来，这是现实主义的逻辑；但作家的逻辑就是你把茶杯抛向天空，水也同时飞向天空，茶杯也可能成为一束怒放的鲜花。

而我们普通人的逻辑呢，一个茶杯扔到空中，再落到地上，除了摔碎的命运，还能有什么？

莫言新书《晚熟的人》中有一篇《红唇绿嘴》，主人公是莫言的一位"表姐"，被称作"高参"的女人覃桂英。莫言巧妙地把当下的网络大V融入故事，淋漓痛快地揭露了人性的不忍直视。

六十多岁的覃桂英自幼就有让自己在任何场合大出风头的妙招儿：小学三年级全班集体劳动时，老师李圣洁在不知情的情况下催着覃桂英下水田，使她的六趾秘密曝光，从此她记恨在心。"文革"开始，只有十一岁的她与男生谷文雨一起带头批斗李圣洁。李圣洁不堪受辱跳井自杀，覃桂英却顺利升学，毕业后她先是到公社革委会工作，后又加入农业学大寨工作队，并且担任副队长。而她双手叉腰、嗓门高亢、面部表情丰富的演讲，总是让她风头出尽，风闻整个胶东半岛。

无论官场情场，她能出卖自己的恩师，自然也能出卖自己，一贯擅长钻营攀附，但在几经破灭之后嫁给了曾经出卖过她的谷文雨，蜕变成了普通的农妇。然而互联网"拯救"了她，为她迎来"发光发热"的"新天地"，活成了众人瞩目的"焦点"。她策划了多起针对政府的网络事件，"在县政府门前卖孩子"的表演，鼓动一个个"钉子户"乘着"两会"到北京上访……经她手策划的此类案件数不胜数，花样百出，常常将政府要得团团转，使东北乡政府头痛不已。她也因此名震胶东半岛，获得一个"高参"的称号。"莫言"表侄在东北乡做了多年书记，因为她的存在，宁愿调到遥远的新疆去，也不愿意造福家乡了。

莫言成名后，她更是利用传言"村里的土地房产将要升值"的消息，兴风作浪，挑动村民闹事。她的"业务"非常繁忙，同时用着五个手机，手下掌控着一百个水军，她想让他们打哪儿，他们就打哪儿。她还有两个公众号，"红唇"与"绿嘴"，粉丝均已经过万，声称还要过十万……更为戏剧的是，她最后竟将"魔爪"伸向大名人莫言：自从加上莫言的微信，她为他编好了两条"谣言"："一条一万，买不买？"

这两条谣言是："某年某月某日，有关部门领导与你谈话，让你担任一个副部级领导职务，你说你当不了，原因是当了领导就要开会，而一开会你就打瞌睡"；另一条，莫言的父亲去世前提出土葬，莫言没答应，老人活活"被你气死"。

"莫言"简短地回复了一条"谢谢，我不买"，拒绝了她。

这样的"铁姑娘"，莫言那一代人以及"60后""70后"绝不陌生。而这样见风使舵、投机钻营、自私利己的丑陋人性，并不鲜见地存在于社会的各个角落，或许每个人都会或多或少地遇到，甚至被其灼伤。此时，她撞上了小说家的"枪口"，那些无法直视的人性褶皱，无处躲藏。

前不久，很少追剧的我，忠实地追了一部都市谍战剧《暴风眼》。围绕国家核心技术，无论国安人员，还是大大小小的间谍，就混在我们须臾不离的生活中：或许你飞机上的邻座，你办公室的同事，你在超市购物时擦肩而过的陌生人，甚至每天与你一同出入电梯、共用一个车库的邻居，再甚至——当然也是《暴风眼》里的情节，与你朝夕相处的家人，比如那个马尚（张彬彬饰），就把自己的国安身份对父母隐瞒了十多年，直到父亲在他下班时追踪他，怀疑他走邪路干坏事，身份才被公开。就是这些看上去貌不惊人的男人与女人，竟是一名杀人无数的国际间谍，当然还可以是保家卫国的国安人员。我们不得不接受，这就是日常，你可能时刻置于间谍的眼皮底下，也当然会在国安人员的实时守卫之中。这，基本等同于你被小说家盯上。

当然，谍战剧里的刀光剑影，源于现实，继而虚拟，同样拜赐于小说家——小说家在那一刻将目光从别处移开，开始盯国安和间谍这个人群。那些极为烧脑的隐秘告诉我们，或许终生你也不曾了解你的枕畔人，你的闺蜜，你的发小，甚至你的父母，终生你也不知自己曾以怎样的面目被小说家写进了怎样的故事。但终究，这一切，启动了一个个夹杂着欢欣或无奈的开始。

毛姆为了写《月亮与六便士》，"盯"了高更近20年。

高更的画传回欧洲的时候，毛姆的戏剧正在欧美大陆一片红紫。他虽没见过高更，但经常跟他的画家好友杰拉德·凯利一起看画展，从此他盯上了印象派、遥远的南太平洋、塔希提岛、土著少女，直到那个已经埋入马克萨斯群岛的怪才被世人热炒。这个素材在他心里"养"了近20年，其实，主人公思特里克兰德身上杂糅了多人的影子，包括毛姆自己。怪异却多才的思特里克兰德难道没有毛姆自己的影子吗？更不用说那个形影不离亲自陪他到塔希提岛的英俊男友杰拉德·哈克斯顿。即使书中的那个三流画家施特略夫也偷偷取材于英国小说家休·沃尔波尔。高更离世14年，他终于踏上前往塔希提岛的邮轮，高更就以这种方式成全了一个小说家近20年的"追逐"。

有个女记者问科学家霍金："这一生有什么事情真正打动过你？"

霍金回答："遥远的相似性。"它让我们既感叹人生而孤独又有一种生命被治愈了的感动。"相似性"遥远起来，又演化为文学中的陌生感。是的，遥远的相似性与文学的陌生感使小说家的创作充满灵魅。陌生感是个好东西，文学喜欢陌生感，不仅代表着新奇、创新以及无数可能性，而且还让人得以窥视经验事件的原初基础及其神秘所在。人的阅读体验中一直固守着一个词就是——陌生感。试想，谁会读千篇一律的文章呢！

《圣经》上说，一代过去，一代又来，大地仍存在，太阳底下，绝无新鲜事……这只是对于常人而言，小说家们眼中总是新奇不绝，他们的写作过程就是不遗余力地追寻遥远的相似性以及新鲜的陌生感的过程。所以，他们要一次又一次地盯住陌生的或熟悉的——人。而作为我们，或许毫无防备地就被小说家取了景。那么，成全他吧，成全小说家，就成全了这个不甚完美但又不乏温暖的世界。

第二辑 暗疾兰麝

作家，请慎用你的优越感

一位著名诗人来省会讲座——此处的"著名"绝非客套，这位诗人在国内甚至国外都金光灿灿。但他从开场讲到大约一半，也没进入正题。他"绕"的是什么呢？作为诗人的荣耀，前呼后拥的自鸣得意，以及在世界各地受到的高规格的"隆重"招待。

比如，他眉飞色舞地描述在拉美的经历：所住的酒店"仅与总统府一路之隔""城市别提多么优美""房间别提多么豪华""总统本人别提多么亲切""观众别提多么热情"……眉飞色舞，唾液横飞，那种沾沾自喜、志得意满溢于言表。大约觉得可能要引起听众不适了，立即"谦逊"一番："我讲这些并不是炫耀"……当他第二次"谦逊"时，我就打算离场了。我悄悄劝告自己：人家诗人都没退场，你这非诗人挑剔什么？按捺住内心不断上升的厌恶，又强迫自己在座位上忍了忍，终究还是离开了。我觉得那台上的傲慢优越感有辱我的文学信仰，且浪费时间。

在我所喜爱的女作家里，罗兰（靳佩芬）算是一个。蓦然想起多年前读《罗兰小语》，其中有一篇《化腐朽为神奇》：作为电台著名主持人的罗兰，把一双磨穿鞋底的鞋子送到修鞋师傅那里，她看着师傅用一双粗大开裂的手把穿坏的鞋子修复如新，内心由衷赞佩。她没拿自己的身份与一个修鞋匠做比较，也没陈述自己作为名人所受到的爱戴和荣耀，她所思所议皆为对一个普通人的敬意，对匠艺之下化腐朽为神奇的激赏，毫无身份感，更无凌驾意。罗兰根本就无"身份"意识。

这个世界，最不缺少的就是差异。差异的客观性决定了世界的参差多元,也决定着世界的丰富多彩:我们身边之所以有各种各样的明星,就是因为他们在形体相貌、学术品格以及政治智慧等方面力压群雄,而更多的是像你我一样的普通人,这就更加烘托出我们与之的差异。我绝不否认差异,只是关注面对差异时的态度。尽管生花妙笔把优越感"圆"得了无痕迹,然而每一句话,都泄露了"优越"的牢不可破。居高临下的悲悯,尽管装得呆萌,却最显愚蠢,倒不如尊重事实的沉默来得真诚。

  在这方面,我一直欣赏毛姆的真诚和本色。五十多岁时,毛姆回到与牧师叔叔生活了七年的白马厩镇,偶遇他的一位中学同学。昔日的青葱少年已两鬓斑白,自行车后座上坐着自己的小孙子,无论衣着还是举止都与誉满全球的当红作家毛姆不可相提并论。毛姆也客观、公正地看待二人目下不同的处境和生活,以同学的身份,平和恬淡地交谈——他没有沉浸在自己的"誉满全球",更别提"骄矜"二字。一个农民,一个作家,倘若毛姆假惺惺地说二人多么平等,多么亲近,再延展一番上升到某个高度,我会嗤笑他虚伪——那才是真正的矫情,相当于羞答答地给自己脸上贴金。

  作家柯蓝曾写过一篇散文《不寻常的补偿》,记述他游览洛阳龙门石窟时,看到一位双腿截肢坐轮椅的外国朋友,第一个感觉就是他"怎么能够坐飞机,还坐火车出门的呢"?接着,又自我追问:"这么一个连路也不能走的人,他出来看什么山水名胜呢?"不久,柯蓝参加桂林首届旅游笔会,在芦笛岩,又遇到两个拿着竹竿探路的盲人。"两个盲人,怎么来旅游,又怎么来看溶洞?"但他看到两位盲人兄弟随着讲解员一程一程忽上忽下地前进,"每到一景,听到讲解员报名,他俩就哈哈大笑起来,好像比谁都看得清楚,领略得又深又快",这使他相信,那兄弟俩真的"看"到了溶洞——他们是用心去看的,对溶洞充满着想象。

  我相信,柯蓝对盲人兄弟的欣赏,是真诚的心与心的互换,绝无一个著名作家对残疾人的睥睨。

  一位作者写到一次聚会,说其中的某一位特别喜欢以诗人自居,他平时介绍自己或朋友时,总喜欢这样说"我是写诗的""他是我的一个文友""我们都是写文章的"。他这次依然这样介绍时,却招来朋友毫不客气地揶揄:

"你们文人骚客坐一张桌子吧。你们的酸菜，我可吃不下。"结果谁也不愿意与"文人"同桌，让主人很为难，一张桌子原本安排十个人，他们那张桌子只坐了六个。文人因写了几篇文章，作了几首诗，就把优越感架得高高的，以为全世界的人统统仰视自己，以为自己可以俯瞰众生，动不动就在人前把优越感写在脸上，这是病，病得不轻，需要疗治。

诚然，现实生活中，修鞋匠、盲人兄弟，确实与作家的生活有着本质的不同。但是作为人，作为作家，最基本的就是尊重。对人尊重其实是一种自重。反之，与别人相处有太多优越感的人，抬高自己，贬低别人，实属愚钝。如此浅显的道理，真正的作家，岂能不懂。有的故意"摆"出极为谦逊的样子，甚至不惜让自己低到尘埃里。可是，明眼人一看即知，那种谦卑，仅仅落在纸上，具有极大的表演性，是给读者看的，其内心的俯视和优越，却是浸入骨髓，一面自我满足的小旗，在不为人知处美美地招摇。

太有身份感的人，往往拥有两副面孔。他们对待强于己者是一副面孔，对待弱于己者是另一副面孔，善于寻找一切机会，来展示自己不一样的身份和地位，从而获得一种心理上的优越感。马其顿国王亚历山大征服希腊后，拜访哲学家第欧根尼。第欧根尼眯着眼睛，正在广场灿烂的阳光下"躺平"，虽破衣烂衫，却惬意十足。面对亚历山大的到来，第欧根尼连眼睛也没睁开。作为权势显赫的征服者，亚历山大居高临下地说道："亲爱的第欧根尼，需要我为你做点儿什么呢？"第欧根尼睁开眼睛，慢悠悠地说："请你闪开，你挡住了我的阳光！"

对待弱者的态度，就是一个人的教养。我欣赏深圳作家丁力的自我身份认知。丁力曾坦率地提到自己写作生涯的种种困境，面对生存，面对创作，不浮躁不钻营，恰如其分地看待自己的作家身份。这种坦诚，令人敬重。

作家，请慎用你的优越感。

迷人的缺陷

不夸张地说，不少作家都有这样那样的缺陷。

女作家，本身的学养使她们的情感世界超级丰富敏感，故而清高、脱俗，眼睛恨不得长到头顶，能入她们法眼的伴侣可想而知。远远近近地观望着她们的生活状态，发现不少人极少幸福快乐，毛病一大堆，自怜自艾，有时又极尽挑剔，今天解决了久拖不决的问题，明天一定会有新的困境造访，于是开始新一轮的纠结。不仅个人生活搞得一团糟，"池鱼"也难幸免，身边相近的人鸡飞狗跳并不鲜见。

在世人眼中，这一轮又一轮的折腾，皆因一个字——作（zuō）。

再看男作家，文人相轻往往出现在男作家身上。他们有的表面故作轻松，实则内心极为窘迫，但又极力在众人面前做出一副云淡风轻中"指点江山"的模样……喜好美色也是男作家的一大特点，作家这个身份本身似乎决定了他们对于美的鉴赏一定强烈于世人，而情色与男作家又难脱干系。比如，别看我是毛姆那个小老头儿的铁粉儿，他与小秘书（杰拉德·哈克斯顿）的风流虽不至于妨碍我对他继续"粉"下去，但这偶像至死也没能脱出垂涎美色的窠臼却成为我胸中块垒。

我发现一旦冠以"作家"（其他艺术门类同理，比如画家、音乐家等）这个名头，他们在俗世的满足感总会大打折扣，他们身上的各种缺陷就有了一种别样的意味。有时，我好奇并饶有兴味地打量着一干拥有着各自缺陷的男女作家，那阵势，绿柳红杏倚云栽啊！

可是，可是，哪怕他们身上缺点扎堆，即使一无是处，只要读到他们的文字，我怎么就不可救药地热烈地爱着他们呢？想让我讨厌他们，还真做不到，可否这么说——知之深，爱之切？

这个说辞，是在我检视了作家（也包括艺术家）这个族群之后，还发现他们的缺陷大多与自身过低的幸福阈值有关，这不由分说给他们身上涂抹了奇异的色彩。相反，我身边除了作家之外，仿佛每个人胸前都挂着一枚"诺贝尔幸福奖"牌，幸福得要给这个世界下跪作揖。人家心态平和，脸上洋溢着肥腻迷人的笑意，那些没被提拔的官员、赔了生意的老板、遭遇车祸的职员，沮丧一时，很快就过去了，即使更年期或离异的女性脸上也没有某些年轻女作家身上的那股戾气、剑气。

难道，那种世俗的幸福，与作家，特别是女作家无缘吗？

我的职业与作家交集并不多，加之多年来的写作多处于地下、半地下状态，或许正因为这种"局外"态势，才可以跳出"三界"外，淋漓地俯瞰一众作家，并把他们的"缺陷"一览无余。鲁敏说"生而为人，必有暗疾"，在我看来，"生而为作家，必有暗疾"。并非所有的人都有暗疾，比如我身边那些幸福的朋友和同事，她们可以为唯品会的一张打折券手舞足蹈，也经常为学会一个广场舞的舞步兴奋一天。在这些美满的人眼里，你们作家整天纠结啥呀，无病呻吟嘛。

有一天，我与一个文学之外的朋友偶尔谈到作家的缺陷，她犹豫一下忍不住问道："你以为，你自己就没他们那些缺陷？"

是呢，怎能没有。

缺陷可以有，但我从来也没把自己忝列作家啊！至多算个作者吧。这一点，除了我的职业与写作无涉，还有一个重要原因，特别是相对于那些女作家——我有一个完整还算幸福的家庭，拥有俗世中的丈夫、孩子，这在身边女作家中间显得多少有点儿异类。我身边的女作家虽然身上缺陷一大堆，但在我眼中，空旷的孤独同时带来空旷的自由，她们的人生经天纬地，活色生香，作品斐然……而我，至少在她们眼中虽无"缺陷"，或者"缺陷"还欠火候，只是一个"贤妻良母"，一个淹没在人群中的烟火女人。这倒并非说我的家庭风平浪静，丈夫虽支持我写作，却以写作本身不影响家庭生活为前提，否则龃龉难免。每遇干戈，丈夫除了找我早年丧母的性格原因，常常就拿我平时交往的几个作家女友说事：看看你身边那几个女人，有一个家庭健全吗？为什么你就不能与正常人（在他眼中作家属于"非正常"）交朋友？这难道不能说明你自身的问题吗？

有时还不忘最后通牒：如果写作要影响家庭，宁可别写！

听听，在他眼中，女人写作似乎与美满家庭势不两立。事实呢，倘若我具备那些作家女友 N 分之一的"反叛"，或许我的家庭早就不复存在了。我选择的是让步，每遇"战火"立即"削足适履"。有一个"案例"，经常被女友拿来剖析我的"软弱"：我自幼不吃牛羊肉，可是丈夫和孩子格外钟情涮羊肉，半月不吃就像缺点儿什么。特别是女儿离家读书后，丈夫感觉一个人去吃显得孤单，只好呼朋引类，然而难免会有孤家寡人的时刻，又央求我陪着，哪怕他涮完再换一家饭店让我另外点菜呢。有时，孩子放假回家，他们也提出让我陪伴共"涮"，我就坐在对面看着他们大快朵颐，他们还振振有词：一家人嘛，一起吃饭才像那么回事……对这种事，女友曾不屑地说："看你附庸成什么样子！连这个原则都没有，足见你做人有多失败！"

想想也是，经常是我坐在丈夫孩子对面，牛羊肉的腥膻气味扑面而来，对不吃牛羊肉的我来说，那滋味可想而知。

很长一段时间，我就这样打量着作家们和我自己的"缺陷"，纠结着。

有一天，从微信里突然读到一句话——"'好人'变不成杰出的人"。乍听，我被吓了一跳，悄然四顾。那时我正通宵在网上追韩剧《来自星星的你》，这句话立即让我与那个女一号千颂伊画上等号，这才不惧把这句话说到阳光下。

永远不能忘记那个桥段：千颂伊半夜被甩在拍摄地，冻饿而醒，推房门，空无一人，白天热闹非凡的场景被黑暗和孤清替代，喊破嗓子无一人回应。这是国民女神吗？昔日前呼后应的万般优越瞬间速冻，谁让她平时口无遮拦呢。先前她"得罪"过的人，今日给她地狱一样的报复。更萌的是，这位被捧惯了的千大小姐竟然丝毫不知自己被报复着，心机，擘画，对于她比登天还难，依然吵架、耍大牌，看似小心翼翼地侍奉媒体，其实那般圆滑和周到是"装"出来的，经常干被人卖了还替人数钱的蠢事……

如此的"不堪"，却不被观众厌恶，或许正因为她自己毫无察觉的这些"蠢"，导演才安排一个洞若观火无所不能的外星人——都敏俊对她实时监护，并最大限度地开掘出她的美丽与可爱。也正因为这位都教授，这个"二"起来不要命的女神不再那么好惹。

她咋咋呼呼着就把我们俘虏了，她得罪着人就把我们征服了，她孤零零的众叛亲离，仿佛满世界只剩下两个爱她的男人，她仍无觉察，依旧刻薄对手韩宥拉，对任何潜在的敌人毫不留情。这番咄咄逼人，我们却永远不会在心里鄙视她、遗弃她。

那之后，导演立即安排一个都敏俊讲课画面，字幕打出心理学家的警告："世上没有比被社会排挤、被所有组织无视更为残忍的惩罚了，人类往往比想象中柔弱，会因别人对自己的态度而高兴或受伤。"这画面无疑影射着千颂伊此时的不堪，我也暗暗为她焦急：你就不能成熟一点儿？

成熟，对于"不堪"的人有着特别的意味，它给人一种无形的力量去思索人生的悲苦与酣畅。在严歌苓早年作品《雌性的草地》里，"小点儿"与千颂伊有着同样的"不堪"。严歌苓自称"小点儿是一个美丽、淫邪的女性，同时又拥有最完整的人性，她改邪归正的过程恰恰是她渐渐与她那可爱的人性、那迷人的缺陷相脱离的过程。她圣洁了，而她却不再人性"。从"小点儿"的命运说开去，严歌苓又指出书中许多生命的命运：要成为一匹优秀战马，就得去掉马性；要成为一条杰出的狗，就得灭除狗性；要做一个忠实的女修士，就得扼杀女性。一切生命的"性"都是理想准则的对立面。"性"被消灭，生命才得以纯粹。这似乎是一个残酷而圆满的逻辑，至少在特定年代。

我爱着千颂伊，也爱着"改邪归正"之前的小点儿，这两束"玫瑰"上的刺儿，令这个世界深深不安。《圣经》中有则故事说的就是玫瑰中的刺儿——人们可以不厌其烦地赞美玫瑰，却对其上的刺儿吝啬到不肯赞美一字，对于刺儿之于玫瑰的意义更是思之极少——正因为刺儿，玫瑰的美才有了异形的惊心动魄的意义。

"你不讨厌,可是全无用处",这句话出自《围城》。在前往三闾大学的坎坷之旅中,方鸿渐问及赵辛楣这一路是否觉得自己讨厌,赵辛楣脱口回应。以前读这句话,不甚解。直到有了一些年纪,才觉字字诛心。

人生如此,特别是对于作家。

作家职业的特殊性决定了他们必须经常浸泡在巨大的孤独和荒凉之中,难免跟这个世界"找茬儿",从而显得无比"讨厌"。然而,不讨厌,又意味着什么呢?所谓参差荇菜,左右流之,荇菜成行,却很难成为白娘子不惜生命为许仙去绝壁盗取的那株仙草。某个专家谈到为什么不可能每个人都成功,其中一点就是太多的人过于"从众"。我知道南方有一位男作家,惜时如金,在办公室赫然贴出一张"公告"——谈话勿超五分钟。这位男作家我是见过的,平时一脸阴沉,阴沉中透着坚毅果敢,我只在网上的照片中见过他隐隐的一丝笑意。但我能想象,仅凭那"五分钟",他已把自己与周围划开界限。

乔布斯带给全世界一只疯狂的"苹果",许多人都在研究那只苹果为何不圆润完整,而要留一个缺口。其实,我在许多作家身上发现了这样的"缺口"。他们易暴怒、偏激、情绪化、不稳定、虎头蛇尾,缺乏包容和宽谅,显得游移、不成熟……而这一切,造就了他们身上区别于众人的"癖"。

他是有缺陷,但还有趣呢;你是"好人",却乏味。或许上苍就是这样平衡世界的。看过一档电视节目,《世界地理》的"寻蛇记"。四五个人,有男有女,整日游荡在非洲荒原或沼泽,只做一件事:寻找蟒蛇。许多惊悚画面,只需一眼就令人晕厥。他们赤手空拳,驾一叶小舟,在阔大的湖面,像一片衰叶,在暴风雨侵袭时,在阴森黑夜的密林里,在杳无人迹的暗洞旁,寻找他们的目标——巨蟒。凶猛的动物有着几百公斤的身躯,具有人类难以想象的攻击性,锋利的牙齿喷张开来,毒液就像刚刚打开的消防栓,刹那致人毙命,可是这些人每当嗅到些微的线索和迹象,顿时兴奋如芝麻开门,仿佛一个巨大的珠宝洞库正被启开,疯子一样的男女欢呼雀跃着对付凶猛的庞然大物。我敢肯定,那种成就和满足感,即使一座金山赠予他们,也被嗤之以鼻。

在常人眼里，"疯子"不过如此！

读过一篇《汉口锣》，一个深藏陋巷却身怀绝技，折服了外国专家的汉口老人，终生性情古怪，不理凡人，却将令人费解的热爱，在一口破旧的异邦铜锣上演绎到极致……

这些人，无人给他授衔、嘉奖，他们用于"热爱"的财和物有时就是一场毫无产出的投入，却"癖"此不疲。这样的癖，令人顿生敬畏。这千奇百怪的癖啊，给了这个世界无穷的动力。

终究还是写作。经历了人生的沟沟壑壑，我喜欢一位男作家说过的话：遇到一件自己喜欢的事情（指写作），就厚着脸皮坚持下去吧。这句话到了俞敏洪口中，就成为"死不要脸"的坚守。有时候，写作就是这样，让作家本身带有一种宿命意味，其悲情色彩，让人想到一个字——"傻"。而历史又告诉我们，当人傻到一定程度，全世界都会为其让路。

立春那天，一位作家在微信里说："笔是我的农具，纸是我的田垄。"我明白，常人眼中的"缺陷"在这位作家身上应有尽有。可是我多么感谢作家们身上那些"缺陷"啊！甚至，我愿意把他们身上那种"不堪"，视为他们手中的笔对这个世界上所有真正的"不堪"进行的温柔杀戮。

如果作家们的缺陷大多深植写作，在我看来，那就是迷人的缺陷。由于这类"邪恶"的缺陷，我要万分感谢造物主——赋予作家们惊世骇俗的披坚执锐与旁逸斜出，这几乎等同于他们各自的光芒。当然，我也不甘心在一旁"吃瓜"，宁愿吞下一杯烈酒，也不愿饮一滴温吞吞的水。

当文学幽默起来

我始终相信一种说辞：你强烈追寻向往的，恰是你不具备的。长久悻悻于自己的木讷呆板，就格外关注自己对面的幽默俏皮。也正如此，遇到机智风趣的人，我总要投去敬慕的眼神。

当然，从生活的幽默来到文学的幽默。

拈花微笑，飞叶却不伤人。近些年，相比那些让人哭得稀里哗啦的催泪作品，我更愿意拥抱让我开怀的文字。如果一个男人具备了勇气、良知和智慧，无疑他是优秀杰出的，可是在我眼里仍然缺少一样——幽默。幽默一定聪明，聪明却不一定幽默。没有幽默感的人就像大提琴少了一根弦，影响演奏效果。因为，趣的深处，必定是智。

随着年龄增长，我越来越不喜欢那些华丽柔靡之作。后来一想，我虽曾"疑似"，却一直没能把抑郁坐实，理应归结于我的幽默阅读——毛姆就算一个。

当初开掘出毛姆的幽默时，非常惭愧地让哈代作了替身鬼。有那么一天突然明白，长久以来，原来我经常下意识地比较着毛姆与哈代。无论哈代的小说还是诗歌，忧郁和悲剧是固定主题，沉重是绕不过的。面对同样的沉重，毛姆侍弄的文学主题也并非莺莺燕燕，文字却轻灵、俏皮许多，时不时来点儿冷幽默，让人忍俊不禁。

比如，毛姆与哈代同时面对"厌世"的表达。毛姆曾在不同的文章中多次提到一块"波斯地毯"，《人生的枷锁》里菲利普的好友克朗肖送给他一条波斯地毯，并告诉他这条地毯可以揭示人生的奥秘。这几乎成为毛姆的厌世宣言。他坦言自己喜欢一个个的人，而不怎么喜欢一群人，借主人公菲利普说出"人生毫无意义，我们所有的经历，不过是提供这张地毯格局的线条和色彩"；"人类并不比任何其他生物高级一点，人的出现并不是造物的顶点，不过是自然对环境做出的反应罢了"。至今我已读过九本毛姆传记，有一点鲜明印象：毛姆很难被取悦！他甚至刻薄得有点儿过分："如果要在一个荒岛上待一个月，和一个兽医在一起的日子要比和一位首相好打发得多。"

——怎么样？是不是举重若轻！

同样对人生意义的探讨，哈代是这样处理的。在《苔丝》里的牛奶场，苔丝遇见深爱她的老板学徒克莱尔，夏日夜晚的星空下，二人有这样的对话：

"苔丝，你怎么就这样躲开了？"他说，"你害怕吗？"

"哦，不，先生……我不害怕户外的东西，特别是眼下，苹果花四处飞舞，万物一片青翠。"

"那你害怕室内的东西啦？"

"嗯——是的，先生。"

"怕什么呢？"

"我也说不上来。"

"怕牛奶变酸？"

"不是。"

"怕活在世上？"

"是的，先生。"

"啊——我也是的，常常害怕。活在世上真叫人进退两难，可不是闹着玩的，你不这样觉得吗？"

"怕活在世上"，太精彩了！世上所有活人的弯弯曲曲都被他这么几个字给解决掉了，就像张家界景区黄龙洞里那根定海神针，有一种从宇宙俯瞰人间的气势。

可是，若跟毛姆相比，一下子暴露了"底牌"，让人肩上顿时多了一份"生命之重"。虽也深刻，也尖锐，也辛辣，也饱满，但同时，也很——沉重。当我们背负着N座大山负重前行的时候，沉重当不是首选，相反，我们需要一种媒介稀释这种沉重。看看毛姆怎么做的？他用一条"波斯地毯"，使"生命意义"这么隆重的"意义"一下子轻盈地飞上天，从"重"中生发一种小鸟翅膀一样的"生命之轻"，一下子就让人如释重负，即使正在鲜血淋漓，还能在泪水中破啼为笑。

再看二人笔下的两个小细节。《苔丝》里，暴雨过后，雨水阻挡了四个女孩去往教堂的道路，克莱尔一个个把她们抱过去，当然他的"醉翁之意"只在第四个，当他最后抱起苔丝，小声说："三个利亚，讨得一个拉结。"（典出《圣经》，雅各为了娶意中人拉结为妻，必须先娶拉结的姐姐利亚）醉美中的男欢女爱，却有了沉凝和辛酸的意味，甜蜜和欢笑也有了阴影，特别是此处因有宗教的附着，无意中令人凝重、端持起来。

类似的桥段，来到毛姆笔下的《克拉多克夫人》，他借用莱伊小姐之口，"邪恶的贝基·夏普要比愚钝的阿米莉亚好上一万倍"（二者皆为《名利场》中的人物）。书中的格格弗小姐是"最好性情、最慷慨的人之一，是自制和无私的奇葩；但是，能从她那儿得到乐趣的人，只可能是个十足的疯子""她是个亲切仁慈的人，在教区做了无数善事，但她真的太乏味了，只适合出现在天堂"……

这一下子让人轻松起来，继而会心一笑。毛姆调侃着，俏敏，机锋，尖刻毒舌，我们却无法恨他、厌他。

从这个意义上讲，毛姆笔下的每一个人物都出于这个"有趣"的设置。有趣，成为毛姆对人取舍的钻石标准，于是，这个角度下的毛姆就成为幽默大师。有的作家可能只有语言幽默，情节逊之；有的则只是情节取胜，而语言平平。毛姆的幽默则是贯穿了语言和情节。纵使小人物，也在毛姆眼里极为"有趣"。《月亮与六便士》就是一例。书中的一个小人物，鲜花旅馆老板娘蒂阿瑞的第一个丈夫约翰生经常把她打得青一块紫一块，她却不恨他，从不提"家暴"。约翰生先生的价值是在她嫁给第二任丈夫乔治时才被凸显。漂亮笔挺的乔治，与约翰生正相反，从来没喝醉过，也从来没动过她一手指头，彬彬有礼，甚至，眼睁睁地看着蒂阿瑞与每一条进港的船的高级船员谈情说爱，乔治却视若无睹……最后导致蒂阿瑞"腻歪"他，离婚。"嫁了这么一个丈夫有什么好处呢？有些男人对待女人的方式真是太可怕了。"现实生活中，毛姆每当遇到一个极成功极有名的人但却又很"乔治"，那么，他会和蒂阿瑞一样，先是奚落嘲弄一番，然后再一脚把对方踹开。此外，《月亮与六便士》的结尾那句话，"一个先令就可以买十三只大牡蛎的日子"，简直幽了世界一默，意味无穷。

检视我的日常生活，太不幽默了，太正襟危坐了，太沉重了。我之所以喜欢毛姆就是因为他头顶着一座泰山，却能让双脚跳芭蕾。我认为在追赶幽默、讲究轻松、喜欢装的世界里，他可以参加甲级联赛。

T.S.艾略特说，幽默也可以是严肃主题的表达方式之一。一位美国的女生物学家奥利维雅·贾德森写过一本《性别战争》，其行文的幽默性令我大开脑洞，一个个雌雄动物之间的情爱与性事比人类搞笑得多，被誉为很多"火车脱轨句"。我这么古板的人，读后笑得直流眼泪，事后反思自己对幽默真的无知。

西方文学史上，幽默有"银色幽默""铅色幽默"和"黑色幽默"之分。古希腊的幽默是典型的"银色幽默"，它是明快、欢乐、充满朝气的，因此也被看作是"微笑的幽默"。古希腊人是一个自信和充满希望的民族，它头顶蓝天，面朝大海，四季如春，气候温润，且经济发达，政治民主，学术繁荣。自然和人文环境成就了古希腊人热爱生命和享受生命的性格。他们想哭就哭，想笑就笑，想爱就爱，面对生活中不如意之事，也能乐观面对，一笑了之。

我尽管迷恋《红楼梦》，但其实它很压抑沉重。而英国的福尔摩斯就让我得到了幽默的快乐。动人心弦的凶杀破案却让柯南道尔写得轻松快乐，那些惊悚的场面不再恐怖。福尔摩斯的幽默正体现了一种英式幽默，高大魁梧的福尔摩斯，一脸的严肃认真，面部线条紧绷，遇事据理力争，严肃多于轻松，他甚至为了侦探事业放弃了爱情婚姻，看上去，这是一个多么"无趣"的人！理性到残酷，残酷到放弃人的生理和心理的正常需求，可是我们看到那个高大身躯的一招一式是多么美妙诙谐。《红发会》是柯南道尔本人最满意的一部短篇，它的构思新奇，渗入了作家独到的幽默感，文风潇洒从容。每当我写作累了，总是找出《福尔摩斯探案集》看上一两篇，这是放松神经的很好方式。

欧美人物的幽默在大片《泰坦尼克号》里随处可见。一个小人物，开朗的胖夫人莫莉就是一个幽默人物："……我的丈夫还不知道我把钱放在炉子里，后来他就把火炉点燃了。"被露丝的母亲等上流社会所不齿的莫莉，比假仁假义的某些上流社会的人要善良得多，杰克被蔑视的时候，莫莉给他一套绅士西装，绅士聚餐前，莫莉对杰克说了一句很是直白的话：他们都很爱钱，假装你有一座金矿，一切OK。当海难发生，她坚持去救他们，表现出女侠气概……这一切，简直与《月亮与六便士》里的老板娘蒂阿瑞如出一辙。

中国的幽默文学是绕不开林语堂的。就连"幽默"这个概念也由林语堂引进，他甚至为"幽默"这一物种特地办了一本刊物——《论语》。林语堂的幽默是一种大智，他说"最上乘的幽默，自然是表示心灵的光辉和智慧的丰富"。的确，幽默并非人人都玩得起。真正的幽默，并不是单纯的搞笑，折射出他的机敏与睿智，同他深厚的文学修养和深刻的思想凝结而成的哲理密切相关。幽默需要非凡的智慧，对于作家来说，现实里有多拘谨，文字里就会有多开阔。一个幽默的灵魂，一定是热气腾腾的。

我的幽默阅读记忆里还有钱锺书先生。这位大师可能是太智慧了，他骂着人却让你笑出声来。他在《写在人生边上》说道："一般人并非因有幽默而笑，是会笑而借笑来掩饰他们没有幽默。笑的本意，逐渐丧失；本来是幽默丰富的流露，慢慢变成了幽默的贫乏的遮盖。"至少在我这里，他的笔如春风拂柳，极为艰涩高深的题旨我们欢快地弹跳着就体味到了。

苏轼与苏小妹这对才华横溢的幽默兄妹，其幽默佳话比比皆是。苏小妹额头较大，苏东坡赠诗调侃："未出堂前三五步，额头先到画堂前。几回拭泪深难到，留得汪汪两道泉。"苏小妹见后很生气，因东坡脸长胡子多，小妹回赠一首："去年一滴相思泪，今日未流到腮边。口嘴几回无觅处，萋萋芳草掩洞天。"

明代徐渭在《答张太史》的信中记杭州脚夫的话："风在戴老爷家过夏，在我家过冬。"只一句话便把"戴老爷家"的生活环境与"我家"的生活环境的巨大差别形象而幽默地表现出来，甚至令作家望尘莫及。

从伤痕中写出幽默，尤其令人膜拜。这或许应该首推莫言。莫言讲述的故事悲苦沉重，但笔调却保持着幽默，通过丰富的想象力把时代的沧桑以黑色幽默的方式表达出来。莫言说，自己的幽默始终是含着泪的幽默，"（在那个年代）每个人实际看不到自己有什么前途和出路，这种情况下，幽默就是老百姓使自己活下去的一种方式。解脱自己，减轻压力，安慰自己的一种方式，所以我想在极端痛苦的情况下会产生幽默感，黑色幽默，荒诞的幽默。"莫言的作品尽管经常招来诺奖之外的不同声音，但能被瑞典文化界所接受，必有其理。其旺盛的生命力不能不说得益于他那略显沉重的幽默。

迄今为止，我的阅读经历了这么几个层次：年轻时的那种文字的华美，花枝招展，晶莹剔透；再稍年长，那种智慧、深刻、机俏、理趣，直至令人拍案称绝；而今天，我的口味似乎更刁蛮起来，这一切之外，还必须令人笑起来，开怀大笑，解颐一笑，点头酷笑，回眸轻笑——哪怕是苦笑，我也对笑就有一种甜甜的苦味。这并不矛盾，还要感谢造物有情，让这世界纷乱中充满希望的"一线天"。

前几年有读者问香港作家蔡澜，女孩子最珍贵的品质是什么。蔡澜回答得很简单："贤淑，调皮，舒坦，不累。"王小波说："一辈子很长，就找个有趣的人在一起。"的确，与过于正经严肃的人一起生活，该是怎样的沉重？多出几个林语堂、北美崔哥式的人物，办几本类似《人间世》

— 051 —

或者《笨拙》那样的杂志，让世界多一点儿笑声。因为人们越来越形成一个共识：在当今社会，幽默感已成为一个社会的健康参考系数之一。

　　如果说书中自有"言如愈"，那一定是指幽默的书，我不相信那些鸡汤就真的"愈"了。在一些发达国家，人类已经开启"低欲望时代"，抑郁就像一条甩不开的毒蛇，四处爬行。这时，幽默，不啻一剂强心针，专治"生无可恋"。对于我，有了幽默，特别是有了这么多幽默阅读，还真的对这算得上美好的人生充满了留恋。

文学史上的"似曾相识"

　　闲适的午后或夜阑人静的晚上，一部心仪的老电影令人惬意无比。最近我就翻出《音乐之声》又看了一遍。这一看，感念丛生，特别是那个镜头：醉人的星空下，冯·崔普上校站在露台，心事重重又不无甜蜜地看着徘徊在楼下刚刚从修道院归来的家庭女教师玛丽亚。这时，风情万种的男爵夫人走过来，商议送给上校什么样的结婚纪念物，意外的是，上校公然"毁婚"……一曲"兰德勒"，上校与玛丽亚心意相属，其实他已对这个敢跟自己吵架、梳短发的"假小子"家庭女教师心生爱意。

　　看到这里，我按了"暂停"：这个场景怎么似曾相识呢？稍稍一想，不禁恍然——这桥段，本是《简·爱》中的罗切斯特为了简·爱而拒绝白富美布兰奇小姐啊！

　　且看罗切斯特故意"刺激"简·爱的舞会场面：他先与布兰奇小姐跳舞、弹琴、唱歌，却又不让简·爱离开，并请她跳舞。最后，他坦白："……布兰奇小姐不值得嫉妒，她地位太低，激不起我那种情感。她好卖弄，但并不真诚。她风度很好，而又多才多艺，但头脑肤浅，心灵天生贫瘠……她缺乏教养，没有独创性，而关于重复书本中的大话，从不提出疑问，也从来没有自己的见解。"很快，二人就在一个风雨交加之夜迎来了那段彪炳文学史的爱情表白；《音乐之声》呢，上校与玛丽亚的表白则安排在这个醉人的月夜。这两对儿，都是在那个看似"门当户对"的富贵女人被PK出局后，终成眷属。

　　从文风看，《简·爱》流淌着淡淡的忧伤，《音乐之声》则热情奔放，

— 053 —

活泼俏丽。两书的主题不谋而合，结构也十分相似：简·爱是从罗沃德孤儿院到桑菲尔德庄园遇到罗切斯特，玛丽亚则是从萨尔茨堡修道院被派到冯·崔普家。人物关系的设置简直"雷同"：简·爱对应玛丽亚，罗切斯特对应冯·崔普上校，布兰奇小姐对应男爵夫人，罗切斯特的养女阿黛勒对应上校的七个孩子……再看这些情节：舞会，罗切斯特因邀请简·爱跳舞二人走近，冯·崔普上校与玛丽亚在舞会门外一曲即兴的"兰德勒"更是荡气回肠，情愫顿生。二位男主人都有过对两个女人的比较：罗切斯特眼中的布兰奇小姐"鼓吹高尚的情操，但并不懂同情和怜悯，身上没有一丝温柔和真诚"；而先前与冯·崔普上校"天设地造"的男爵夫人呢，当玛丽亚出现，她立刻显得市侩、油腻、粗俗，遽然逊色。这其中的四个女人对待孩子的方式也是似曾相识：布兰奇小姐对小阿黛勒"心怀恶意，乱发脾气。要是小阿黛勒恰好走近她，她会用恶毒语言把她撵走，有时命令她离开房间，往往冷淡刻薄地对她"；《音乐之声》呢，那么难缠的七个孩子被玛丽亚的真情感动地喊出"妈妈"，而男爵夫人为了迎合冯·崔普上校试图"笼络"孩子们，强忍性子与孩子们玩足球，却无法掩饰那种牵强、无趣，更催生了孩子们对不辞而别的玛丽亚的疯狂思念。这也与小阿黛勒对简·爱的依赖如出一辙，似乎给人这么一种印象，赢得了孩子，就"搞定"了男主人。

至此，"似曾相识"一下子豁然洞开，打开了关于"家庭女教师"的阅读闸门——类似情节不止于《简·爱》和《音乐之声》啊！这两部不过是一种修成正果的巧合，结局悲惨的家庭女教师才比比皆是：茨威格的《家庭女教师》中的"小姐"与两姐妹的表兄奥托暗恋并怀孕，被主人赶走。而这与《月亮与六便士》中的勃朗什何其相似：她在罗马做家庭教师，被主家公子勾引怀孕后遭抛弃，投湖自尽时被画家施特略夫救起而带到巴黎。勃朗什的"戏份"主要发生在巴黎，并且是在结识那个让她"害怕"的思特里克兰德之后。这类女子有一个共同特点：为了爱情不惧飞蛾扑火，宁愿最终粉身碎骨。

还有呢，《法国中尉的女人》中的家庭女教师萨拉，她救了沉船中的中尉，谁料中尉却玩人间蒸发，从此人人视她为瘟疫。这时古生物学家查尔斯来到莱姆湾，仅凭一个风雨中的侧影就记住萨拉的妖娆，一遇难忘，这才置富家小姐欧内斯蒂娜于不顾，一意追逐那个一袭黑衣长得并不好看又怪异叛逆的"坏女人"……

这些画面，我们还会想起谁？是的，《约翰·克利斯朵夫》里的阿娜。

查尔斯遇到萨拉，勃朗什遇到思特里克兰德，正如阿娜遇到克利斯朵夫！开句玩笑，如果拍摄电影，有些场景完全可以不用更换。毛姆在《月亮与六便士》中，让画家施特略夫指着妻子勃朗什对思特里克兰德说："你看看她坐在那儿，不是一幅绝妙的图画吗？像不像夏尔丹的画？世界上最漂亮的女人我都见过了，可是我还没有看见过有比她更美的呢。"到了罗曼·罗兰笔下，晚饭后，阿娜坐在客厅一角做女红，当医生的丈夫勃罗姆和因流浪闯进来养伤的克利斯朵夫，三个人坐在客厅……勃朗什被遗弃又被施特略夫救起的经历，正如阿娜因为不甚体面的出身而被勃罗姆施舍般的接纳。在丈夫身边，她俩心中都没有爱，沉默，刚烈，表面平静，内心激荡。直到后来遇到她们的"爱情"。我有时想，这样看似"爱"的安排到底是命运对她们的垂青还是灾难？她们都遇到一个拯救又摧毁她们的男人——思特里克兰德和克利斯朵夫……原来，女人与天才的相遇都是相似的，毛姆和罗曼·罗兰，真不好说谁借鉴了谁。

相比勃朗什对思特里克兰德一厢情愿的付出，阿娜似乎幸运些，毕竟她与克利斯朵夫深爱过，那种灵魂的相知超越了肉体的一切。尽管短暂，她的身心终究被激活、被刷新过，从这个意义上说，她"得到"过，比起那些一生都不知真爱为何物的女人，阿娜是幸运的。不同的是，她无法实施勃朗什的决绝，她没能当个出走的娜拉，也没能离开她的"施特略夫"。最后，她也"死"了——灵魂之死，以至多年后克利斯朵夫偷偷回到那个小城，再也认不出她，僵直、麻木、呆滞的阿娜，他们擦肩而过。

勃朗什和阿娜这类追求爱情的女人，在作者的笔下她们非死即伤，几乎毫无悬念地比定时炸弹还准。她们对面的男人同时呈现一种魔性，"好人"丈夫让他们毫无激情，这二人最后或以生命为代价，或如空壳，与僵尸无异。

她们都没能得到爱情，甚至都没能得救，前者得到的是作者的蔑视和嘲讽，后者虽获得同情，但终究没能超脱灵魂的苦役。

当我打量着这"惊人"的相似，终于发现一个有趣的介质——家庭女教师。

家庭女教师，堪称维多利亚时期欧洲社会的一道风景。彼时的上流社会，女子以被男人养活为荣以自食其力为耻，而贫困家庭的女孩渐渐才有了这个自食其力的职业。欧洲的许多经久不衰的名著大多取材于家庭女教师，然而，发生在她们身上的故事也颇多沟壑，以至于拥有这一名称的女子几乎成为瓜田李下的代名词。似乎，家庭女教师，这几个字往那一站，丝丝缕缕的暧昧就随着那字隙飘散出来。她们或者被英俊多金的男主人看中，如《简·爱》《音乐之声》，或者被主人家的少爷始乱终弃，命运悲惨。如白开水一杯毫无故事的家庭女教师极少，当然也不会轻易来到作家笔下。

前不久，我读了美籍匈牙利作家马洛伊·山多尔的《烛烬》。第一次读他的作品，读着，读着，就不再陌生，某些情节，越看越熟，又一个"似曾相识"！因为我毫不费力地就想到《约翰·克利斯朵夫》里的阿娜三人。

这部小说的情节极为诱人，我是在一个夜晚"手不释卷"的。简而化之就是一个三角恋故事：将军，将军的战友康拉德，将军之妻克莉斯蒂娜（又是康拉德的恋人）。将军与康拉德自少年军校义结金兰，但二人地位悬殊，将军出身名门，康拉德则来自市井。将军的家人对儿子的这位朋友青眼相加，更在军校毕业后大加提携，二人一毕业就一同成为宫廷侍卫队的青年军官。后来的一切，皆因康拉德有一处"避难所"——音乐，将军却无从进入。因为音乐，康拉德结识了音乐家的女儿克莉斯蒂娜，但年轻的克莉斯蒂娜被同样年轻的将军的富家气派所折服，欣然嫁给将军。谁知成为将军之妻的克莉斯蒂娜婚后才明白，她真正爱的人乃是平民军官康拉德，于是，一场旷日持久的三角恋情由此拉开。康拉德在与克莉斯蒂娜幽会一段时间之后，再也无法承受心理的负罪之重，不辞而别，一个人去了东南亚的密林，从此远离人间……四十一年后，二人将至残年，每每"烛烬香残帘半卷"，独守一隅的将军难以放下经年的煎熬，终于在某一天，等来一封信，那个他从未放下一刻的"冤家"——康拉德，突然拜访，他们一直聊到"烛烬"。

毕飞宇曾经"发明"过两个词：心慈手狠和阴刚，正适用于此刻的将军！将军经历了安静到枯燥的日子，恰如李宗盛的《越过山丘》，不停地对话十七岁和七十岁的自己。对岁月流逝，坦然处之太难，"等你发现时间是贼了，它早已偷光你的选择"。

康拉德、克莉斯蒂娜，克利斯朵夫、阿娜，思特里克兰德、勃朗什，以及查尔斯、萨拉……他们的爱情纠葛充满着一个奇异的套路——边排斥边相爱。他们"一辈子都在为某件事做着准备"，只是将军是有意识，阿娜是无意识……

是否，我们不该忽视文学史上这种似曾相识的力量？或许里面蕴藏着某种人间规律性的神秘？中国文学史上更有着"惊人相似"的两个诗人——李煜与仓央嘉措。他们隔了七百多年，一个在治国理政上昏庸无能，另一个极不成熟；一个做了亡国奴，另一个成了替罪羊；而这命运又都来自他们的昔日好友：李煜与赵匡胤，仓央嘉措与拉藏汗。这两对儿都是一文一武，但另一方的政治野心直接导致两位诗人的悲苦命运，他们都试图用自己的忍辱负重保全自己的子民，却以诗心成就了对方的狼子野心。"虚负凌云万丈才，一生襟抱未曾开"，在残酷的权谋面前，文人注定失败，除非你蜕去文人内核，参与算计。于是，他们的整个人生不免失之桑榆，收之东隅：他们均以旷世奇才成就了中国文学史上两个不同民族在文学领域的标高，甚至在世界文学宝库中独树一帜。而"情"又成为他们统一的"番号"，各自情有独钟的红颜知己：李煜的小周后，仓央嘉措的桑洁卓玛。为了她们，一个抛弃江山，一个远离神坛，至性至情，不爱江山更爱美人的柔善，形成他们文学与艺术的独特魅力。

到了"名著""经典"这一级，他们的故事内质就摆在那里，各自的创意也显而易见，我也让自己生出一种审美信任。但这些"似曾相识"最终让我生出某种神性的奇异之感，似乎只有搬出毕加索那句话："好的艺术家只是照抄，而伟大的艺术家窃取灵感。"乔布斯则说，在窃取灵感这方面，我们一直都是厚颜无耻的。看，大师们多么灵犀相通啊！通观他们，丝丝入扣的相似表情，情感磅礴而脉络一致，冷静叙述下的暗流汹涌，蔚然而深秀，有时难分伯仲，从而达到文学史上的巅峰体验。如同只有人类的骨骼、毛发、血肉，才能演变出人类某些共同的脸谱，而如大猩猩和老虎们，断然不能做出那些"人"的行为与判断。

文人的暴发户心态

文人一直以来经常被冠以"穷",而"穷文人"一旦"发达",难免囧态百出,即所谓"暴发户"。

大腹便便,手臂和脖子缠满各种玉石、珠链,面露骄横,招摇过市……这是否是世人心目中的暴发户?而文人"暴发"者,往往由于某个契机,在短暂时期内在一定地域暴得文名,积累了一些资本,便得意扬扬,大肆挥霍。正如中国古代文人"暴发"后的春风得意、楼堂馆所、娇妻美眷;正如欧美作家们的"暴发"典范——陀思妥耶夫斯基,拿着"三千卢布就像烧了一样"。

陀氏一生穷困,青年时凭借他在父亲地产中的那一份资产,以及自己在作战部的薪水,他一年能拿到五千卢布。他租了一套公寓,迷恋上了桌球,四处挥霍钱财。他是个无可救药的挥霍之徒,可他从未有足够的信念来抵制自己的任性。为其作传的一位作家曾写信给托尔斯泰:"他在自信上的缺乏,在一定程度上造成了他胡乱花钱,因为这样可以给他一时的强大感,由此满足他过度的虚荣心。这一不幸的缺点使其陷入令人何等痛心的困境。"

有一次,陀氏签订了一部小说和几个短篇的合同。拿到预付款后继续寻欢作乐,朋友们出于好意对他进行了批评,可他跟他们吵了起来,因为他不相信对方"仰慕之情的诚意",他自认是个天才,是全俄国最伟大的作家——迫于债务,匆忙写作,这时他已患上微弱的神经错乱,又担心自己"会变疯",忧心忡忡的情形下写出来的作品很不成功。曾对他不吝溢美之词的人们，开始激烈地攻击：他已江郎才尽。暴发户心态害了他。

纵观陀氏一生，心智极不成熟，且毫无底线地放纵自己。不可救药的是，他染上了赌博，只要有一点儿钱，就豪赌不歇。为了赌博，甚至不惜向国家"贫困作家基金会"借钱。借钱，成为生活的常态，当时的一些著名作家如屠格涅夫等，都曾借钱给他，但他前一分钟借来钱，一转身就贡献给了赌桌。

毛姆在研究了陀氏一生之后，将他定性"最能表现其弱点的，还是他对赌博的热衷"。甚至不管躺在病床上奄奄一息的妻子以及与最后一位妻子安娜所生的婴儿的死活。他赌了再去借，借来又去赌，如果在文学史上评出一个赌徒作家，非他莫属。他的传记作家曾对托尔斯泰说："整个写作过程中，我都要抵抗一种厌恶感，努力压制自己的憎恶……"

巴尔扎克的状况与陀氏相似，终生在华服、情妇、豪车之间徘徊，但却终生潦倒。或许正因如此，当他偶尔"阔绰"一下，那"暴发户"嘴脸更是令人发指。

巴尔扎克被形容为"粗鄙之人"，平时对待朋友也很无耻，比如，他会先拿走一本书的预付稿酬，拍着胸脯说某天一定交稿；然后，由于又出现赚现钱的机会，他会受此诱惑而中断手头的工作，把匆匆写出来的一部小说交给另一个编辑或出版商。于是，他时常被起诉违反合同，要赔诉讼费和赔偿金，这增加了他本已沉重的负债。因为只要他成功获得一个撰写新书的合同，就会马上搬进花费重金装修的宽敞公寓，购置一辆篷顶马车和两匹好马。他雇了一名马夫、一名厨师和一个男仆，给自己购置衣物，给马夫（他的私生子）买上制服，还买了好多铁板来修饰一枚根本不属于自己的盾徽。

为了支付这些巨额开销，他向妹妹、朋友、出版商借钱，不断地签账单，一续再续。他负债累累，还是照买不误——珠宝、陶瓷、橱柜、龟甲、绘画、雕塑；他用摩洛哥羔皮把书装帧得十分精美，挂着镶嵌着绿宝石的手杖；为了一次盛宴，他就把餐厅重新布置一番，完全改变装潢。

有时候债主逼得紧了，这些财产当掉许多，经常还有当铺前来没收家具，然后公开拍卖。即使如此，他借起钱来简直不顾廉耻，但他才华横溢，让人钦佩不已，所以朋友们的慷慨之心很少被其耗尽。

　　巴尔扎克是对生活水准要求极高的人，从一开始，他的目标就是过上奢华的生活，有漂亮的房子，一大帮用人、马车，一长串情人和一个有钱的太太。当他写作受阻，就和朋友一起开办了出版和贸易公司，或许是上天跟他这个作家坏子开玩笑，他的公司没有一个成功，经常是母亲出手才使他免于破产。当母亲发现自己极度拮据，陷入困境，她给儿子写了一封信，"……'面包，我的儿子'。几个星期以来，我所吃的，全是我那好心的女婿给我的……我的心都要碎了！"

　　别以为这位伟大的作家收到信就会羞愧，他只是轻描淡写地回一句："我觉得你最好来巴黎一趟，咱们谈上个把钟头。"为了偿还债务，他拼命工作，然而旧债还没还上，他就签了新的欠债合同。奇怪的是，他只有在债务的压力下，才能下定决心认真创作。

　　大仲马堪称作家中的第一暴发户。

　　戏剧《亨利三世》让大仲马初尝成功的喜悦，他浑身上下立即满是宝石、戒指、表链这类装饰品，他还大模大样披上别出心裁的五彩缤纷的玻璃珠子、玻璃坠子这些小玩意儿，而他的肚子也正是在这时气吹似的鼓起来。如果你闭上眼还是不能想象他那滑稽样，就去翻看一下漫画家笔下那个腆着肚子、咧着大嘴、扬扬自得的侧影，那就是彼时大仲马。

　　1843年，《基督山伯爵》的巨大成功，使大仲马的"暴发"登峰造极。他退掉巴黎的公寓，花两千法郎，在巴黎近郊的高等住宅区——圣日尔曼租下了梅迪西别墅。从此，大仲马把梅迪西别墅打造成"暴发户经典"。在这里，他的"朝臣"、妻妾和飞禽走兽围着他转。好奇之辈成群结队来到这位"伟人"跟前瞻仰他的丰采。他脾气很好，和谁都握手。他信口编出"著名的笑话"，而且带头向他们哈哈大笑。国王路易·菲利普心里好奇，问大臣："圣日尔曼那边是怎么回事？好像热闹得很呢！""陛下，您也愿意凡尔赛快活得发疯吗？两个星期，大仲马就叫圣日尔曼着了魔，叫他来凡尔赛住两个星期吧！"

大仲马着手改造梅迪西，附近的人马上把它命名为"基督山庄园"。他把当时的著名雕刻家都请来，让他们雕刻从古到今所有大剧作家的半身胸像，底下装饰着花环，布置在底层廊柱浮雕之前，每隔一定的距离就是一座；他还特地从突尼斯请来一位土耳其雕刻家，在天花板上精心制作了"一套花饰"，现出斑斑点点的幻影，连凡尔赛宫也望尘莫及。在地面上，一排小小的喷泉渐次往下，形成一条飞瀑。在一个小岛上立着一座凉亭，凉亭的每块石头上都刻有大仲马一部作品的名字。

庄园落成典礼那天，大仲马邀请了六百位朋友参加宴会。宴席由一家名菜馆操办。餐桌排列在草坪上，铜香炉上香烟缭绕，大仲马容光焕发，周旋于宾客之中。外套上闪耀着勋章和奖章，华美的背心上洋洋洒洒拖着一条又粗又沉的金表链。他亲吻美丽的夫人、小姐，整夜讲奇妙的故事。他的体重增加了许多，大肚子鼓到几乎撑破，顶到了桌上。

基督山的大门永远敞开。随便哪一个落难的作家、画家，都可以到基督山来住，这里永远有大群寄生虫，大仲马和他们根本不认识。这些人每年花掉他几十万法郎。当然还有他那些情妇。其间，大仲马完全离开了妻子，每年给她六千法郎供养费。他醉心于贵族阶级，得宠的"正宫"很快换了又换，并和儿子小仲马共享这些美女。她们则把一个个奢丽无匹的虚荣演绎得摄人心魄，充满狂红暴绿的视觉淫乱。除了纽约和巴黎的珠光宝气，就属大仲马这些"嫔妃"了。

管理这所"疯人院"的是个大管家，下面还有若干仆人。这里满是各式各样的动物，五条狗、三只狼猴、一只苍鹰是花了四万法郎从突尼斯买回的……飞禽走兽的啼叫令人爽心悦耳，大仲马身边堆满稿纸，他在蓝色的稿纸上大笔一挥写小说，在粉红色的稿纸上灵机一动写散文，在黄色的稿纸上情切切、意绵绵地作诗献给婢妾……

基督山庄园应有尽有，像神仙一样快活。岂料横临面前的虎尾春冰——1848年的大革命，大仲马受到无情打击，被称为"政治杂种"，他破产了，基督山庄园被拍卖。到了1850年，负债累累的大仲马仓皇外逃，在雨果流亡的布鲁塞尔，这对难友终于会合……当他临终前，还梦到基督山庄园，每块石头都是他的一本书。

1734年，亨利·菲尔丁爱上寡妇克莱多克夫人的女儿夏洛特。但克莱多克夫人早知菲尔丁的生计极不稳定，极力阻止，然而，这对恋人还是私奔了。

克莱多克夫人于一年后去世，留给女儿一千五百英镑。菲尔丁年初创作的一出戏遭到惨败，这笔钱可谓久旱甘霖。他可好，带着妻子回到老家，极为慷慨地款待朋友，大肆吃喝，纵情于乡间的各种活动。等他带着夏洛特余下的遗产一回伦敦，其戏剧生涯也随之结束，他的钱财已挥霍一空，还有妻子和两个孩子，不得已找到一个小公务员的营生。

两年后，夏洛特去世，她的死令他悲痛不安。四年之后，他娶了女仆玛丽·丹尼尔。全世界都知道他是如何的不节俭：但凡有几十先令弄到手，他一定会白白挥霍掉，根本不考虑明天怎么过。他们有时候住的是体面舒适的寓所，转眼则是破破烂烂的阁楼，连生活必需品都没有。

狄更斯奢侈的生活很快就使他债务累累，于是决定把房子出租，自己则带着家人去意大利，那里的生活便宜，可以节省开支。1857年，查尔斯·狄更斯四十五岁。活下来的九个孩子，年龄大的几个已经成人，最小的也有五岁了。此时的他世界闻名，是全英国最受欢迎的作家，具有很大的影响力。他的朋友埃德加·约翰逊先生这样写道："他喜欢美食、香槟、音乐厅；他时常同时跟好几位女士关系暧昧，他人很有趣、玩世不恭，态度亲切，无拘无束得甚至有些粗俗。"

念在高更曾写过《诺阿 诺阿》和《此前此后》两本书，在这里，我暂且让他"冒充"一回作家——这位画家的暴发户心态与文人多么相通啊！

1893年，一直穷困潦倒的高更希望在塔希提迎来转机，然而并不顺利，仍然一文不名，于是他回到巴黎，把从塔希提带回的三十八幅作品举行了画展，并未得到认可。恰在这时，高更的叔叔过世，给他留下一小笔遗产。

妻子梅特和五个孩子正在哥本哈根的娘家遭着白眼，而送他在帕皮提登船的同居少女蒂呼拉已有五个月身孕，可我们这位伟大的画家却露出一副十足的败家子心态。他把自己打扮得油头粉面，养了一只猴子，这时他遇到一个从爪哇来巴黎碰运气的黑白混血模特安娜，他在她身上大把花钱，二人经常牵着那只猴子，安娜肩膀上停着一只长尾鹦鹉，穿着奇装异服在巴黎招摇过市。

1894年，高更又厌倦了巴黎，带安娜共赴布列塔尼过了一段逍遥自在的生活。在阿旺桥，安娜的肤色惹怒了一群醉醺醺的水手，加之她性情放荡，他们认为这是高更对妻儿和塔希提少女的双重背叛，惹得渔民要揍他，混战中高更被踢中大腿，造成骨折。在他养伤之际，安娜卷走所有值钱的东西逃往巴黎。当遗产所剩无几，艺术又难得知音，备受打击的高更感觉生无可恋，只得重返塔希提。

在暴发户这件事上，我必须从正面推出毛姆了。

毛姆极为推崇文学作品以及人格特点的越轨和冒犯，但现实中的毛姆却是个有分寸之人。他从不胡乱花钱、纵情烟酒声色，并且懂得理财，他的钱一辈子放在一位美国证券经纪人伯特兰姆·阿兰森那里。阿兰森是他从旧金山前往南太平洋的游轮上认识的，他把自己的钱全部交给阿兰森，堪称奇迹的是，阿兰森理财从未失手，他让毛姆的钱财屡屡翻倍，毛姆经常对朋友提起的最为著名的桥段就是：二十年间，阿兰森让毛姆的一万五千美金变成一百万美金。即使在美国大萧条时，毛姆的钱不仅没缩水，反而继续分得红利。

即使如此，毛姆从不乱花一分钱，懂得把钱花在刀刃上，比如他在买下莫雷斯克别墅和装修别墅这件事上，那奢华无与伦比。他年老后经常感叹"为了照顾一个老头子的舒适生活，至少十三个仆人消磨了他们的一生"，可是他花得心安理得啊！

绝不能说毛姆就是小气之人，当年他和妻子西莉住在伦敦城郊时，经常接待朋友，有一次西莉向客人收取洗衣费，这让毛姆大动肝火，甚至不惜分居，由此可见他对朋友的慷慨。这一切，都说明他确无平常那些作家常有的暴发户心态，也难怪他在自己的书里奚落他们了。

因为毛姆，我还要提到作家的体形。暴发户们最明显的外部特征就是身材：肥头大耳或病弱变形，极少有像毛姆那样的清癯、健朗、矍铄。毛姆九十二岁高龄，却从未让自己的身体变形，我并无证据这是否来自他强烈的自律，但至少说明毛姆对身材的自我管理意识。他若想超重，完全不必像陀氏和巴尔扎克那样去借钱，他在法国蓝岸过着纸醉金迷的生活，食不厌精，脍不厌细，声色犬马招之即来，稍不留心，不知肥了几圈呢！或许正因此，恶毒的毛姆在短篇小说《午餐》里恶狠狠地让一个敲他竹杠的"她"体重暴增到三百磅。他能写出这样的小说，自然也明白适度节食的道理。即使到了耄耋之年，也只是一个精瘦的小老头儿。

作家的政治暴发，多出在我国古代，何晏就是其一。这位三国曹魏时期的作家生性放荡，浮华不实，言行不轨，不安于一介小文人独自一隅，非要去蹚政治的浑水。或许是被冷落已久，当他"以才辩显于贵戚之间，邓飏好变通，合徒党，鬻声名于闾阎"，尤其曹爽用何晏的计谋将司马懿扳倒，何晏更加有恃无恐，在政治的绞肉机里越绞越深。然而，司马懿不日翻身，何晏惨遭斩首灭门。

孟郊四十六岁才迎来人生的大暴发——及第登科。自以为从此可以别开生面，风云际会，龙腾虎跃一番了。满心按捺不住的得意欣喜之情，便化成了这首别具一格的小诗——

> 昔日龌龊不足夸，
> 今朝放荡思无涯。
> 春风得意马蹄疾，
> 一日看尽长安花。

"一日看尽"的，你道是满长安的鲜花？实则为平珂坊的伎女。孟郊两次落第，这次竟然高中，颇出意料。中国古代文人大多活得不如意，给点"春风"就荡漾,此处的"得意",也与柳永的"杏园风细,桃花浪暖""骤香尘、宝鞍骄马"异曲同工。

是否,暴发户作家们也有那么一点点乐善好施、放浪形骸的可爱?他们的挥霍,是否也有对物质丰盈而灵魂贫寒的警惕?某些时候,只要仍在写着,作家就不可以拥有软乎乎的幸福,支持作家写作的"伟大的灵魂"必是痛苦、不安宁、与世界冲突的。当然,作家的暴发户心态往往导致现实生活一塌糊涂,使得世人对他们更多的是一种爱恨交加,悲欣交集。平衡生活,或许这就是上帝设定作家这个职业时的诡诈——让他们终生在痛苦与欢乐的交替中寻找平衡。文学存在一天,这种所谓的平衡就永远不会到来。

笛福"见证"《红楼梦》

一

英国作家笛福，与他的"鲁滨逊"齐名。他"让"鲁滨逊于1703年从澳门上岸来到南京，之后在中国生活近三年。在鲁滨逊离开南京几年之后，这座城市见证了一位彪炳史册的文学家的诞生——1715年（也有说1711年），曹雪芹循着鲁滨逊的气息来到世间。鲁滨逊则"替"他"见证"了当时的清朝社会，并通过《鲁滨逊历险记》（第二部）记录下来。

三百多年后再回望，《红楼梦》与《鲁滨逊历险记》奇妙地呼应着，打量二位文学大师跨越时空的攘臂相接，那远去了的黑白影像仍让人口角噙香，思接千载。

笛福本人虽游历世界多国，却不曾真正踏足中国的土地。而他又如此真切生动地描写过中国的社会，栩栩如生，如同亲见，可见当时的大英帝国对中国的关注程度。那时，"康乾盛世"已传遍世界，西方主流社会纷纷将目光投向这个东方大国，口碑传播终究难抵出版物中的中国——笛福写作中的中国映象大致借助于出版物了。令我惊奇的是，笛福写出的是与"盛世"相反的印象，足以说明"康乾"在英国并非"盛世"。

借助笛福的鲁滨逊，我们暂且回到曹雪芹的出生前期，领略当时的社会生活及背景，虽有"家丑"被窥之嫌，但作为中国人的后代，开始微微不适，却也识得是一种难得的体验，也便释然。

鲁滨逊从澳门抵达南京，不久就随一位法国神父西蒙前往北京，一路穿行大半个中国，见识各色人物，所到之处，无不带着一双鹰隼之目，极其严苛地"挑剔"着历史学家眼中的"康乾盛世"。

1703年，清圣祖康熙四十二年，处于"康乾盛世"的起始阶段。迄今为止，中外史学家形成正反两种观点：盛世和非盛世。"盛世"说的根据是长达134年的康雍乾时期为清朝统治的最高峰。在此期间，中国社会的各个方面在原有的体系框架下达到极致，改革最多，国力最强，社会稳定，经济快速发展，人口增长迅速，且疆域辽阔。西方传统史学界称这一时期为"High Qing"，即清朝的高峰期。反对者则指"康雍乾"是中国封建社会的回光返照，制度僵化，对内实行民族压迫、对外闭关锁国，使得这一局面无法长久。笛福在《鲁滨逊历险记》的篇尾，唱出的就是"康乾盛世"的"反调"。

笛福的篇尾，呼应的正是《红楼梦》的开卷：中小地主甄士隐的家庭遭遇一场火灾，几乎灭顶。他欲与娘子回到"田庄"，无奈"偏值近年水旱不收，盗贼蜂起，官兵剿捕，田庄上又难以安身"，后来"竟渐渐的露出那下世的光景来"。加上后来书中陆续出现的被打死的冯渊、被逼死的石呆子、佯死的张华……何以刚刚"盛世"就要"下世"？显然与笛福正好吻合。

笛福笔下，他无视"盛世"，所表现的皆是清朝初期的中国社会无比凄惨的面容：官员的腐败，士兵的低能，地主老财的骄奢，人民的贫苦、麻木以及长城的"大而无当"……总之，世界版图中，中国简直就是牛身失毛——不足挂齿。

二

初到南京，鲁滨逊印象极佳，"据说这城里有一百万居民，这个城市造得很正规，所有的街道都是笔直的，而且一条条街道都十字交叉，使城市轮廓很是美观"。曹雪芹祖上曾世袭江宁织造六十年，鲁滨逊在南京期间，应是江宁织造的极盛期，他所说的南京面貌，应有这一宏大建筑的影子。

但他话锋忽转,"当我把这些地方的困苦百姓同我国一比,看看他们的房屋、生活方式、衙门、宗教、财富和有些人所说的荣华,我得承认,我觉得未必值得在这儿花时间一提"。

就在这时,这位周游世界饱经风霜的老者,敏锐地发现南京的人们"鄙俗残暴""粗野无知",并非常惊奇地看见"反差这么强烈的事物"。

鲁滨逊的独到就在这里,总是看到与众不同的缺口。他这一路的中国"巡查",发现着美,也不放过"丑"。他用了大段排比:"那些建筑同欧洲的宫殿和皇家建筑相比,又算得了什么?他们的商业活动与英国、荷兰、法国和西班牙的世界性贸易相比,又算得了什么?他们的城市同我们的城市在财富、实力、服饰的艳丽、家具的富丽堂皇以及城市本身的变化无穷相比,又算得了什么?"

"康乾盛世"是否真的存在,在民国史学家萧一山眼中,只是"……作太平之粉饰,好大喜功,稽古右文,虽有全盛之规模,却种衰弱之肇因";许倬云则认为"所谓盛世只是败坏的开始。这三个皇帝(康雍乾)统治的时期已经将中国的资源挥霍净尽";同时,更有人提出"康乾盛世"只是"政府的盛世"。

笛福笔下的清朝军队,看似展示了清政府强大的军事实力,却在康熙平定三藩后逐步腐败,训练废弛,装备落后,与西方国家相比,军事实力已远远落后。鲁滨逊站在南京城,轻扫一眼,就发现中国军队"纪律松散,既不能巧妙地进攻,又不会冷静地退却",于是果断下结论,"要想抵抗住中国的一切骑兵,只需要一支精干的法国骑兵或者一支穿上半身铠甲的德国骑兵"。他自豪地说"他们(清军)就算有成千上百万的步兵军队,尽管在数量方面是我们的二十倍以上,却无法抵抗我们步兵军队的攻击"。他甚至这样联想沙俄的强大:"要是他先前不去攻打好战的瑞典人,而是朝这里进攻……可能他如今已做了中国的皇帝。"

笛福的这些印象,正与几十年后他的英国同乡、两次随父来华的马戛尔尼隔空印证着。马戛尔尼屡称清军军备废弛,像"一艘破烂不堪的头等战舰",预言它迟早会"不再有纪律和安全"。他的依据是,"从北方或满洲鞑靼征服以来,至少在过去一百五十年里,没有改善,没有前进,或者更确切地说反而倒退了;当我们每天都在艺术和科学领域前进时,他们实际上正在变成半野蛮人",他坦言,"英国从这一变化中将比任何其他国家得到更多的好处"。

马戛尔尼曾经随英国使团到过镇江,观摩清军声势浩大的欢迎操演。可他发现,周围的城墙濒临坍塌,士卒衣冠不整,队伍的主要装备还是弓箭戟矛剑之类的冷兵器,寥寥几支落后的火枪,也已破烂不堪。因此,英国人非但没被吓倒,反而断定:"中国社会已经被卡住无法前进","它的繁荣已经结束",英军"在这里可以轻而易举地登陆"。

三

鲁滨逊从南京到北京,穿越无数城市和乡村,就看到了《红楼梦》里的刘姥姥、狗儿、板儿甚至贾政、贾赦、贾琏等人的影子。

他们的马队与一位清朝官员为伴。那位官员"威风八面,高高在上,一路上随从如云,老百姓必须人人都献给他礼品;有的时候,百姓就是因为被逼向这群经过的官僚和他们的随从供应食品而穷得叮当响"。当他和西蒙神父在这位总督的随从队伍中,每天虽有充足供给,却要按市面价格付账,这样,清朝官员则有了双份收入;他们还发现,"中国人除了像这位总督这般的贪婪,也很傲慢,富人喜欢摆架子,蓄养众多奴仆来卖弄;普通平民也很傲慢无礼"……

就在这"穷得叮当响"的百姓中,我们仿佛看到了刘姥姥和板儿。刘姥姥虽不是主角,但有时还真有那么一点儿"抢镜",她从"千里之外,芥豆之微,小小一个人家"来到"略有些瓜葛"的荣府,她是来"讨要"的。而第五十三回黑山村的乌进孝缴租,则是给贾府"进贡"。都说这个场面与大观园的诗情画意不匹配,然细观,乌进孝与刘姥姥正是贵族与农村联系的两个相反的侧面。结果是,刘姥姥从贾府拉走了银子和大小包袱,乌进孝则送来长长的"进贡"礼单。那个礼单占据了大大的篇幅,曹公不厌其烦地列出长串的动物及货物名称,只那些名字,今人已无几个熟悉——大鹿、獐子、狍子、暹猪、汤猪、龙猪、野猪、家腊猪、野羊、青羊、家汤羊、家风羊……

这时,笛福笔下"贪婪的总督"就上场了——贾珍一句"不和你们要,找谁去",足以显示贾府的主要收入来源以及当时的"杯水车薪"。那句"你这老货又来打擂台来了",表明庄田又未完成缴租预算。贾珍期望"至少也有五千两银子来",但只收到"外卖粱谷、牲口各项之银共折银二千五百两"。他还对尤氏说:"除咱们这样一二家之外,那些世袭穷官儿家,若不仗着这银子,拿什么上供过年?"当贾蓉回来,对贾珍说:"光禄寺的官儿们都说,问父亲好,多日不见,都着实想念。"贾珍则一语道破:"他们哪里是想我,这又到了年下了,不是想我的东西,就是想我的戏酒了。"

再看笛福笔下的朝廷:"他们的政府是由绝对暴政构成。"当时的曹公哪有这胆量,他只让贾琏的乳母赵嬷嬷说,"咱们贾府正在姑苏、扬州一带监造海船,修理海塘,只预备接驾一次,把银子花的像淌海水似的",而"江南的甄家,哎哟,好世派,独他们家接驾四次。要不是我亲眼看见,告诉谁也不信的。别讲银子成了粪土,凭是世上有的,没有不是堆山积海的"。

至于百姓,鲁滨逊一眼就看出民众受统治后的愚昧迂腐:"这是世界上统治民众最简单的方式,人们被教唆得言听计从,从不思考……据说统治民众所需采取的原则就是,如果你命令他们上吊,他们也只会哼两声,然后马上就屈从了……"这一路,百姓的愚昧让鲁滨逊及同伴震惊不已,"他们在技术方面、知识方面、科技方面表现得非常堕落……愚蠢更到了极不真实的程度",竟然把日食当作"一条巨大的龙在袭击太阳",于是整个国家"纷纷敲锣打鼓,响成一片",想用这种办法把那条恶龙吓跑,"这种情形和我们把一群蜜蜂赶到蜂箱里不相上下"。

当然,这一切发生于三百年前,如今已一去不返。

四

　　当初鲁滨逊之所以决定随西蒙神父前往北京，是因为神父眼里的北京是世界上"最伟大的城市"："这个城市之大，把你们的伦敦和我们的巴黎加在一起，也是比不上的。"

　　阅人无数的鲁滨逊却从不人云亦云，"北京确实很大，而且人口之多几乎把它挤得满满的"，然而在看待这件事上，"我的眼光与别人不同……"他事无巨细地描绘了北京百态，嘲讽的目光几乎将整个京城洞穿。不知这对后来的鸦片战争、八国联军侵华等，是否形成客观的舆论准备。

　　两年后，西蒙神父留在北京，鲁滨逊准备回英国了，路线是经山海关入东北，再到沙俄。他们的商队来到山海关，鲁滨逊一个人"一个小时站立不动"，观察了"中国人引以为豪的长城"。他们请来的一个中国向导，在他们身边"喋喋不休"地陈述长城的固若金汤，但鲁滨逊嗤之以鼻——"这道城墙只能抵御鞑靼人，除此之外一无用处"。他与一位葡萄牙老领航用英文窃窃私语："先生，你认为这能挡住我们配备了炮兵的军队吗？或者说，我们配备了两连坑道兵的工兵？彻底把它炸飞了，弄得连痕迹也不留？"当他们对长城极尽嘲讽奚落，中国向导虽不懂英语，但会意地面红耳赤，从此他们"再也听不到他大谈中国的威力和伟大了"。

　　一百多年后，笛福的同族罗素先生应邀来华讲学，写了一本《中国问题》，考虑到"中国人待我不薄，我不愿意揭他们的短处"。但是"出于对真理负责"，也"出于对中国人的考虑，隐讳不是好主意"，于是罗素先生列出中国人的三个短处：贪婪、怯懦、冷漠。他是以一种深刻的历史感与全球视野来看待中国问题的。彼时形格势禁，他看到了这个闭关锁国的文明古国在西方文明下的困境，后来，这些都成为中国人自省自视的切口。

　　世人皆知，笛福的祖国早在"鲁滨逊"来中国时就进入了工业革命阶段，自信满满，阔步迈向"世界工厂"和"日不落"帝国的扩张之路。欧洲中心主义的优越感使他及所有他的国人藐视中国的精神和物质财富，东方主义视角使他们鄙视东方、随意建构中国意象，进而觊觎主宰中国；殖民主义者的眼光，则使他们从精神和物质等多方面，提供着对中国进行殖民统治的理论依据……

这就是曹雪芹生活的时代，也是《红楼梦》写作的背景。

真伪作家辨

某省一家出版社约一套中短篇小说集，约到鲁敏时，她竟拒绝了。这件事如果鲁敏自己说出来，或许还有自我标榜之嫌，是一位作家朋友告诉我的。我顿时目瞪口呆。谁都明白，出版这件事，对于一个红透全国的作家而言，或许不再有什么难度，重新进行一番排列组合，来"消费"他们的名气，不惮重复出版。须知，一个响亮的名字就意味着拥有的出版市场啊！何况，编辑的言外之意也给了她这样的暗示：即使最新发表的中短篇数量不足支撑一本集子，"把以前出过的放进去一部分亦可"！

在我们看来，这还有什么犹豫的？把新作和旧作改头换面地"揉搓"一番，一本新书就出炉了。

或许正是基于这样的思路，才造成我们手中不乏积存着大量"重复"出版的书籍。我一直收藏毛姆的全部中译本，多次大呼上当——许多书名换个"马甲"你根本认不出来，特别是毛姆中短篇小说集我手中已有七个版本，重复篇目不计其数，而眼睁睁地，毛姆的小说集至今仍在以各种"新"面孔源源不断地送到读者面前；更有的书名，多达六七个译法，比如《整整一打》后来成为《十二个太太》；原来读得好好的《寻欢作乐》不经意间发现还曾是《啼笑皆非》，最近的一个版本摇身一变，又成为《笔花钗影录》……

这种状况，到鲁敏这里却打住了——她对重复出版保持着足够的警觉。那之后不久听她的一个讲座，课间跟她探讨这件事，她说，作为作家，能够出版毕竟是好事，但实在不想破坏自己在读者心目中的形象。此时我明白，原来她对读者一直保持足够的敬畏和尊重，不能降低自己的"写格"——这个词是我自己发明的，有"人格""国格"，鲁敏在意的是自己"写作的品格"。她不想为了多出一本书而污染读者的眼睛，她对读者的"眼格"给予足够的尊重。这就不难理解为何读者一直买她的账。

不知有多少人能做到鲁敏的拒绝。其实我也极为理解那些普通写作者的甘苦，以及他们辛苦写出的书为了出版而必须忍痛做出的"重复"让步。但是，真作家和伪作家是一眼可辨的，鲁敏的这种清洁的精神和人格，你可以视为已经站在巅峰的不屑和孤傲，但有一点不能忽视，站在巅峰的那些作家，未必人人都能做到。它的确需要一种"绝情"和"冷漠"，甚至一种壮士断腕的决绝。

在此，我非常不惧自我"揭露"——倘若我面对这样的出版诱惑，极有可能做不到鲁敏的拒绝。但有了鲁敏在先，"标杆"在此，如果我不能做到见贤思齐，那就是我的问题了。那时，我再敲打键盘时，肯定更多的是心虚，而造出来的文字也会羞于示人。

而事实是，尽管鲁敏在文坛如日中天，她却没我想象得那么畅通无阻。她的《奔月》遭遇多次退稿，被编辑重重质疑。但有灵魂洁癖的鲁敏却不会受到丝毫影响。那天我所见到的鲁敏，圆领T恤，黑蓝相间，一条旧牛仔裤，随意的刘海儿，装束很普通、随意……她紧抿双唇，一脸郑重，语速极快，显得爽快干练。

很喜欢这样一个很知性、很天蝎的鲁敏。眼神鹰隼般的警觉明亮，偶尔流露的腼腆和羞涩感给人一种含蓄的幽远之美，夸夸其谈和生猛粗糙的女子绝不具备这种美。凭着她对写作更对读者怀有的这种深深的敬畏，无疑她的文学道路会越走越宽阔。

某些人，是作家不假，却又时而令人生疑。

新年刚过，微信圈突然变成集贸市场。不过，一波接一波"叫卖"的，不是菜肉鱼蛋，而是各位作家的新书。先是一位重量级老作家晒出一本将要出版的新书，加紧"吆喝"。就在我将要下单时，我所熟悉的另一位稍年轻一些的作家又潮水般发出一波又一波的"新书预告"……心想，先观望一下再说。这一观望可好，连续不断地竟有五六个文友相继晒出将要出炉的新书，仍是农村集市上农妇用力卖货的架势……那种招摇和张扬令人极为不适，而他们那口吻的一致竟像他们商量后的统一行文。其中有两位大概见我被轮番轰炸仍按兵不动，干脆直接微我，把下单路径写得比合同还清晰。

这一下，我真的犹豫起来。

我有多大必要买这些书？我不否认这样的阅读定然不乏营养，可是如果照此下去，朋友圈里再继续晒出来呢？倘若逐个"支持"，我自己都怀疑这样"高尚情操"的必要性。

作为一名写作者，我一直将阅读置于写作之上，不敢丝毫懈怠。至于买书的频率，我们小区里的菜鸟驿站那对"90后"小夫妻店主最有发言权。那么，我到底该不该买来文友这些书呢？这样犹豫着的时候，其实我也心情复杂——我的一本《红楼梦》随笔书稿也分分钟面世了。鉴于出版社的不易，我肯定也会发在朋友圈"周知"，但以我目前的"脸皮"尚且"吆喝"不出口，意在分享自己的写作成果，若有圈中文友对我这个人或这个话题感兴趣，且囊有余金，明里或暗中"支持"一下我当然感激不尽。倘若圈友们像我一样暂时还没有制订读经典之外的书的计划，我也非常理解。由于写作的缘故，目前我的朋友圈80%的圈友都与写作有关，说朋友圈已经成为"书市"的一部分并不夸张，但我仍觉得，普通作者出版了一本书，除了对作者本人写作的一个回报和纪念，根本没有我们想象的价值。倘若非要扯到"价值"，就是有必要向一些给我写作支持和帮助的人"秀"一下。我的书出版后，我在没有征求对方意见的情况下，就给我认为的我写作上的"贵人"每人寄了一本，但同时附言：不希望为此耽误您的宝贵时间，随意翻看即可而后扔掉或闲置。

此乃肺腑之言，毫无造作。尽管我也明白，作为写作者，作品发表和出版才使作品具有终极意义。哪个作家如果说他只写给自己看那是极不现实的，毛姆曾启发他笔下的人物："如果我置身于一个荒岛上，确切地知道除了我自己的眼睛以外再也没有别人能看到我写出来的东西,我很怀疑我还能不能写作下去。"

就在我犹豫着胡思乱想,从电脑前起身来到书架前,一眼就看到不久前买来的乔叶的几本书。一下子买了一个作家的几本,这听起来不可思议。起因于半年前听乔叶的一个讲座。那是一个青年作家班,讲座后有一个提问环节,有学员提问:"我们知道你已经出版了多本小说和散文,想请你梳理一下,我们应该从你的哪本书读起?给个顺序。"

这个提问者无疑是乔叶的"热粉儿",很想系统地读一遍迄今为止的所有乔叶作品。如果是我被提及这样的问题,不知要如何拼命地按捺住自己的得意和虚荣,告诉他如何如何读下去——在这碎片和眼球时代,能有人如此认真地"黏"自己的作品,该是比皇冠更大的荣耀吧!

乔叶怎么回答的?还是她那一贯不急不慌的语气:"我很高兴你这么喜欢我的作品,但我必须说明,每个人阅读时间有限,应该多读经典名著,那些经典的营养才是你真正需要的。"

乔叶随之分享了自己的经验:"阅读经典是认识世界的最佳途径,那些所谓的成功学、励志学,才是真正需要警惕的。我以一个二十多年的文学工作者身份建议大家一定要阅读经典作品。经过时间检验的经典文学就像丰沛的母体,向你输送源源不断的精神滋养。随着人生经历的丰富,每一次阅读都会给你带来不同的体悟。"

我坐在台下,在那一刻,就在乔叶那不疾不徐的语速中,我发现了她的美:自知、自谦、自持,还有对他人的珍视和极度负责,而这一切高高托起的是她的——自尊。面对乔叶,我不由得多了一份发自骨子里的仰视。

很巧合,西西弗书店很快开在我们这个城市。看在我多年没进实体书店的分儿上,迫不及待地逛了进去。无意间看到乔叶的几本书展览在并非显要的角落里,但我毫不犹豫地付款打包而回。

几个月过去,乔叶的书忙里偷闲读完,大呼过瘾。对于我这样的"书虫",辨别出一本书里含有多少"淀粉"多少"维他命"甚至多少黄金,并不困难。当我边读边勾画着做笔记时,有那么一刻,解颐一笑:乔叶并不主张读她的书啊，我反而上瘾……一遍遍回忆的，是那个美好的回答。

在一切都即将成为过眼云烟的消费时代，文学的魅力似乎也在消减，好在我们还有鲁敏、乔叶这些定力极好的作家，在波涛汹涌的欲望潮流中坚守着文学的操守，滋养现代人的心灵。

一直以来，我对作家这个称谓保有至高无上的敬畏之心，哪怕整个世界混乱不堪，人类灵魂的工程师——作家，在我心目中都比观音菩萨还圣洁、淳美。有一次跟一位作协副主席探讨这件事，他说：没那么回事，有的作家比常人还恶俗难缠。

我十分崇敬这位主席的为文为人，却对他这话将信将疑。直到亲历身边的一些"心眼"极多的作家，这让我在怀疑原先信念的同时，又极为痛苦。在他们身上，我经常思考一个问题：文学是否可以算计？

他们的心思并没在写作上，写作只是附丽，向外人炫耀的手段和工具，平时一有机会就把"著名作家"特别是"女作家"的标签贴在自己的前额，生怕别人忽视了这个身份。其实，稍稍细较，一眼便知其"作家"安装在他们身上是多么不搭：矫情，造作。这也造成了有的作家只能远观，稍稍拉近一点儿则不忍卒睹。以至其身边人说起他们的写作，往往惊讶：他呀，他像作家吗？比如他们整天骂自己的家族、家庭，却又绞尽脑汁利用一切机会和场合为其家庭成员谋一切私利，诸如找工作、调工作、免除城管罚款、免费或减费上贵族学校，甚至连家庭成员买一兜水果不满意要求退款也要到处托关系走后门。时间久了，令朋友们不由得在他们身上思考两件事：他把时间和精力都用在无谓的琐事上，是否还有时间写作？他身后那个家庭令人感觉怪怪的。如果把写作这件事与这一切联系在一起，他的整个人看上去是多么分裂：作为作家，他的行为令我迷惘——他到底算不算作家？

想起雨果在《巴黎圣母院》里写到一个奇葩"诗人"格兰古瓦。当他被吉卜赛女郎爱斯梅拉达救下，他倒是相当坦诚：我当过兵，可我不够勇敢；我还当过修士，可又不够虔诚；我喝上了酒，我就下了决心——当诗人。

大概后面还有诸如当农夫力气不够大、当屠夫不够灵巧、当学者又坐不住……如此，才当了诗人。

偶尔参加文学会议，发现某一时刻似乎应该改名为"社会应酬"，因为名为文学，实际却是职场：论"职"排辈，头衔等级，甚至比官场还要嘈杂微妙。因为官场有时还争在明处，而所谓的文人，争起来犹抱琵琶，却硬要装出斯文儒雅，成为邯郸学步与东施效颦的混搭，四不像。就是杂文家王乾荣先生笔下的"小圈子，小脑袋，小眉眼，没风度，无气度"了。

某日，某文坛大腕在一篇文章中称自己希望被"苏轼附体"，引来文友在文末跟帖狂喷——被苏轼附体，你也配？

其实，那位作家至少被我划入了"真"的行列。他的作品情真意真学问真，在我心目中一直都是"真作家"。一直以来，出于对自己写作资历以及对文学的敬畏，无论哪个角度，我一直不敢称自己为"作家"。"作家"这个名号虽几经淘漉，在我心中依然神圣无比：不是发表几篇文章、出版几本书就可以随意亵渎"作家"这个名号的，更遑论"伪作家"。这种自律自持雷打不动。可是，看了文友的"狂喷"，我被大大刺激：原来，"刁钻"的读者比比皆是！他们心内自有准星："真作家"的标准高着呢、严着呢。复又欣慰起来，幸而有这些文坛内外的隐形"包公"！已逝的陈冲先生经常提到"眼格"，从这个角度讲，我愿读者们的"眼格"继续高下去、刁下去，别再轻易饶过那些混场子的"伪作家"。再回望目力所及的大大小小老老少少男男女女的作家，其质真、假，悠然自辨。

写与画的文化掂量

朋友推荐一个很特别的微信号——"艺术战争",够威,够力,够生猛吧。想想看,一门艺术,一跃"晋升"为战争,是不是有点儿雷人?本应旖旎绮丽的艺苑风景线,何时变得刀光剑影呢?尤其这刀剑又直通通或羞答答地指向名利。

对着这四个字暗自沉吟,发现里面推送的文章虽不多,标题却一点儿也不温柔,"官员字画,在位如金,在野如草""买美协会员不如买××画家"……这才恍然——此"艺术"多指"书画"。

近期身边又有两个文友宣告去作画了。她们旗帜高扬,请了长假,踌躇满志地奔向清华美院,日课夜画,作业鏖战,或跋涉写生,不亦乐乎,眼看着,她们就要成为画坛霸主。

这也是近期我生活中的常态:经常眼睁睁地目送大大小小的作家转移战场投身艺术战争,似乎得到一个提示,作家书画热,就像一堆熊熊燃烧的大火,从升温、白炽直至火光冲天。

由于写作的业余性,我的身边聚集着清一色的业余写作者,但我必须承认他们的写作已经相当专业甚至超越专业了。可是就在不知不觉的近几年,他们中的一些人,极像1988年海南建省时的十万人才过海峡,纷纷弃写作奔书画而去,一些没有行动的,也怀揣一种明灭不定的"闯海"情结,翘首顾盼着。沿着他们的目光看过去,俨然一个热风吹雨的书画界"海南"——2014年10月,麦家一声断喝:《荆歌,快放下毛笔》,这声惊雷能否炸醒荆歌尚不得知,可以肯定的是,"位高权重"的麦家此时看来也不免人微言轻。时至今日,"闯海"者热情不减,且有日益高涨之势。

我虽有缘得识专业书画家,但身边更多的还是书画爱好者,他们亦文亦画。经常传来长长短短的画界消息,不少写作大腕转身作画也成事实。曾与一个写书画评论的女友探讨这类作家的阵地转移,她告诉我,她亲眼看到有的作家几分钟出炉一幅作品,却能够很快被不懂书画的人争夺;有的作家画技平庸,其画却不乏买家,谁都清楚其实是在出售他多年储存的作家名气利息。因为在圈子之外,寻常百姓不具备书画素养,他们只能以作者业已成名的身份来界定一幅书画的价值,女友说:"无论书法还是绘画,往往并不以艺术品本身的价值而论价,以现代人的浮躁,有几个肯'垂丝千尺'?即使有,也是意在金钱。"其结果大多是,在名和利的双轮驱动下,他们也真的收成可观——种下一粒大豆,收获一车金瓜。

这是否就是中国真正的时与势?那些远远近近的艺术战争,暗隐着写作与书画在现代社会中明明暗暗的各类勾连。书画与写作,原本"一衣带水",谁知被21世纪中国的某些文人轻挥魔棒,一跃而成为一衣带"金"。瞬间,看似手无缚鸡之力的文人们纷纷跨界吸金,成就一场场写与画的跨界嘉年华。

我有一女友自幼研习书画,深得书画精要,能够远离浮华而独善其身。她认为作家的书画化,渗透了太多的艺术、社会、性灵等要素。从艺术创作本身出发,艺术家希望提升自己的生命含量,服从艺术生命的需要而涉猎书画,追求文武兼备、知能兼求,"漱六艺之芳润,浮天渊以安流",一个作家对于书画的鉴赏力毕竟可以助推其写作,写作到一定阶段也会考虑拿起画笔——这方面最为典型的,应是张洁了。张洁自嘲"没什么爱好,也很'无趣',不会打麻将,不会卡拉OK,不喜欢参加饭局,只喜欢画画"。这里有一个前提,画画发生在她的晚年,是写作到一定阶段的产物,晚年之前她可是一直醉心写作的,"死并不可怕,可怕的是没有了内容的活"。当晚年的写作不足以支撑她的"活",这才选择画画。

对于张洁的画,是否可以理解为她对这个世界已经"无话可说",只能诉诸线条和油彩?而我的书画女友则用"短平快"来形容书画的功利效用——之于写作，书画对于成就一个文人来说太"简单"了！"付出少，收益快且大，名声响，不像写作那样煎熬，很难看到出头之日"。据她说，书画界有个比喻：练习书画二十年，等于自身携带 ATM……

中国已具备了成就无数书画大 V 的土壤，中国文人是从何时开始惯于这种取巧而敷衍的，似无可考。眼下的某些中国人被认为是这个世界上最焦虑的族群，不安于家庭和睦与人生平淡，大多缺少一种古意的大美，那么一种安定、老到、低暗无声的光芒。歌德说过，一个作家凭着一部有价值的作品引起了大众的注意，大众就会设法不让他产生第二部有价值的作品。无数事实证明，太热闹的人不会强大，这里的"作家"显然可以置换为"书画家"，因为那些"批量"生产的所谓艺术品往往俗不可耐，只能制造一些艺术秽物。他们可能在现实里千伶百俐，但在艺术面前其才情却总显得左支右绌，而操守与作品，更是约翰·克利斯朵夫的"玛勃洛打仗去了"。毕竟，要做恺撒，先要有恺撒的气魄。

其实，我倒欣赏那些开宗明义宣称用书画遣情怡性的人们。比如丘吉尔，画画就是他放空自我消遣娱乐的方式，他从四十岁开始对画发生兴趣，共画了五百多幅，但是，显然，他纵使画了五千五万多幅，他仍然是首相而非"画家"。宋美龄晚年爱上画画，也有不少人点赞，但哪怕画到106岁去世，有谁为她定名为"画家"呢？

这里的问题是，一个人能否同时擅长绘画和写作？看看画展中的张洁，至少不能否定。现实中意味深长的事也不少见，2014 年末有一则消息，武汉八位作家在美术馆举办"文心墨韵"书画展，其间打出一个口号"让我们牵着专业书画家的衣角，跟着他们玩吧"，并称："杂七杂八地学，为的是有滋有味地活。"后面这句话"把观众都逗笑了"。

观众是"笑了"，我却难以发笑。八位作家呢？倘若他们笑得出来的话。对于作家来说，我认为这句话是值得推敲的。记者当然可以这样报道，但作为作家的"杂七杂八"，难道不是对自己的不负责、对艺术缺乏一种"垂丝千尺"的深掘和虔敬吗？用麦家的话，书画跟文学"不远，也不近"。事实也证明，凡执着者，都对他们的执着抱有敬畏，并把这种敬畏当作了一座大山，他们毕生都在攀登这座山，沿途风景再诱人也不为所动。在徐小斌的《天鹅》里，孤傲清高的女作曲家古薇，为了挣儿子的学费，终于"天女下凡"接受了音乐学院同事为她介绍的"外快"培训班——教三个小学生学习钢琴。古薇问她的学生："……你们一定要想好，你们究竟是爱音乐，还是爱钱、爱时髦？"

——于真正的艺术，不啻"钱学森之问"。

对于灵魂的仰望，对于信念的坚守，我欣赏那些近乎愚钝的死守。我的一位作家女友把文学视为"救生艇"而非"豪华游艇"。一位天津作家也说：有境界的作家，不肯委身于任何境界低下的事物，成为"财"气日盛却"才"气日衰的沉沦者。他们对非文学境界的种种诱惑怀有警惕，保持距离……拒绝作家的灵魂被一切非文学的东西所污染、所异化。不少书画朋友告诉我，画画拼的是读书。画，其实先是画给自己，就像古琴，声音微弱，却必须发自灵魂。在我心目中的艺术门类中，文学，永远位于众艺术之首，在法国，文学界始终是走在美术界前面的。当有些女文青把书画当作一件犹抱琵琶的知识嫁妆或精神饰物，我的一位女友却甘心宅于真正的书斋，自觉追求那些思想和艺术的黄金，用自己的行动还原艺术本来的优雅。这让我欣慰。在滚滚物欲的扫荡下，多少令我们仰望的天赋之人沦于藩溷，但他们仍让自己仰望一根坚硬的骨头。一个法国诗人说："我宁愿我的诗被一个人读了一千遍，也不愿被一千个人只读了一遍。"前者就是经典，后者只是流行。对于常人，能拿个单项冠军已属不易，倘若资质平平又想通过某捷径而轻取"全能"，显然超越了自身极限。毕竟，季羡林、王国维等国学大师属于人中异品，从全人类看，哪怕写作、画画"双料"冠军，也寥若晨星。

跨界，还是坚守？说到底，关乎一个作家的天赋再分配，以及个人对于生命目标的执着程度。一个作家如果不写诗歌散文中长篇，那他与文字的关系何在？据说卡夫卡的画才很是了得，但对于写作与画画，他很直接："我感觉到，倘若我不写作，我就会被一只坚定的手推出生活之外。"作家与文字就像鱼和水，作家本质上必须与文字而不是与线条产生联系。如果他执着于文字，其他艺术门类如音乐书法绘画等必作为欣赏和修养而存在，而欲"染指"一门艺术，显然需要太多淬火般的铺陈和修炼。

许多作家声称"如果还有第二个选择，我会去画画儿"，这也是眼下不少作家试图解决的一个问题：人类为什么要有绘画这件事？或许他们的写作都成功了，用文字与世界沟通的愿望已然达成，于是急于开掘别的艺术门类将自己过剩的艺术才情最大限度地释放，这时，当书画艺术成为时尚，"跨界"似乎水到渠成。

然而，艺术的跨界与商业的跨界毕竟不能一概而论。近年经常有经济学人发出"不跨界必死"的警告，并列出将要消失的一些行业。作为以营利为目的的商业单位，利润是铁律，当一业没落，转行成为必然。而艺术，则永远发自内心，是一个人的精神分泌，这和与时俱进无关，而是源于艺术规律和经济活动的本质不同。某种意义上，艺术的跨界是对艺术信念的动摇，是艺术家对个人才华和能力的不自信。术业有专攻，技穷才跨界，浮躁才跨界，绝望才跨界。文学对于某些献身者，是作为一种宗教存在的，如空气和水，不可须臾分离。只有那些智质平庸、缺乏写作可能性的人才去"杂七杂八"，因为他们对自己的文学前途产生怀疑，也必使他们跨了界的东西难掩局促与小家。事实上，跨界的作家，或许能获取多方面的文化利益，而文学的贡献和影响力却是愈来愈小，甚至常常依靠一些文娱事件来制造"影响"和吸引"眼球"。斯文一旦被辱没，文学值几何？

一个刚刚去西双版纳写生的女友曾讲到"深山藏古寺"。这让我眼睛一亮，我认为作家笔下也是能够有"古寺"的，完全可以将山巅、寺顶、溪影的"蛛丝马迹"掩映于他的文字中。就是说，胸中块垒，未必非要拿起画笔。大家一窝蜂奔书画而去已非高明之举，民意已经摸到一条恶藤，何况艺术腐败已经进入全民视线，逆风执炬必有烧手之患，真正的艺术必须淡化某些非艺术色彩，这已成为不争的事实，同时也证明中国画坛这个"江湖"整饬在即。

陈丹青虽有争议，我却敬佩他的"艺术观"：艺术家是天生的，学者也天生。他继而解释："天生"的意思，不是指所谓"天才"，而是指他实在非要做这件事情,什么也拦不住,于是一路做下来,成为他想要成为的那种人。

我不画要死!这是《月亮与六便士》里的思特里克兰德。

我非画不可!凡·高、苏巴朗是这一类。

我非雕塑不可!这是罗丹。

我非写小说不可!这是严歌苓。

我非唱不可!这是李玉刚。

其实,陈丹青的"天生"让我想起的第一人就是严歌苓。面对许多作家的"华丽转身",严歌苓对文学的坚守显得过于"愚笨"。她每天凌晨坐到桌前写作,靠的是钢铁一般的意志,曾作为军人的她,更像作战一样捍卫自己的写作环境。文学对于严歌苓的回报,有媒体赞扬她经常"空运很多大耳光"到北京,提醒我们时间、生活过得多么乏味。一派浮华之中,特别是对于那些半路的书画家们来说,严歌苓对自己、对文学,始终抱定一种不慌不忙的优雅与坚强,其镇定的精神姿态,安静的心灵,以及面对种种欲望和诱惑时表现出来的静默而淡定的灵魂,难道不是一个个晃在我们面前的大"耳光"吗?她始终做自己,她只为小说而活,小说成为她生命的存根。而这在"杂七杂八"者眼里,是否太——委屈呢?专注至此,亦"刻板"至此,该招来多少"怜悯"的眼神!想想,凭严歌苓的体量,她若肯写一幅字或随意涂抹两笔,该如何搅动世界书画界?

由此,我们笃信,总有人,让这个世界,高贵着。

文学"芯片"与文学的传承

每当读到文学在家族血脉之间欢快地传承,我总是难以抑制一种莫名的兴奋和感怀。比如葛亮,他的一系列"重磅"作品《朱雀》《北鸢》《小山河》等,让我不由得一次次打量他身后那个声势浩大的文化家族。莫非在他出生时上帝就给他植入了祖先的文脉:一枚文学芯片;而这芯片,又无比精准地被他量化成为日后的文学事业。

不信就去看看眼下的葛亮,无论纸媒还是网络,这个名字甫一露面,后面牵出的必是他那炫目的家世:祖父葛康俞,外公"卢文笙",太舅公陈独秀,表叔公邓稼先……其父母虽未具其名,但我们得知,那是理工科大学的"葛教授"和"朱教授"。倘若再扩散到家族外围,与祖辈千丝万缕的故交几乎无一"白丁",列出的名单皆声名赫赫:艾青、王世襄、李可染、黄宾虹、褚玉璞,等等,这似乎为探讨葛亮的写作提供了一个纵深——仿佛他跟外公外婆撒着娇,跟表兄弟们抢着糖果,跟同学们打着架,爬树采桑养着蚕……某天早晨一睁眼,作家就当成了!

这个家族"文"气森森,首推祖父葛康俞。

"献给我的祖父葛康俞",这是《北鸢》扉页的题记,葛亮对祖父的恭敬跃然纸上,以至这几年几乎每部作品都不忘献给祖父。由于葛亮这位"爱孙"在文学上的崛起,葛康俞的名字再出现时往往后面还加上"先生"二字,而且被称为"著名的艺术史学者"。这位民国时期人物,早年就读于杭州国立艺专,与李可染等同窗,成为与叶恭绰、黄宾虹、邓以哲、启功齐名的近代五大鉴赏家之一。不过,近几年的葛氏喧哗,我倒觉得是他得益于葛亮这位"贤孙"的光环。试想，如果不是葛亮的"横空出世"，有多少人知道"葛康俞"这个名字？

葛康俞跟着孙子葛亮被"推"到人前，是因为他在20世纪40年代写的一本书稿《据几曾看》。这本由三联书店出版的书，初版是在2003年，而葛亮的写作早于这个时间。葛亮坦言，他多年间将这本书置于案头不时翻看，以沉淀心智。当葛亮成为一颗文坛新星，祖孙二人的关系开始浮出水面时，这种跨越时空的烘托成为一种奇妙的心灵感应。出版社希望葛亮写一本关于祖父的书，而祖孙俩虽无缘得见，但对于以教书、写作为生的葛亮，"祖父是为学为文的尺度"——这直接"发酵"了《北鸢》。

另一位老人，葛亮的外公，葛亮迄今未披露他的真实姓名，我们暂且把他称为《北鸢》中的"卢文笙"。这位外公看似不显山不露水，但葛亮看重的是他"做人的尺度"，也比祖父"更加亲近"，而且一直伴随着他的成长。外公曾是一位年轻有为的"资本家"。葛亮曾经提到一个细节：某天，外公带着年少的葛亮去看电影。夕阳余晖，身穿中山装的外公忽然用浑厚的男中音唱起英文版《雨中曲》。葛亮坐在自行车后座上，心思细腻敏感的少年牢牢记下那一幕。日后，他说他从那美好的一瞬看到了老人的人生跌宕……于是他"请"外公成为《北鸢》的主人公，再"引出"祖父，并使两家联姻，商贾世家牵手没落的士绅家族，遂成葛亮的文化人际。

葛康俞和"卢文笙"，背后是安徽安庆葛、陈、邓三大家族，以及这几个家族之间知识分子群落的一个人际网格，用葛亮姑夫的话，他们的家族已经形成一部近现代知识分子简史，甚至说就是一部民国史：新文化运动先驱陈独秀，"中国原子弹之父"邓稼先，外公的姨父褚玉璞（民国初年颇负盛名的直系将领，曾与张学良、张宗昌并称"奉直鲁三英"），均在这一"谱系"之内。艺术家、资本家、军事家、政治家，随便一个人物都威风八面。即使外婆的父亲也是个"士绅"，据说"颇能干涉地方事务"，早年为政府捐过飞机，又是"最早的革命民主人士"……这些民国祖辈被葛亮称为"旁逸斜出的枝丫"，给他留下美好的印象。

"琴瑟龢同"，这是外公外婆金婚时得到的一幅字，葛亮经常在作品中提及，这让我们看到一个浓郁的家学意境和渊源。外公外婆都是教师，外婆更是特级教师。葛亮出名后，经常有熟人对外婆说："张老师这辈子值了，四个儿女，有钱的有钱，有学问的有学问……"每当这时，"外婆当面笑着应付，背地却总有些愤愤，说要前些年，我们家里还要好呢"。

葛亮的母亲既是"张老师"的四儿女之一，又是教理工科的"朱教授"，她与葛亮的父亲、同样教理工的葛教授，共同为葛亮展现了一幅中产阶级式的理想、伦理以及生活方式的温馨画面。父亲以《静静的顿河》为葛亮作文学启蒙，这种幼年的耳濡目染，那汩汩流淌的文脉，直接催生了葛亮的文学"早熟"，使他在不断自我质疑中又具备能动性，更富典雅的文化底蕴。

该说说祖孙二人的作品了。

葛康俞曾在重庆生活多年，《据几曾看》是一部艺术论著，葛亮"出道"后，这部书常被媒体拿来"附丽"于他的写作。这部品评中国古代书画名迹的书稿，分别由启功、宗白华题跋，其艺术价值显示的是一位民国遗老的真性情。今天再看，其祖父自身的光芒固然耀眼，但我关注的更是其对葛亮的写作影响。除了《静静的顿河》，葛亮是"浸泡"在《阅微草堂笔记》《世说新语》等古籍中长大的，这种语感与审美一直渗透给《北鸢》。

葛亮坦言，《北鸢》的写作灵感来自曹雪芹的《废艺斋集稿》，成为"一种南北地理大巡游"：葛亮从南京到香港，家族一路相随，他的姑祖母（北方俗称姑奶奶，是他祖父的七妹）也在香港……学者陈思和甚至把《红楼梦》与《北鸢》并列一起品读。《北鸢》充满了诸如京戏、古词曲、瓷器、园艺、摄影、旅行、临帖等中国传统元素，或许由于这些民国因素，直接导致葛亮的写作很有"民国"范儿。

对于作家，"生在哪里"意味着什么？我也曾跟文友探讨过这个话题，虽各执一词，但最后一致认为这个问题"很重要"。比如葛亮，他若生在贫苦乡村，父辈是个农民，他的首要任务是糊口，就算让他的父亲粗通文墨，只是连个纸片都难见到……还会不会有现在的作家葛亮？这时，还会有人忽略家族带给葛亮的优越感吗？

《七声》一直被认为是葛亮的"自传"或"准自传",父亲就是"葛工",母亲就是"朱教授"。就连葛亮这个名字,看似随便,其实大有深意——母亲朱教授与父亲葛教授,而后有了"葛亮"。这样的书香之家,"茶几前挂着倪元璐的山水";主人公毛果"从中班开始上英文课"的重点幼儿园(注意不是现在,而是20世纪80年代初期);大学毕业去实习,"爸有个同学老刘在台里做副台长,去了就把我安排到新闻部";毛果的父母经常为周围人"排忧解难",有时甚至给周围人的生活带来巨大转机。还有一个细节:当爸爸看到泥人尹摊子上的货品,不由得赞叹"这是艺术",尹师傅却"沉默了一下,手也停住了"……

无处不在的优越感,为葛亮的文学世家印证着蛛丝马迹的注脚。这气度,注定了那些关注葛亮写作的人,有时读文章倒在其次,更多的反而动不动就搬出他那显赫的家族,仿佛他的文字是那些故去了的祖先交给他的某个密钥。这是否间接证明,文学的代际传承也是作家子女"被文学"的过程?当然前提是他或她有那种潜质。葛亮本人出生成长在南京,成名在台湾,博士就读并留校香港,这更使他的小说充满"传奇性"与"漂泊感"。但从他的文学脉络可以看出,无论怎么漂泊,家族的文脉始终不离不弃。看照片,葛亮温文尔雅,显得很"书生",无论正面侧面,皆显得秀气斯文。许是巧合,葛亮的许多照片都围着颜色各异的长围巾,使他显得很有一股民国范儿。对照祖父葛康俞的照片,祖孙的面容如出一辙,有记者说他担得起"谦谦君子,温润如玉"这种评价。忽然想到葛亮有点儿像《红楼梦》里的蒋玉菡,外表文弱,白净斯文。这是"乍看"。倘若从他的文字"切入",时而温润,时而却也是凛凛的,给你一刀,你也痛也恼也怒,可是一转头,也觉得痛快,酣畅。

作家朱天文曾笑说葛亮有颗"老灵魂"。在我眼中,这个世家子弟,一招一式法度谨严,家学、师承隐然可辨,却让人更多期望眼前一亮的新意。我就是在这时读到《问米》的。这个短篇让人惊讶得合不拢嘴,它透出一个信息:葛亮时刻警惕对自己的因袭。《末日·花田错》里有一个这样的男人:"他的下巴很尖,狐狸一样俏丽的轮廓,些微女性化。嘴唇是鲜嫩的淡红色,线条却很硬,嘴角耷拉下来。是,他垂着眼睑,目光信马由缰……"如果看到葛亮的照片,必然会心一笑:这如同自我写照。这样描述"她"窥视下的"他",让人很容易就理解了他厚重的史学意义下呈现的一种诡异离奇。他似乎格外钟情一种非常态下的人性拷问,甚至有一篇小说标题干脆就叫《π》。评论界说葛亮"最具大师潜力",我认同。

读葛亮的时候忽就想起一个与香港紧密关联的名字——苏丝黄。电影里的香港元素——码头、街市、海滩、龙舟,皆弥漫着一种乡愁以及孤独的意象,苦涩的人生况味背后是一种城市穿行的独特体认,以及全球认知下的人性表达。"苏丝黄"的气韵移植到葛亮身上,就有了一种别样的味道,悠远绵长。

一直以来,我对帅哥型作家始终抱有一种偏见——放眼周边,"鲜"肉们谁还费劲写作啊!乞丐裤、露脐装、老爹鞋、复古、串标才是当下的潮人标配,文学领地不该是小家伙们撒欢儿的地方。眼见得身边那些小字辈,有姿色的去演艺了,富二代们出国了,脱离人群宅在家里的啃老了。即使单位里的那些小伙子,大多一副一本正经的面孔,笑容都是计算过的,比如只咧开半边嘴巴,表情阴晴是根据面前的人来决定的,不久后某个场合才知人家是"某某"的后代……十多年前,我作为班主任经常培训这类"后代",经常看到"似曾相识"的面孔。眼下的葛亮与他祖父葛康俞,人们对祖辈荫庇的联想是挡不住的,但我仍乐见——葛亮去写作了!

感谢这些文学传承,感谢"文学芯片"的神秘,经过了家族的文学电镀,成为作家独一无二的文学LOGO。我想,葛亮那些故去或健在的祖辈们,必是欣然于后代中的这个作家子孙。在他们眼中,作家葛亮,显然与商人葛亮、演员葛亮,哪怕科学家葛亮,以及眼下真实身份的教授葛亮,不可同日而语。

只是,媒体似乎不应该再无休止地"无聊"下去了——葛亮自称"像录音机一样不断被重复"。家世再显赫也没错,从家世中传承了文学更应是文学之幸,而那些推波助澜的媒体总是扯出"出身"这面大旗,就显得有点儿"别有用心"了。哪怕再好风凭借力,葛亮远还没有成为曹雪芹。

兹事体大，"刺激"那些文学草根不说，好话引出一次如甘霖，多了，灌得太饱，感觉就不那么妙了。葛亮体内这块文学芯片，固然是祖先为他"植入"，葛亮本人也经常在言谈中感谢祖辈对他的文化浸润，然而，芯片的质地终究要靠他自己去维护升级。说到底，葛亮就是葛亮，纵使他的祖辈显赫如李、杜、白，依然要靠自己的作品安身立命。倘若有一天他写不出来了，或者写出来的作品不再被欢呼簇拥，也跟他的那些祖辈没半点儿关系——那些作古的祖辈，没有一个人能从土里钻出来帮他写一个字。

寻访一位"七十岁少年"

"请问,您有宗教信仰吗?"

"我只信文学教。"

书桌对面的我和小说家曹明霞,相视微怔——面前的这个人,他信"文学教"!

冬日台北,厦门街113巷,台湾地区最诗意的文学地标——尔雅出版社。门口右侧的短墙上,一行别致的树形文字:在有限的生命里种一棵无限的文学树,这是隐地一篇文章的标题。我们在各个角度与他合影,一件深灰色中式上衣,一条多个口袋的米白色休闲裤,常识里,这种裤子似乎属于青年人,但它们出现在隐地身上绝无突兀,活力,干净,清雅,远远看去,像一个超越时代的人物。

隐地曾在一篇文章里说,只要我们活得够久,原来人和人,不管天涯海角,最后像接龙般全能连接起来。

我与隐地的"接龙",始于十几年前一则《读者》卷首,不足千字的《远与近》。那时我整天幻想着挣离地球,这则小文温柔且霸道地为我的天马行空添加助燃剂:"老年人怕远,年轻人怕近""走得远,世界属于你;走得近,世界离你越来越远"……这些句子,十几年后的今天仍为我至爱,这篇小文我也几乎倒背。令我痴迷的是,那篇颗粒计数的文字,像清溪中的石子,连花纹都一清二楚,照样智慧隽永,直取人心。于是我就大肆想象文字背后那个神秘的人——隐地,不知其男女老幼,挖空心思地寻找。无奈,在当时,无论纸媒还是刚刚兴起的互联网,隐地的资料甚少,但足有半年，我被这篇小文丝丝透出的文气笼罩着，以至有一天应邀给一个教育留学机构写文章，顺手"偷"来其中一句作标题——《远行要趁早》。

信息的不对称，使我对隐地的追慕无奈中断。这篇文，这个人，犹如《聊斋》里的一个画面，一袭长衫，瘦削、文弱的谦谦君子，腋下夹一册古籍，在一个月夜，破墙而出，亮出锦绣珠玑，对我一笑，又翩然隐去……

谁知，2015年的这个冬季，我们将在台北见到隐地！我竟恍如隔世了，隐地居然在中国台湾！尔雅出版社，写作，出版……信息全无的那些年，无数次想象着"隐地"其人，有一点是肯定的，他不在大陆。虽隐约明白这是一个笔名，可他是否华裔？是否写作？在这个地球的哪个角落？

远远地，隐地与助手站在门口迎接我们，我竟然像那些女粉一般咚咚心跳。我们看到一个神情安详甚至有些淡然的中年男人——不，头发梳理得有型有款、衣衫整洁的少年！可不是少年嘛，看他镇静灵锐的眼神，看门口那句"在有限的生命里种一棵无限的文学树"，看"小而美"的尔雅，满墙满室的书，那间一人编辑室……这一切一切，都被书浸泡日久，烘托出一笼的精致，吸引着我这个不太稳重的"接龙"者大呼小叫着。明霞比我淡定得多，她总是静静地看、听，我们面前的尔雅，以及门前一棵千年雀榕，它们让当日的阳光与空气，弥上一层沧桑光影，隐约间有些令人恍惚追忆的姿容。

走在这条被时光拉长的小巷，仿佛即将揭晓什么，直到走进隔壁的"尔雅书房"，一种隐秘渐渐明朗，原来，他是一种书香啊，以至我不忍用"它"。入口处张贴着隐地被"塑"成一个微型卡通小人的画像。其创意令我惊讶，真是蕴意深刻，他把自己放得那么低，抱着一大摞书面向世人，深邃，悠远。讲座的桌椅、沙发、绿植依次摆放在并不宽敞的空间，书房一角辟出六平方米的"突尼西亚"咖啡厅，四面墙上到处都是书，书，书……书房的女主人是隐地夫人林贵真，我们四人围住长桌畅谈，我也终于明白了隐地的思路、文路、来路。1937年，隐地生于浙江永嘉，原名柯青华，1947年被在台湾任教的父亲接去台湾，一度颠沛流离，"少年十五二十时"从军十年，担任《青溪杂志》《书评书目》等主编，笔耕不辍。1975年，隐地自创尔雅出版社,四十年间光环无数。在台湾地区,许多文学关键词,比如"年度小说选""年度诗选""年度文学批评选""厦门街113巷""百年雀榕"等,均与隐地这个名字密不可分,甚至直接画等号。2015年,整个台湾地区文学界都在为尔雅四十岁庆生,这也是我们台湾之行的意外收获。

四十岁的尔雅出版八百多种书籍,七十八岁的隐地出版个人作品五十多部,在海峡两岸甚至大洋彼岸有着越来越多的读者。隐地是一个有着深沉文学宗教感情的人,他自创一种"文学教",把读书当作"福音"。目前隐地在大陆的简体书仍然有限,我非常期待读他的《我的宗教我的庙》。他赠送我们每人一本新出版的《清晨的人》,其中谈到"文学教",呈现的是"真实的世界和真实的人生,不像其他宗教,只宣扬善的一面"。他描写善,也描绘人心暗处的恶,通过恶,更真实地了解世界。在他心中,人格化的上帝是不存在的,但宇宙间文字与书籍给这个世界带来的万千气象,却能激起他顶礼膜拜的感情。看得出,这些年他只活在自己的文学世界里,"在尔雅书房里,我让自己的身体斜靠着,成为一艘会思考的船",他请画家画了一棵"文学树",茂盛的枝叶上写着一个个作家的名字,他甘愿做文学的"神瑛侍者"。我恍然间觉得隐地变成了农夫:头戴斗笠,荷锄走来,身后是一棵棵他"种植"的书,他收割着他的"书",汗水淋漓地走着长长的路……

"报告,我们已经把世界上最后一本书消灭了!"这是朱德庸的一幅漫画,被隐地特意选作封面,他自己心惊,也在警示世人:一个没有书店的城市,一个没有书的世界……我们的交谈自然不可回避纸媒的低落。作为出版人,隐地拒绝迟钝,称眼下为"不促销,就报销"的年代,他写过一篇《出版圈圈梦》,他对我们说:"纸书迟早要放进博物馆的,那时,子孙们会说:看,我们的祖先就是这样读书的……"他自称为出版、读书"敲警钟的人",曾用一句话形容出版业:只有演戏的人,已经没有看戏的人,"报章杂志的魅力已完全不敌手机和科技产品,人们只在网络上滑来滑去,谁还去记一本书的书名"……许多台湾作家说,现在很少能找到像隐地那样热爱书的人了，如果有一天全世界纯文学出版消失了，却一定还有一家，就是尔雅。是的，他不惧在戏台上唱独角戏，舒袖曼舞，谱一阕长长的尔雅文歌……

在一切急匆匆的今天，经营一家纯文学出版社，并不比照顾婴儿轻松。隐地写过《出版是安静的事业》，"要让出版这一行业，回归安静，安静回来了，典雅也会回来。如果连出版这种行业，都经营得像沸沸扬扬的大卖场，而无法让人临之肃然，是出版事业的悲哀。""文人办出版社，办得像个'集团'，就算在'集团'上挂了'文化'成为'文化集团'，仍然不像文人办的出版社"……隐地的悲观被不少文人看在眼中，远在美国的蓝明女士看到隐地的《出版圈圈梦》，特意寄来一组剪报，其中有如下数据："电子书在2013年如日中天之后，自2014年出现逆转，从30%的占有市场已跌至21%，而且持续下跌中，2013年科罗拉大学做的调查，发现70%的美国人都不愿意放弃纸本书……"隐地愉快地接受这些鼓励和抚慰，石头悲伤而成为玉，尽管文学书籍过去的风华不再，时代变化令人眼花缭乱，他更加感激自己每天还能坐在出版社的书桌前安静地读稿、写稿，并将之视为"文学教上帝"对他的恩宠，也因此，他一路安安静静地信守初衷，出版质量一丝也没有苟且。

王鼎钧说过"我只有在写文章的时候觉得还可以活下去"，这完全可以拿来用于隐地。在台北，隐地被称作"文学博物馆"，那棵青葱茂盛的"文学树"隐现着隐地的书写向度，铺展着尔雅的文学版图。他最初创作短篇小说，再写出著名的隐地体散文，五十六岁时，突然写起新诗，接连出版多部诗集，七十岁的时候却发愿要写长篇小说，就有了《风中的陀螺》。他说，体力的成长靠吃，智力的成长靠无止境的阅读，"人活着，最怕活得让人看起来干——思想上的一片干。一个走出学校，从此不碰书本的人，尽管每天不停地说话，其实他说得越多，听的人反而愈累，一个思想上'干'的人，能说什么丰润、让我们感觉如沐春风的话呢？"他认为如果不读名校，不买名牌，或许，许多人的人生，会更单纯，更快乐。日常中的他，似乎是活在潮流之外的，不会用手机、电脑，别提这"疯"那"疯"的，更与短信、微信无缘，E-mail 由助手处理，他一直在一人编辑室里用蘸水笔写着他的繁体字……经年写字使得他右肩疼，全身疼，让他觉得"人生到头来只是一场悲痛"，但他说"还好，还有清晨"。这个七十岁少年比常人多了几根反骨，面对身外红尘攘攘，他淡然一笑，冷静地转身，仍去写他的诗——

　　时钟敲了九下
　　闪烁在营役的大化以外
　　一棵树笑着对一棵树说
　　屋子里那个端着咖啡杯自以为是悠闲的人
　　要去上班了

　　这个诗意盎然的"少年"，看上去如同坐在时代边缘。但我相信，有文学，他并不孤独。在台湾地区，隐地被称为"今之古人"，具有古人的高逸清雅，温和、稳重、自信的外表下，掩映着煎熬挣扎不安的内在风景、火山一样的热情。在我们眼中，无论尔雅，还是隐地本人，迎面拂来古人仪风，沉默而又活力无限。看得出，他对人生有一种高贵的节制，一如尔雅里的慢时光。在尔雅的那天中午，隐地与夫人执意请我和明霞继续餐叙，众人纷纷抽取纸巾时，只有隐地安静地用一方米色手帕，这个快餐年代，使用手帕的男子，难道不是一道风景吗？这让我想起隐地和夫人林贵真都信奉毕加索的"艺术是剔除一切累赘之物"，连他们的三个孩子的名字都书香袅袅：柯书林，柯书湘，柯书品。隐地还是一位不可救药的理想主义者，不因大好而大肆扩张，不因大落而颓丧委顿，其精神强度难以想象。无论何人来到尔雅，负暄而坐，书香环绕，一种金粉金沙深埋的宁静，他本人则散发着一种简约的贵气，幽淡的性感，哦，亏我想得出，七十八岁，还，性感？

　　八年前隐地写过一篇《春天窗前的七十岁少年》，从此"七十岁少年"成为隐地的别名。一位作家在《奇怪，隐地一直不老》中写道："隐地曾是一名军官，但是儒雅的书卷气息，淹没了他的英武……""隐地的头发是很有型的，隐地的衣服是很有韵味的"，这也正是我们所见到的隐地。人之长相，分体貌和心灵，在他面前，一些或许并不关联的词会自己跑出来：山川，天地，格局，气象，这就是一个人的精神长相啊！明霞多次慨叹："君子"以前存在于书本，见到隐地，才知道君子什么样。隐地洪亮圆润的嗓音，镇静的眼神总让人心情安定。他不吝于赞美，亦不惮于批判，比如他评论马森的一本书："突然觉得，或许人并不需要永不休止地的向前迈进，某些时候，'知止'才是人最不能缺少的智慧。不写比写好，写了就自曝其短，令人至为遗憾。"

倘若心智迷乱时走进尔雅，走近隐地，你会自觉沉淀。隐地的眼睛很有特点，带有一种抚慰力量，"我喜欢张开自己的眼睛看这个神秘神奇的世界，我也喜欢闭起眼睛，让世间的烦恼暂时止步"。没想到他还是咖啡控，让我这个嗜咖啡如命的人大呼知音，隐地听说我嗜咖啡，特意为我点了餐馆里自制的拿铁，我们欢快地以咖代酒……后来，我一直念念不忘那个"突尼西亚"，那间一个人的编辑室、写作室里，一个七十岁少年，目光沉静、谦和，既无焚膏继晷之悲催，亦无衔枚疾走之劳形，"让繁华慢慢地来，它才会慢慢地走"，难怪，光阴赖在他身上，缓缓又迟迟，纵使世界翻江倒海，尔雅这里一派海晏河清。

七十岁的隐地和四十岁的尔雅，有着太多的切面，每一面都让人着迷。在文学的苗圃，隐地就是那棵最固执的植物，在寂寥中美好地盛开着。尽管时光即将四舍五入地将他带进八十岁，但在我们心中，他一如少年。文学让光阴绝情地抛弃了他，他幸运地活在了时间之外，经年种植一棵漂亮的文学树。树下，一位"七十岁少年"，握一支老旧的蘸水笔，直写到地老天荒。

第二辑 星汉灿烂

来了一个董仙生

董仙生是谁？

《丹麦奶糖》《声音的集市》《走失的人》《删除》《宁静致远》《再见不难》《春天的陌生人》《猴子的傲慢》……刘建东近年发表在文学杂志的系列中短篇小说，从以往城郊炼油厂机声隆隆的厂房，来到省会城市乃至全国各地的文化殿堂，"董仙生"成为刘建东笔下迥异于那些穿行于工厂车间的小说人物。董仙生的"到来"，让读者在同一时间瞪大眼睛，"哇"声一片。

是的，这些小说中，统领全篇的，都是同一个人——董仙生。董仙生是世俗意义上的"牛"人，在不同小说的语境中却有着同一个身份：某省社科院文学所所长，全国知名的文学评论家。董仙生虽是个"文化人"，却一点儿也不"穷酸"，相反却头顶大堆耀眼的光环，每天奔走于全省乃至全国各地的各种研讨会和讲座，拥有着惹人眼红的社会地位，掌握着大量行业和社会资源，所到之处尽是掌声与鲜花。但同时，他又是一个"被梦想抛弃的人"，每天被"开会，评奖，采风，调研，写作"等"俗事"包裹着，在妻子肖燕眼中不过是"俗人一个，整日只知道拉帮结派，吃吃喝喝，结党营私，利益互换"，是"一个饥饿的人，疯狂地占有、攫取，梦想得到所有可以证明身份地位的证书、奖励、津贴，乐此不疲"。

倘若作为身边一个真实的人，我必定会对董仙生敬而远之。他属于我印象中的"云端"人物，跟你握手是那种蜻蜓点水般地握小半截手指，眼神飘忽地对你看似非看，漫不经心地早把你射穿。但对于一个文学人物，当我的目光频繁逡巡于董仙生和刘建东之间，一虚一实，虚实相映，令人旷若发蒙，身不由己地要来一番端详、探究。

中篇小说《丹麦奶糖》，作为"董仙生"系列的开篇之作，首发于2017年第一期《人民文学》：省社科院文学所所长董仙生经常莫名其妙地收到一盒不具名的丹麦奶糖，而这一盒盒奶糖串起了这个时代中的一位文学知识分子的崎岖心路和精神处境，一个人内心的矛盾与分裂，"精致的利己主义"与理想主义，世俗名利与梦想家园……这是一位文学工作者的心迹呈现与反躬自问。

"你去过丹麦吗？"这句话随时从《丹麦奶糖》里跳出来，挑战着读者的神经，也质问着每个人的生存空间，将现代社会的焦灼、不安、空茫、虚妄，一针扎到底，同时成功地为现代人"立此存照"。董仙生仿佛就在我们身边，伸手可触。有时他是同事，一转身，他又成为某位领导，或许回到家，他就是家人，当静下来观照自己，忽又恍然：我不就是董仙生嘛！董仙生一点儿也不"仙"，他很入世，将自己打造得无可挑剔，他的身上看不到妻子肖燕和大学同学曲辰的那种痴萌。虽然外表表现得大气、谦和，也不乏良善，却又常常被某种看不见的东西裹挟着，暴露出自私、卑劣、虚伪的劣根性。

最值得玩味的，还是小说中的监狱意象：曲辰的出狱竟是董仙生动用了省委党校同学的关系，可曲辰的初衷却是要"赖"在监狱一辈子。当曲辰再次入狱，终日诚惶诚恐的他，终于如释重负地"笑"了，他对董仙生和肖燕说的那句话，我认为就是小说的"文眼"了——"你们，何小麦，还有孟夏，在另一种牢笼中。"

这句话，轻而易举地成就了作者的探骊得珠：身处"另一种牢笼"的"你们"，"你们"的成功、奶糖、梦想、算计、阴谋、阳谋、希望、绝望……

作家V.S.普里切特对毛姆有一句评语："这个与政治和信仰两不沾边的怀疑主义者，却在乌托邦和个人主义的废墟之间幸存了下来。"对信仰，对生命意义的探寻，对人性深处的显微镜式解剖，刘建东俨然接过了毛姆手中的手术刀，一下子掐准了这个时代的"三寸"。

《丹麦奶糖》成为董仙生系列小说的"背景墙"，此后的几篇小说，董仙生又"摊"上大大小小不同"截面"的事儿，继续着《丹麦奶糖》中的迷惑、荒诞、自省、寻觅。

别看董仙生很"牛"，但在"牛"的外表包裹下，躲藏着许多的迷惘、焦灼不安、苦恼纠结和不确定的探寻。

《声音的集市》中，盲姑娘莫慧兰在省图书馆听完董仙生的讲座，非说自己是跟董仙生"一起来的"，这也让她"混"进了讲座后主办方安排的午餐。饭后董仙生开车送她回家，她对董仙生说出这番话——

> 他们一直在说，都是说些你不爱听的，可您还得附和着他们，装作您很认同他们。他们对您毕恭毕敬，但也只是场面上表现出的热情，心里不定怎么样想的。那个叫宋主任的，其实一点儿也不喜欢您，从骨子里不喜欢您。他只是因为工作的关系，没有办法，而打着官腔。那个杨经理，不过是想利用您的地位和影响力，来给他们读书俱乐部涨涨人气。那个小黄，是一个像我这样的文学青年，他只想着和你套套近乎，好让您在文学的道路上帮他一把，给他的书写篇评论，推荐评奖。

这个盲姑娘的直觉，把那些"良好"的"自我感觉"拍得粉碎。

《春天的陌生人》讲述的是董仙生这位省社科院文学所长、著名文学评论家的一段颇具荒诞意味的故事。在春天的夜晚，凌晨两点，董仙生被手机铃声从梦境中吵醒，电话里传来的是同事小宋尖锐的哭声，这哭声穿透了黑夜，刺激着董仙生的神经。小宋是董仙生的上司社科院副院长伍青的妻子，她在电话中告诉董仙生"伍青不见了"。

就在董仙生开车拉着小宋寻找伍青的过程中，小宋"丝丝缕缕地抽泣"着讲述了事件的经过，这让董仙生终于认识了一个真实的、完全陌生的伍青,甚至与他平时看到的那个"诚实、友善。他热情、开朗,他,德才兼备、光明磊落……"的伍青完全不同。作为董仙生同事和上司的省社科院副院长伍青的面目逐渐模糊,也让董仙生陷入矛盾的思考中,成为"熟悉的陌生人"。小说的结尾,董仙生"大汗淋漓,身体越来越沉重,呼吸变得急促起来,甚至有种喘不上气的征兆,心跳像在打鼓"。

作为文学研究者的董仙生,已经深陷生活逻辑的渊薮而难以自拔、难以飞翔。最切身的是痛、焦虑和疑惑。而这样的犹疑、迷惑、彷徨,谁能说自己丁点儿没有?

曾以"先锋"著称的刘建东,"董仙生"系列小说中遍布荒诞感:《丹麦奶糖》中那一盒盒神秘的奶糖究竟源自何处?《猴子的傲慢》中猴子小闹的象征意蕴与张小妹的梦想陷落有无同构关联?《删除》中抑郁自杀的徐德文为何每年元旦给董仙生发拜年短信?项明辉脑溢血住院后为何想见方丹?方丹想起的"另一个人"是谁?《走失的人》中的走失老人为何手握董仙生的名片?《相见不难》中雷红宇与崔瑞云自始至终"幽暗不明",《声音的集市》的最后,盲人女孩莫慧兰为何出现在传销现场……这些,都像《春天的陌生人》的怪诞感一样充满了神秘性。

《春天的陌生人》中存在着耐人寻味的天地反转。在寻找伍青的当日下午,小宋在电话中告诉正在家中补觉的董仙生,凌晨她讲述的那些话"都是假的",那都是她的"想象",是在无所事事中排解孤独、摆脱恐慌的手段,其目的在于借助文学想象来化解生活危机。

《丹麦奶糖》中着力营造的神秘与荒诞感,在《声音的集市》中再次呈现。结尾处那个判若两人的莫慧兰,从传销现场的喧嚣中,拉着董仙生来到雨中的大街上,她郑重地发问:"董老师,我记得您对我说过,刚才那个人不是我。"这样的处理,跌宕丛生,令人回味无穷,读之不由得拍案称奇。

当然,有些地方,包括《丹麦奶糖》中奶糖的来处,《猴子的傲慢》中张小妹和猴子小闹之间的怪异,《删除》中方丹莫名的失踪……这样的荒诞，稍不留神往往令人顿生疑窦，留下"炫技"的痕迹感。好在建东"先锋"已久，手法纯熟，加之从不露才扬己，所以处理起来如臂使指，以至无斧凿痕。

刘建东说，每个人都有一个专属于自己的精神困境，没有精神困境的人是不存在的。董仙生系列小说充满了这样的困境，当然更有属于刘建东的审视、辨别和反思。

《声音的集市》中，在一次董仙生带领莫慧兰在省博物馆看完画展，站在门口的台阶上，她又问："董老师，您就没有对自己的世界有过什么怀疑吗？您的世界生来就是如此，还是和我一样，是您自己想象出来的？或者说，您也和我一样内心有个黑暗的世界。"

董仙生听后，"感觉像是捂在自己身上的被子被别人掀开了"。他借故有个重要的会议，"仓皇地与她匆匆告别""连回头看看站在博物馆台阶上的她的勇气都没有了"。

刘建东虚构的这次画展，更像一间囚室，有了沉沉的迷失和自我质疑。那次画展之后，董仙生"恍惚觉得，自己迷失在那间不大的展厅中，看不到自己，也看不到墙上的画。失明的那个人不是莫慧兰，而是我"。

显然，他的"反省"是如此明显："我是如何成为一个夸夸其谈的人的，一个喜欢被别人捧上天的人的，一个喜欢到处去兜售自己廉价思想的人的？"

无论《春天里的陌生人》，还是《丹麦奶糖》，无论伍青，还是董仙生，抑或《删除》中的项明辉，他们都"在自己的事业上一路狂奔"，只是在这狂奔的途中，他们失落了当初的梦想。梦想"缓慢而毫无察觉地变得模糊，变得暧昧，变得面目全非"。

意识到了"遗失"，就是反思的开始。当很久没见莫慧兰时，"我不知道为什么心情会越来越坏，我常常在讲座中间感到某种空虚和无助，有那么一分钟，所有的思想好像突然被一个虚无的人带走了"，"我甚至还有些淡淡的忧伤。我仿佛一下子看清了自己，看清了那个在现实中的我"。

这是反思，更是一种行动，"从那个夏天开始，我不再有求必应，不再频繁地去四处讲学"。

这样的董仙生教我们审视自己。

《丹麦奶糖》中肖燕对叶小青（印彩霞）的寻觅；《走失的人》中，对老大爷的寻觅；《再见不难》中同学之间的寻觅；《春天的陌生人》中午夜凌晨对伍青的寻觅；《删除》中对方丹的寻觅；《声音的集市》中，盲人莫慧兰跟着董仙生，似在寻觅；《猴子的傲慢》中董仙生帮助张小妹文学梦想的找回……"寻觅"，贯穿董仙生系列小说的始终。仿佛，董仙生总在寻觅什么，有时是刻意的，而有时则是下意识。无疑，读者也跟随董仙生一起加入了"寻觅"大军。

在《猴子的傲慢》中，用妻子肖燕的话说，是为了寻求自身的心理平衡，董仙生竭力帮助张小妹重拾文学梦。这个重拾文学梦想的过程，其实也是寻觅自我的过程。而张小妹打工之余一直写作，谁说不是一种自我灵魂的寻觅呢。

《春天的陌生人》中，其实有两个"寻觅"，除了表面上对伍青的找寻，作为曾经的文学青年的小宋，对文学梦想的寻觅也时隐时现。小宋原本就是一个文学青年，十年前总是从保定跑到石家庄向董仙生请教文学。她发表过小说，喜欢村上春树，但是，后来她神秘地嫁给了伍青，过起了"幸福"生活，放弃了写作，遗落了曾经有过的作家梦……

刘建东的小说人物大多质疑"最初的梦想到哪里去了"，接着就是各式"寻觅"。令人钦敬的是，刘建东的这种寻觅似在流水潺潺中抽秘骋妍。在他看来，作家的书写"是在对人性的解剖、对世界的解构中，洗净尘埃、过滤杂质，寻觅美好的精神家园"。正是透过"董仙生"，我把刘建东的文学意象划分为两个区域：仙界和尘界。他在"仙界"里充满了知识分子的理想主义色彩，真纯，泛爱；"尘界"则是现实的我们，是每个人现实状态的原版呈现。尘界里有着太多的身不由己、随波逐流。但身居尘界，董仙生执拗地向往、构画着一个属于自己的仙界，以期让自己灵魂澡雪、升腾。

  董仙生，即"董先生"，文人的一面镜子，那些表面的笑容和内心复杂的情绪，破镜而出。现代生活让现代人极易达成"粗鄙的享受"（陀思妥耶夫斯基语），然而我们的内心又渴望一种"很讲究的情绪"（哈代语），一种很"仙"的本真与纯粹。无论董仙生，还是刘建东，抑或我们每一个人，很难说自己活得蒸馏水般的清明，大多都在这样一种亦尘亦仙的交替迂回中，沉浮着，期冀着，似无休止。

  这样的董仙生教我们厘清自我。

  刘建东在一次访谈中坦陈："面对过去，我选择了宽容，而面对当下，我感到更有一种责任。"那些曾经的迷惘，穿越了荒诞，在挣扎中自视，以出之自觉的爱去呈现一个命运……寻觅既已开启，何必苛望结局，寻觅本身更无价。或许，路转峰回处，已槁苏暍醒。

这个时代被他掐准了"三寸"

作为一个毛姆迷，我一直下意识地寻找身边的毛姆。读到刘建东的《丹麦奶糖》时，已是首发《人民文学》后的四个月，两天读完《中篇小说选刊》的选载，眼睛一亮：这就是了——仿佛毛姆再世！他们手持小说这件武器，对人性，对梦想，对生命意义，对活着的思考与探究，刘建东做出的是与毛姆极为相近的动作。再精确一些，仿如看到《刀锋》里的拉里。

刘建东是"河北四侠"之一，很惭愧没能给予身边这个瘦小的男人特别关注，此时的《丹麦奶糖》，品相不俗，我的大脑蹦出一个词——纯熟。其实，《丹麦奶糖》的开篇并没抓住我，甚至有点儿想放下，读到千字左右时才进入状态。就像平时炖了一锅香喷喷的红烧肉，开始时尚且辨别不出滋味，到一半香味渐渐飘散，直到出锅时的醇香袭人。

我从小说中得到两组意象：物质的——笔记本，文学博士，全国大奖，《幽暗之光》；精神的——丹麦，安徒生，童话，寻找叶小青，北戴河，孙尔雅。小说中这两组截然相反的意象，始终由一盒盒神秘的"丹麦奶糖"串起来。这条线索贯穿全文，看似引子，实质隐寓了现代社会里人人内心的躁动、焦虑和不安。一条无形的"枷锁"对人们实施着心役和身役。无论走在路上，坐在办公室里，哪怕躺在床上，人们似乎也失去了一种安宁和淡定，总有一个阴影闪在未知的地方窥视，而自己在明处，说不定哪一刻就会遭受致命一击，以致连电话都不敢接，整日里如临深渊如履薄冰，正像男主人公董仙生忧心忡忡说出的那句话："你不在我的位置上，你没有腹背受敌的感觉，你体会不到有什么事情会发生在你身上的某种不祥的预感……""我知道自己多疑，但它让我感觉到安全。"

听到了吗，多疑着，才能安全！那么，接下来就是小说抛给我们的问题：是什么导致了人们的这种普遍焦虑？我们还能去哪里寻找安全感？

董仙生的回答意味深长："现在是一个复杂的时代，你不能简单地把一件事定性为好还是不好。人与人之间就是这样，在怀疑、鉴别、揣测、辩解、确定之间来来回回，这就是丰富的人生与社会。"当曲辰提到拿老焦的笔记本时的"犯罪感"，董仙生哈哈大笑，他笑曲辰竟把"犯罪感"如此当回事！"就拿我来说，我打过别的女人的主意，闯过红灯，进过歌厅，骂过人，给写得很烂的作家写过书评，要照你说，我该进监狱了？"

董仙生这么问，并不代表他内心多么踏实笃定，他与肖燕，与孟夏的关系，也说明这一点，他与肖燕已经暴露出社会上众多夫妻相——貌合神离："你不告诉她糖果的事，她也不向你说心里话"，而最后肖燕的反应看似匪夷所思，其实恰好折射了现代人经历了复杂艰难的心路历程后对世情的麻木，"她明明早知道我与老焦之间那些龌龊的小动作，这是她最不齿的；早就知道我与孟夏的苟且之事，这也是她痛恨的，可她什么也没说。"

"你去过丹麦吗？"小说中跳出的这句话，随时挑战着读者的神经，也质问着每个人，表现现代社会人的焦灼、不安、空茫、虚妄，多么惟妙惟肖的现代人"自画像"！"不过二十年，时代还是这个时代，没有任何变化。"当曲辰从监狱"穿越"回这个时代，他自己也承认，董仙生这句话不过安慰。曲辰出狱后的经历告诉我们，真实，良善，遵从内心地活着，犹如活在人类的二次元，因为这已经是一个"完全不同的世界"。曲辰与董仙生的不同，就是副院长刘同对董仙生的调侃："哪像你董所长，这么会编故事、做评论，把人生弄得像一出戏。"而这类人的集中特征也不断通过肖燕的口说出来："你的官位，你的社会地位，除了这两样，你还有什么？""而你，你们，其实已经居高临下……""……好像这个社会是个庞大的机器，专门生产你们这样的人。你和那些人一样，留恋自己的成绩，沾沾自喜，喜欢被捧上天，有天生的优越感，觉得这个时代就是你们的。你们变得自私、高傲。你们更像是守财奴，固守着自己的那份累积起来的财富，守着自己已经获取的地盘，小心翼翼地看护着它，容不得别人觊觎，容不得别人批评，容不得被超越，容不得被遗忘。"即使如此，"肖燕的话并没在我的思想中起什么化学反应""有时候我感觉自己根本停不下来，没有时间思考自己是个什么样的人，自己要做什么样的人"。

董仙生将自己打造得无可挑剔，他的身上看不到肖燕和曲辰的那种痴萌。他生活中的诸多"反常"诘问这个世界还有多少真情？肖燕对"我"与孟夏不动声色，"我"与孟夏的感情又像加缪，一副"怎么都行""爱谁谁"的随性，令人怀疑他是否懂得感情，是否还有感情。他对待感情，虽然外表大气、谦和，也不乏良善，但却又常常暴露出自私、卑劣、虚伪的劣根性。这类人从付出真情又保留发展一直到根本不付出感情，不正是时下男女之间的普遍情态吗？可是某些时候，又必须承认，他热情未泯，像毛姆笔下那个拉里，是一个很特别的情人，"亲热，甚至温柔，健壮而不热烈……一点儿也不下流，爱得就像一个青年学生，那情形相当可笑，但又令人感动"。

然而，这样的董仙生终究还是被"奶糖"暗算了，因为一篇"抄袭"文章与全国文学大奖擦肩。这让我们感到，仿佛人人都是一个乏善可陈的悲惨的堂吉诃德，而这个社会似乎专门造就这样的人：看上去没什么能够伤害他，他已经不太把身边这个世界当回事了。无论人还是事，当你太把他（它）当回事，他（它）才伤得了你，精明无比的现代人，已经越来越水火不侵。

读着刘建东，我的脑子里一刻也没离开过毛姆，有那么一些时候，我就把"我"等同于《刀锋》中的拉里了。拉里就是这样一个人，清醒而不厌世，看上去还是蛮入世的。拉里与伊莎贝尔，拉里与苏珊，"我"与肖燕，"我"与孟夏，都似曾相识，不过转换了时空。拉里对伊莎贝尔说："我的确爱你，不幸的是，一个想要做自己认为对的事情，却免不了要使别人不快乐。"拉里与女友苏珊柔情缱绻后，苏珊离开时看见"他又拿起书，继续从刚才撂下的地方看下去"，这是一个多么随性、随意、随缘、随你的男人，轻易看不出他的悲喜，他不会让自己多出一秒地沉浸在与女人的缠绵中，但他又不拒绝享受这种情感。他与众人在一起时，尽管那样平易近人，和和气气，他也不会为了标榜自己的清高而离群索居，但是，总有一种超然物外的味儿，就好像他并不把自己全部公开出来，而是把某些东西保留在自己的灵魂深处。这其实也是现实毛姆的绝大部分。毛姆一直被称为构架故事的高手，兼具对人生意义和现实理想的追求与探索，一个行走于尘世却又娴熟把玩尘世于股掌的精灵。习惯于将"我"隐于"幕后"，偶尔站出来"明火执仗"地发问"人为什么活着"，同时身体力行地寻找答案。毛姆给出的答案令人哂然：人生就像那块精美的波斯地毯，虽然色彩斑斓，却毫无意义。这等于告诉世人，梦想可以色彩斑斓，但人生的枷锁却无以挣脱，身外、心内的枷锁无处不在，桎梏着困兽般挣扎的世人。也许暂时挣脱了心的枷锁，但身外的枷锁却无能为力；或许你可以无视身外，自由得海阔天空，却牢牢被心锁奴役——无非就是毛姆经常提到的那块美丽的波斯地毯，它只是铺在地上，或挂在墙上。

　　这样的"枷锁"，再对照《丹麦奶糖》中的监狱意象，令人回味幽长。曲辰的出狱竟是董仙生动用了省委党校的同学，可曲辰的初衷却是要"赖"在监狱一辈子。不愿意出狱，这是这个时代一个奇妙的现象，恰在2016年夏天我到过冀东监狱，听在那里工作的朋友讲到许多老监们死活不愿意出监狱、愿意死在监狱的真人真事。据朋友说，随着社会生活的日益多元化，愿意赖在监狱的人越来越多了。在英国，据说他们的某些监狱形同星级酒店，必须强制才能让某些老赖们出狱。电影《肖申克的救赎》中，坐监四十多年的瑞德，在假释被拒多次之后，开始消极地认为"在监狱里，希望是个非常危险的东西"，于是渐渐放弃了假释的努力，可是当他丧失了生活斗志，得过且过的时候，反而达成了假释的批准，但是他准备好重返社会了吗？狱警对他提出的所谓"改过自新"，瑞德说："……对我它只是一个虚词，政客发明的词……为了让你们年轻人穿上西服系好领带有活干。"不知何时起，曲辰和瑞德们竟然迷恋上这样一件国家机器。他们已经成为这个时代的"外星人"，人生不相见，动如参与商，无须一生，不过几年，这个时代就把他们远远地抛入历史了。于是当曲辰再次入狱，去的正是冀东监狱。在他转身迈进监狱时，他对董仙生和肖燕说的那句话，我认为就是这篇小说的文眼了——"你们，何小麦，还有孟夏，在另一种牢笼中。"

云淡风轻的一句话，是曲辰"笑着说"的，这个整日在这个世界诚惶诚恐的曲辰，再次入狱的刹那间，终于如释重负地"笑"了，同时成就了作者的探骊得珠。然而，虽"三寸"在握，身处"另一种牢笼"的"你们"呢？"你们"的成功，奶糖，梦想，算计，希望，绝望……

作家普里切特对毛姆有一句评语："这个与政治和信仰两不沾边的怀疑主义者，却在乌托邦和个人主义的废墟之间幸存了下来。"对信仰，对生命意义的探寻，对人性深处的显微镜式解剖，刘建东接过了毛姆手中的手术刀。

平时见刘建东不多，极少的几次，留给我的印象永远都是谦和恭顺，一副谦谦君子模样，属于那种惰性元素，不会轻易"化合"的那类。但这些只是"看上去"，看上去缺乏主动，实则并不拒绝入世，也并不代表他的化学反应慢，只是看准时机的情况下，选择进入那种"核反应堆"——这些也只能被他的小说一一泄露：拒绝生命的了然无趣，内心的棱角随时蠢蠢欲动，横斜着刺出来。他看人的眼睛总是眯着的，但那双眯起的眼睛却锐如鹰隼，将世情洞穿。

我说"三寸"，而不是"七寸"，因为前者是指头部，大脑，全身中枢，一个人的总指挥部。刘建东，算你狠，声色不露就掐准了死穴。

幸好，还有那套绿皮的《安徒生童话》，还有孙尔雅，还有被董仙生想起并一意追随的云南勐海，还有跟随了肖燕二十多年的"鸽子窝"，这或许就是那粒"内心深处仍然有未能燃尽的梦想的种子"，也是我们行走于当下的希望。

刘江滨散文的品相

一

几年前,我刚把心思用在写作上,写小说的曹明霞发过来一篇文章《桃之夭夭》,并嘱:你若想写好散文,该好好研读这篇文章。作者刘江滨,我也不陌生,想当年,他携《燕赵都市报》给全省扔下一枚文学炸弹——青园副刊!"青园"迅速有了地标意味,在我们"庄"里,凡有点文字癖的人几乎都曾被"青园"搅扰得文思攘攘,视为旌旄。当时与我同院上班的一个小文青,不仅言必称"青园",每当拿到报纸,她总是把副刊那版单独挑出来捏在手里兴冲冲爬上四楼,把"青园"摊开在我面前,对着上面的文章指点一番,再指着版面一角的"刘江滨"告诉我,她去过编辑部,见过本人……那时,我俩久久地望"园"兴叹:"青园"难攀,难于上青天啊!

后来,我的文章倒是经常出现在新版"青园"——"美文"了,可这也让我想起一篇风靡一时的文章——《我奋斗了18年才和你坐在一起喝咖啡》。当然,以我浅陋的智识、狭隘的人生格局,不仅不曾与刘江滨喝咖啡,得见真人也是多年之后了。散文,让我认识真正的刘江滨,一个外表不见得如何精致的北方汉子,倒把文字当作旧时女子绣花一样精心侍弄。近年我断续地读到《桃之夭夭》之外喷薄而出的系列文章,那根"绣花针"时而穿刺洪荒之远,如《谁在仰望星空》《理念的灯火》,转而又"深耕"芥豆之微,如"某的事"——《树的事》《数的事》《草的事》《书的事》《头

— 113 —

发的事》，还有分分钟出炉的《术的事》……天宇远古皆不拒，牛溲马勃亦无价，时代俯仰，开阖见日，这样的时候，刘江滨的创作就如火山喷发啦！他自言以前"太荒废"，一经聚神发力，生活着，阅读着，下笔就"神"起来。

刘江滨是我随时准备查生字的几个为数不多的作家之一。我称之"半旧文人"，他则自谑"古板迂执的老派书生"。二十年前，他出版过一本《书窗书影》，工科出身的我古文甚是贫瘠，读之经常让我产生掉入古籍的幻觉。他在那里倒是行云流水陶醉其中，我却要边读边查着恶补，不时倒吸冷气——二十多年前的刘江滨就这么厉害？

正是。中文系科班，再站到大学讲台，年纪轻轻的刘江滨在文学评论、散文随笔方面冉冉升起，引起文坛特别是一些老作家的关注。不久后走进报社也没脱开文学——文艺部，彼时的老作家柯灵得知他调到《燕赵都市报》，还在信中勉励他："都是文化生涯，不算改行。但报馆与课堂不同，前者天地较广，活动余地较多……"不曾与刘江滨探讨"青园"之于他的意义，某些时候，我是把刘江滨三个字与"青园"画等号的，那才是文学的刘江滨！当我见到刘江滨本人的时候，他已经"总"起来——总编。那段时间，我正读张莉的《来自陌生人的美意》，一面之缘，听曹明霞说起他的写作，心下诧异：还有几个老总热衷写作？我也有朋友在不同报社当总编，总编是要上夜班的，陀螺一样的作息，超敏感的政治担当——如临深渊，如履薄冰，因一字一句而致"翻船"的媒体人不在少数。有的虽文采学识一流，但整个人被冗务吞噬，一个字也没写过。刘江滨哪来的时间、心思写作？

二

渐渐地明白，胜任之后的超拔，才有可能营造适宜的"写作生态"。下面是总编刘江滨的一天——

全天三上班：上午，下午，晚上。早晨六点半起床，七点早饭，饭后阅读一个小时，上班。自从孙子降生，单位食堂难再见他。十二点下班回家，保姆做饭，他抱着孙子——哪怕抽出十分钟，也要抱。饭后再阅读半小时，午休半小时，下午两点半上班。下午下班后乒乓球激战一小时，回家吃饭，晚饭后再到报社，晚上十点前看版面……

二十二点到零点——写作，属于他的午夜，才被真正打开。

这就可以想象刘江滨对时间的严苛了，斩脆、霸蛮，谁闲扯一秒都被正色截堵。凭他的积淀，用得着那么"拼"吗？这就不能不提到刘江滨的阅读量了。刘江滨的读书是成"癖"的，我印象最深的是他早年写过一篇《书香可人》，童年学堂的一段极具画面感：一大摞崭新的书码在讲台上，台下嗷嗷待哺的一群两眼霍霍放光。老师每喊一个名字，便欢快地蹦上一个雀跃，喜滋滋地捧回属于自己的课本。这时，不知是谁带头将书捧到鼻子底下，嗅着，连声喊：书是香的！好香！好香！立即，教室里哗哗地翻书声，鼻子的吸溜声，响成一片……

这个关于书的意象一直跟随他到成年，哪怕"晋级"爷爷，工作之余却并不妨碍惊人的阅读。2017年前三个月他读了七部长篇，读书之外还要浏览报刊。一个周六中午，我有事问他，他回信说正在书店买书呢。我一愣：书店？这名字对我来说可是久违了。自从开了网购，我几乎再没进过书店，唯一一次还是在书店买书之外的物品。除此，我真的与书店绝缘。

我好奇他都买了哪些书，让他拍照发过来，《摆渡人》《毛姆传》《人类的群星闪耀时》等十二本，那语气像淘到了金子。另一个周末，他又去了开发区东华书店，采购十四本，"六百多块，真开心！"写一篇千字文，要读十几本几十本书。《网络小说的江湖规矩——兼评长篇小说〈首席医官〉》(《长城文论丛刊》2017年第2期)，这篇四千字的评论，他读了全套原作十三本，我提出质疑：四百多万字啊！你真的全读了？他答："我真看了，挺好看的，但就是太邪乎了，所以才有此文。"

二十年前，他就在"月黑风高夜读志怪书，春宵花月夜读言情书，风静月隐夜读思想书，秋风秋雨夜读悲剧书"(《读书记快》)，好一个"情与境合，心与时同"！有一段时间，他的微信圈干脆就是阅读札记，这也客观上让我统计着他的阅读量：《没有色彩的多崎作和他的巡礼之年》，这是他继《挪威的森林》《1Q84》之后读村上春树的第三部作品，"村上的小说忧郁、优雅、坦率、诚实，尤擅长开掘人物的心理，探索人生的意义。想象力丰富而奇特，达到惊人的程度。故事层面有足够的吸引力，思考的东西让人盘桓再三，每一句话都让人不能轻易放过。从艺术品相到思想深度，他都是世界级的"。国庆假期读完两部长篇：迟子建的《额尔古纳河右岸》和何玉茹的《葵花》；读张志军的《禅东禅西——心有灵犀》"如秋月皎洁，法雨纷纷"……

直到走进刘江滨的办公室，才见识何谓读书人。早年的"雪泥斋"（书房名号）大概搬进了办公室，身后靠墙两个大书柜，里面放书的方式我一看就笑了，靠内侧摆放一排仍不够用，日渐多起来的书只能排在外层，书挨书，书摞书，缝隙里塞满了书，书柜里没了"插"书之地，只好在书柜外做文章，沿书柜外缘自地板起又"垒"出一面书墙……

毕飞宇说"写作是阅读的儿子"。不知思考是否阅读的"孙子"？刘江滨的微信圈"泄露"了许多这样的思考。他读《梁启超传》"忽然有思"，"孙中山革命失败逃到日本，郭沫若遭到蒋介石通缉也逃到日本，鲁迅、茅盾、李叔同等大批文化巨擘也曾在日本留学，日本成为近代中国革命家的避难所和文学家思想家的温床，日本为何为革命者提供庇护？因为革命者就是反政府力量，日本的目的就是要颠覆中国政府，但客观上起到了正作用。历史就是如此复杂吊诡"。

即使看电影，也脱不开文学"腔调"，"昨天去看了电影《黄金时代》，因为当老师时讲授过现代文学，对萧红萧军并不陌生，20世纪80年代还见过萧军老先生。应该说萧红萧军是现代文学的传奇，两人都敢爱敢恨，个性鲜明。时代也是个性铸就了他们的命运。但是，三个小时的电影太注重叙事了，缺乏细节来展示他们的个性，显得拖沓……"。

这样思考着走进中年，有了阅历，多了沧桑，脾气却没见收敛，依然难按剑鞘，路见不平拍案而起也不鲜见。他读余秋雨的小说《冰河》，"我找来一看，大失所望，不就是根据剧本改编的故事嘛，典型的'故事'体，而且充满了舞台腔调，很浓的西方戏剧的味道，不伦不类。看来，余秋雨大师也不是万能的，写散文是大拇指，写小说就是小拇指了"。敢于质疑，崇尚血性，《男人孟轲》也算一例。后来读李国文的《中国文人的十种死法》，阅读速度令人措手不及，还是一只"啄木鸟"——"正看李国文书，李老读书多，有学问，但不求甚解，错舛多有。35页就有多处错误，'喑喑然'如狂犬状，应为'狺狺然'；孔融是一个马首是瞻的人物，他把这个词当成领袖的意思""忾急狂躁，忾是欢乐的意思，跟急何干？应为褊急""在第50页他又把刘伶的事安装到阮籍的头上……我们太相信权威了，是对读者的不负责任，还×××出版社呢！"

之前这本书我已读两遍，以我的功底只能关注情节，无力甄别辨鉴。一位德高望重的老学者，一家皇皇然的顶级出版社，竟被刘江滨指谬，也只好"且待小僧伸伸脚"了（《文学自由谈》2017年第2期）。此文一出，老作家纷纷称"底子不薄""不可小觑"。

《谁在仰望星空》《理念的灯火》等捧出一颗男人的"赤子之心"。时而一副娇憨之态，连乒乓球夺冠也让他手舞足蹈地"癫狂"。但有时这个喝酒脸红的大男人又显得格外悲天悯人，他喜欢写花草树木，写弱者的哀鸣，写先哲的早逝……有时也深深怀旧，"许多年来，时常做梦梦见已逝去的父母双亲，一切宛如日常生活的样子。我喜欢这样的梦，好像他们还活着，不曾离开。……或许这就是灵魂深处的牵挂，这就是生命的密码"（《亲情绵绵无绝期》）。

经年沉潜，一旦发轫，其势滔滔。我不想给他这个曾经的学者贴上"风格"的标签，有时候，谁说风格不是一种画地为牢呢。天下最无聊的大概就是"规矩"的写作。倘若僵化成一统，兴味索然，谁还写呢。我虽经常羡慕古文给予他的"石韫玉而山辉"，其实在不同文章里，也感受着开阔、多样性以及自我审视和体验他者的能力。他有时不知不觉间"学者"起来，刚想提醒他注意"弄粉调朱"，转眼另一篇就显得茅茨不翦，缱绻柔肠也有暴烈轩昂，"花"痴暖男伴着金刚怒目，冷不丁，还会让你爆笑不止，诸君读读《家乡话》，开头就让你从会心一笑到开怀大笑……千变万化的恣肆，想厌倦，想"疲劳"，都难。

因为这背后，站着一个能力全面的总编、作家，既能跨栏，亦能射击，现实中的乒乓球也总是冠军在手。没准儿跨栏、射击之后，下一次又发力去跑马拉松了。并非戏言，他已有"大部头"筹划——民国报人系列，写成好看的随笔，形成独特的研究风格，为此已经储备了大堆相关书籍，只是这需要完整时间，只能假以退休。好在他有自己的写作"信条"：不一定要成为什么"大家"，但在自己笔下流出的每一个字符里，都要让它发出金石之质、玉帛之声……

清夜，独自与灵魂凝视。22点，签好版面，坐进光阴深处，在键盘上，链接今古。那些字，闪着激光，刘江滨开始求解他的午夜方程式。

三

"品相"二字，经常出现在刘江滨的口头或书面，无论为人为文，被他看得极重。

2020年5月，他的散文集《当梨子挂满山崖》（花山文艺出版社）出版了，高情远致，自有品相。

刘江滨的散文品相，还表现为几个"被"——

被转载。这是刘江滨散文的第一特色。转载的媒体从人民网、光明网、学习强国、中国作家网到《文摘报》《报刊文摘》等不胜枚举。

被试题。刘江滨的文章被转载一圈儿之后，被各式各样的学生阅读试题、阅读练习、各类"文库"就"盯"上了，一篇文章，能引起如此关注，这关乎功力、底蕴。

被年选。每到年底，翻看各类散文随笔年选，绝少不了刘江滨这个名字。《人民日报2018年散文精选》《2018中国年度作品·散文》《2018中国年度精短散文》《2019中国民生散文选》《2019中国杂文年选》分别收录了他的《毛笔西施》《家住石家庄》《尴尬的"提名奖"》《人商》《乡野的花朵》……这其中《桃之夭夭》简直成了年选的宠儿，转载、评述数不胜数。

被范文。平时写作圈的朋友们经常把刘江滨的文章当范文挂在嘴边，然而，一些陌生的微信公众号、博客等新媒体，不打"招呼"就把刘江滨的文章收入囊中，有的微信公众号对刘江滨的文字极有眼缘，每有发表，几乎全转。素不相识，仅凭了文字的魔力，在那些公众号主人眼里，文章就有了范文的分量。

近年来有声媒体如"喜马拉雅""荔枝"等异军突起，也关注到了刘江滨的文章，他的名篇《不要把别人的泪当盐》《刹那》《树的事》等也纷纷进入有声媒体的序列。

独特的散文品相，源于独特的文学品质——大丈夫的生命格调。

读着，写着，却没耽误抱孙子，照片上那粉嘟嘟的一团直教人感慨人生易老！众人心目中，刘江滨还是那个鲜衣怒马的后生呢，怎么不经通告就这样升到了"爷"级！在这极大的幸福事件中，又有两件事让我看到文学之外另一个刘江滨。第一，他认真当爷爷，家人说，别的爷爷抱孙子多有"表演"成分，这个爷爷是"真抱"，别人抢不走，小家伙一见他就笑，妈妈也叫不走。第二，有了孙子，他并没霸道地强迫作为眼科专家的妻子回家，坚决地说：可以花钱请保姆，但绝不能放弃你的事业！至今他们的孙子一周岁，妻子仍然坚守工作岗位。我身边，多少男人以牺牲妻子的事业为天经地义，在他们眼里女人何谈事业，唯有男人才是事业的宠儿，女人为争取工作权利与这个世界费了多少周折……刘江滨对妻子的敬惜、对女人的尊重还表现在他读完《毕加索传》，毕加索辉煌成就背后对女人的悲惨摧折，使他怒发冲冠，愤而写成《我鄙视你对女人的鄙视》（《中华读书报》2017年11月8日）。

这是一个懂得尊重女人的男人！或许这就是文学之外的刘江滨的品相之一。

从阅读中来，穿越生活，到灵魂里去。想起他在半夜签版再写作，处理冗务之余匆匆地写上几行。每当想起这些，我都特别励志。我庆幸自己可怜的写作一直有人推动，有人引领，到了刘江滨这里，我则浑身一颤——

当着总编，还在写？一个个真刀真枪的文字就摆在那里呢。我一直仰视兼用左右脑的人，刘江滨似乎做到了"一心二用"：《燕赵都市报》连续十三次入榜"中国最具价值品牌500强"，河北唯一获得最具价值品牌的媒体，也是河北文化产业唯一上榜品牌。

夏天的一个傍晚，我正在医院看望一位文友生病的母亲，收到一个晚报编辑的退稿微信，"……副刊有些典故类文章意义不大，除非能有一个特别发人深省的点，或写得惊心动魄，像刘江滨老师写的《装疯卖傻》那样……"我看完不由得笑出声，当时我和文友并排坐在她母亲旁边的空床上，她见我笑，歪过头，看着那条微信，说："这不是给你退稿吗？"仰起脸看着我，"你还笑呀？"稍顿，"你还笑得那么开心，再谦虚也不至于对着退稿笑吧？倒像退的是对方，被夸的是你自己……"

她一提点，我也沉思下来：是啊，怎么夸刘江滨倒比夸我自己还高兴呢？

文友若有所思地看着我：明白了，难怪我发现你对身边写作的人有一种奇怪的热情！现在我知道了，你对他们太珍惜。

可能在写作方面自己挺惭愧的，也因为曾在并不属于写作的环境中难得其安，曾像在大海中寻找航标一样搜寻写作的同类，一旦遇上一个，算得上真正的"文痴"，我的"痴"病立即复发，总感觉有他们同写，我才不孤单，就像见到亲人。倘若写作的路上孤零零一人，我会有"掉队"的紧迫。这时，一个词，同行，格外重要——前方有个执灯人。特别是刘江滨"奋战"在午夜时分，我悄悄地改了一句特殊年代的歌词——我们"写"在大路上……我相信写作是传染的，而我自"认真"写作后感受到的也是写作的传染。只要写着，就被我引为同类。我有时想象这些人"被俘"的情形：严刑拷打不管用，铁嘴钢牙不招供，但只要把他们关起来，不让读书写作，不久保准屈服。

印度智者萨古鲁，用一首小诗比较"一个灵性的人与一个物质的人"——

一个物质的人挣钱糊口，
其他一切——
喜悦，安宁和爱，
他得去乞讨，
而一个灵性的人，为自己赢得了一切——
爱，安宁和喜悦，
他只需乞讨食物，
甚至只要他想，
连食物的获得也轻而易举。

  现实中的某些时候，我经常在潜意识里悄悄把上述"灵性的人"置换成为"写作的人"。有时厌倦了眼前这纷攘的世界，就无比认同萨古鲁的超限想象。在写作这条路上，看过太多的路长人困，蹇驴已矣，而刘江滨人勤，笔健，剑愈锋，风正劲，固守内心，精耕细作，缓步徐行，沉静不哗……

一支土腥笔　聊作稻粱谋

在我看来，写作这个族群，必由上帝精心"拣选"。因为在我们身边，太多的优质作家胚胎，大多罩着吓人的中文硕博光环。有的家学深厚，经天纬地，有的天赋异禀，文思绮丽，他们的作家气象已然成型，然而其人生道路却与文学呈风马牛状。而有的人，倘若没有文学，或可长风万里，事实上反将文学与生命等量齐观，再也回不去。

读完这本《康志刚小说集》，我觉得康志刚就是那个被文学一指点穴的人。本集子收录他1984年至2014年在全国各报刊发表的中短篇小说四十六篇。首篇《这里，有一片小树林》刊于1984年《潮头集》，末篇《月亮明光光》见于2014年第7期《时代文学》。1984，2014，两个年号，连接三十年，像不像康志刚的文学纪年？

读书写作，是康志刚对这三十年的无缝填充。这本书显示，康志刚平均每年的发表量是六至八篇，加之那些发表却没被选入的篇目，以及写了却没能发表的半成品，其创作量，纵使让电脑代替人脑也无法精准计算。透过这本沉甸甸的小说集，我敢说我看到了康志刚的"那些年"。

这部书的写作背景皆为他的家乡河北正定县。中国北方农村的人情风物、世相百态尽收笔底。世俗的生存皆有代价，一支土腥笔，聊作稻粱谋？从学校到军营到工厂再到文化部门，这样的人生道路本应还原一个大众影像，身在其中，稍不小心就会让自己脸谱化，从众、舒适而惬意，可毛头小伙康志刚为了写作对生存的顽强抵抗却给我极强的画面感。正如他在后记里提到，有些文本带有明显的20世纪80年代的痕迹，开篇的《这里，有一片小树林》《风从园外吹来》以及《香椿树》让人一下子就触到那个时代的文气。更多篇目，比如《喜事》《去杭州》《假发》则呈现生活的别样脸孔，给庸常世事带来一点点惊栗、冲突，从而打破闷局。他的小说取自生活的若干断面，将之撞击、化合，内心的爱、恨、无奈与不甘源源流出，尤其那些人性的精微与温暖，让我们在这个并不完满的世界里不至于心灰意冷。

　　村桥原树似吾乡！读着，浑然不觉地，发现自己正在跟随小说的某个情节进行一次精神还乡。眼前是一幅幅北方农村的光与影，连秋冬时节立于霜雪中的麻雀都从记忆中飞出来，与我来个栩栩如生的约会。假如你生于北方农村，这些名字会不会让你眼角濡湿：小花，珍儿，小春，根生，英子，张有子，美静……还有这些：毒辣的太阳，青草的香气，跳跃的露珠，玉米的紫须，麦芒的刺痛，农村的平房，县城的楼房，劣质的确良衣衫，坑洼的乡间小道，进城打工的摩托，悄然开回村里的小汽车，情窦初开的小儿女，龃龉不断又间或幽邃温情的父老乡亲……康志刚的笔下，鲜有那些以巨手推动历史之门的风云人物，多为被时代挟裹着一路踉跄又似撒欢儿的小草根。他们在这片土地上笑着，哭着，挣扎着，祈盼着，每一个小人物都可以牵着我们的手走进正定，他们各有其轨道，成为一个自转星系，做着千古不变却又合情合理的选择。这，就是正定，连方言都是"原装"，不必担心越淮而枳。

　　正定是贾大山的故乡，文脉的传承使这里成为世人心目中文学的圣地与热土。康志刚从正定一路走来，从文学少年到中年。三十年间，我亲眼看到许多禀赋不错的写作人因难耐寂寞更换跑道，康志刚却是少数坚守者之一。一个饱读诗书且笔耕不辍的人，一旦与文字结为一个战斗单位，字纸芳韵，更令他文气氤氲，文事葳蕤。某些文艺人士，稍有发达则面目狰狞，文学却使康志刚成为一道风景，柔韧，淡然，儒雅，寥廓。

　　文学虽掌管灵魂，却常被称为摸不着看不见的虚妄之物。《圣经》里说：妇人美貌而无见识，如同金环戴在猪鼻子上。依此，倘若这个金灿灿的世界无文学写作，"金环"会戴在哪里？在难以回避的平庸世界，勤于笔耕的"那些年",为一个写作人提供了一套明媚而有力道的密码。于是我们看到,从小说集《香椿树》到长篇《天天都有大太阳》,再到这部小说集,康志刚以稳健的步履,不断刷新着自己的精神标高,偿付着那些年的"读书茅屋夜"。

没有一个时代是不需要记录的,康志刚以淡定和冷眼呈现自己的笔底波澜,为我们忠实记录了尚未远去的这三十年。豆棚瓜架雨如丝,那些秉烛夜读,那些字纸海洋,绝非无意义的堆砌,它们让康志刚往人前一站,就站出了功力和修养,就"泄露"了他的"那些年"。

边月随弓影　横戈马上行

2019年初,"文坛刀客"韩石山向文坛托出一部近五十万字的长篇历史小说——《边将》。这部巨著以明代嘉(靖)隆(庆)万(历)的历史为背景,以山西大同右卫镇为人物活动舞台,塑造了以杜如桢为代表的几代将领的形象,涉及了明代北部边疆的许多历史大事,也展示了边关民众的日常生活场景、对国家的忠诚以及情感世界的纯洁与坚毅。作品格调苍凉而雄浑,文字精练清爽,叙事舒缓而有节制。韩石山自称这部《边将》是"短篇小说的框架,中篇小说的节奏,长篇小说的气势",在历史小说里是不多见的。它既是一部动人心魄的战争画卷,也是一曲人性及爱情的赞歌,读来荡气回肠,深幽隽永,回味无穷,不枉韩石山对晋人乃至华夏大地的深情告慰。

边将·边情

《边将》"一剑",历经五年"试刃",冉冉飞升出的,是一段明朝的烽烟。这段烽烟"燃"起于雁北大同右卫城,也时而燃及周边乃至京师,总之就是一场接一场大大小小的战役。山西省右玉县古代的一位将军——麻贵,作为《边将》素材的直接贡献者,先是抗击蒙古人南下,后来又率部赴朝鲜,抗击倭寇的侵扰,为韩石山带来许多真切的历史灵感。《边将》的谋篇布局亦颇显"刀客"的眼力与腕力,甫一阅读,立即陷落。

边关一守就是几代人。镜头拉近,是杜家。爷爷杜俊德、爸爸杜国梁,以及兄弟三人，大哥杜如松、二哥杜如柏、老三杜如桢。作者截取其中的六十六年，一个完全虚构的人物——杜如桢，从他十三岁初识边关，写到七十九岁终老于故乡，从新平堡的守备任上的青年军官，到独石口的参将，再成为大同的主帅，一生戎马，壮怀激烈。三兄弟的后代思勋、思义、思昭，也都成为"边将"。边将们有的年纪轻轻就战死了，如二哥如柏；有的自童年就被异族掳去，星月移转竟被同化，成为流淌着汉族血液的异族人，如二嫂王慕青的哥哥王效青以及成年后偷偷跑回的马芳；也有的虽墨绖从戎，却历经战乱，建功立业；还有人因谗言奸佞陷害而死，大部分官兵则在边关哨卡的时光漫漶中度过一生……我们看到的，是一幅幅明朝大同的战时烽火图、平时风情画。

多年前，我在大同出差时走马观花地游览了这座"边城"。领略一座边塞风情浓郁的城池以及一个个"边"味十足的地名，深感历史的厚重与苍凉。此时读《边将》，那种"边"的意象鱼贯而出，蓦然发觉全书早已被一个个带有"边"的词语塞满。既有我们熟知的边关、边疆、边塞、边寨、边防、边民，也有颇为新鲜的"边"字组词：边材、边务、边堡、边镇、边兵、边地、边戏、边军、边诗、边墙、边患、边鄙……诸多的"边"，统于"边将"。这些"边"字写满边关的高渺悲怆，也不乏烟火挚爱。沿着这一个个"边"字，恍然，慨然：华夏版图的脊背处，大同这个兵燹之地，对当时的大明边防可谓一夫当关！

你可曾见一种独特的边关情态：一边亮剑、一边握手，"你中有我，我中有你，狗咬连环，撕扯不清"？韩石山笔下的大同边关，来犯的蒙古人驻兵城外，边墙一侧，两族人还在互市；汉族的孩子被掳走，蒙古统领当自己孩子养，养成人了，给予信任和兄弟情；汉族的将领犯事或者不如意，竟跑过界去当敌将……怎么样？有料儿吧？历史的各次战役形成明军中留有不少"达（鞑）将"，到全书的尾声，如桢的随从张胜就酒后出言："要说守边，功劳谁最大，还数咱们达人，靠汉人，哼！"另一方面，"去了蒙古那边的汉人，不是三十二十，也不是三百二百，海了去了。"外人看上去，真有那么一股"天下大同"的意味儿。当然谁都明白天下"大同"

是个美醉的童话，但民众、百姓以及他们人性深处的自然流露，从而生发出的对美好生活的向往，就让烽烟有时还会变为炊烟，至少变得不那么面目狰狞，还让人有一丝留恋、回眸。

二嫂的哥哥杨效青自从六岁被蒙古人掳去，直到成为蒙古将领，名字都改为"巴图鲁"。思乡心切的巴图鲁装成鞑靼的样子劫持了自己的亲妹妹假意猥亵以此聊慰思亲之情。之后不久，右卫城经历蒙古军长时间的围困，巴图鲁冒着"通边"杀头的危险，趁妹夫如柏上哨巡察不在家的当口儿，偷偷溜到妹妹家，为久被围城饥荒困窘的妹妹全家送来新鲜的蒙古奶酪，以及妹夫一旦作战失利时救命的"腰牌"。这种奇特的"腰牌"关乎生命，上面刻着"奇奇怪怪"的"八思巴文"，有浅浅的双勾的"令"字，按如桢理解，应为蒙古首领俺答大营里的宝物，"至高无上悉听此令"，为的是让妹夫如柏一旦与蒙古军打仗，得胜不用说，而一旦失利身陷重围，出示这个腰牌即可保命……残酷的墙子岭大战中，巴图鲁适时地为如桢送来救命的汗血马和海东青，由于众所周知的原因，巴图鲁深知自己"回国"无望，但对"国内"亲人的眷眷之情可见一斑；还有朝廷命官杨博手下大将马芳，自十岁被掳，十八岁凭着过人的机智和才能偷偷跑回大同，而蒙古首领俺答明明看到他逃跑却不让手下人搭弓射箭。俺答看到成年后容貌昳丽的马芳，也说"这样长相的人，要为他们朝廷效力"……匪夷所思的是，无论马芳还是巴图鲁，竟对掳了自己的俺答众口一词地称颂"雄才大略""值得留恋敬重"——这种复杂的边塞情态意味深长，同时直指人性深处：杜如桢与王效青藏身山洞那一段尤为感人，这时的效青已是巴图鲁，巴图鲁高烧，如桢悉心照顾他，他们各自的下属纷纷喊他们，但为了不让对方暴露，他俩宁可煎熬也都默不作声。巴图鲁的"战友"默扎哈是个蒙古人，他对巴图鲁已情同手足，他在山洞外一遍遍喊着："好兄弟，你要不回来，我怎么向俺答老人家交代？你可是他最喜欢的孩子呀！巴图鲁呀巴图鲁，你在哪儿我的好兄弟！"可见他对巴图鲁的感情已超越族类国别，发人深思。

英国女作家伍尔芙读过毛姆的《月亮与六便士》之后，"就像一头撞在了高耸的冰山上，令平庸的生活彻底解体"，韩石山"撞见"边将，亦然。

看得出，《边将》的写作，韩石山积聚了一种情结，也让我们仿佛看见跨越时空的两双大手紧紧握在一起：一方是韩石山，一方是杜如桢——韩石山是"迷恋"杜如桢的。

无论如桢、二嫂，无论爷爷、荣娘，抑或二哥杜如柏对王慕青的以死指誓，以及默扎哈与巴图鲁，俺答对汉族子弟的"绥靖"之情，统统装进"人性"这口深井，而到了大同右卫这个地方，索性就把它们浓缩到一个新组词——边情。

刀客·刀锋

《边将》的写作前后历时九载，"文章尔雅，训辞深厚"，体现着韩石山作为资深作家的"史本位"与"文本位"。将这本书掂于手掌，虽阔不盈尺，却堪比泰山。厚重的历史，鲜活的故事，白描式的语言，是为本书的三大特色。恰有一炉战火烽烟的大时代作为背景，衬托着"秦时明月汉时关"的一片月晕。风情月意，死别生离，泪洒边塞，曾经沧海。

格非在一次讲座中说道："面对话语无时不在的影响，文学需要不断的陌生化。优秀的作品要能够对生活产生反省甚至冒犯，让读者开始反思自己的生活，重新理解生活的意义。"不仅文学，现代科技的迅猛发展已使整个人类生活越来越同质化，这让个体经验慢慢贬值，变得不再生动。满纸的因循苟且，少有突破性创造，少有卓越和出格……《边将》恰恰是"冒犯"的，"出格"处不禁令人悚然汗出。俨如杜如桢对二嫂的爱情，与他身后不远的明末学者冒辟疆眼中的陈圆圆，亦似"妇人以资质为主，色次之"，在如桢看去，"慧心纨质，淡秀天然，平生所见，则独有'二嫂'尔"。战乱中的爱情，并不少见。写哪个爱情不行，这韩老偏要写相差四岁的"叔嫂恋"！然而一部《边将》读下来，却不觉得猥琐、肮脏，让读者感觉干净、纯真、炽烈，感情饱满。

也是，"刀客"嘛，岂能玩那种弱智的"鸡汤"！"越是正经的地方，越要不正经地写"。韩石山是个擅长颠覆的作家，看看以往他那些旁逸斜出的书名：《装模作样——浪迹文坛三十年》《我觉得自己更像个卑劣的小人》……如此，韩石山在这部《边将》里，断不肯呈现一个高大全的"假人"，杜如桢是一个血肉真实的人！不错，他饱读诗书、兵书，家教严饬，作战勇敢，体恤官兵，未雨绸缪，精准把握战机，情怀与山川相激荡，这些统统让他有了英雄意味。男人是讲国品的，无家国情怀的男人，才气再高非上品。别说上品，中品都不算，别说中品，指定下品……也因此，尽管杜如桢毫不掩饰地爱恋二嫂，敢于"腹诽"母亲、诅咒二哥，一次次酣战之后，仍去狎妓，可是读来你就是觉得这是个可敬可爱可信赖可仰望的人，具有凡人的温度和触感，活生生的，不是蜡人。事实面前，没有道理可讲，韩石山不是轻易改写人类的基因代码，而是懂得顺应人性里的最真实所在。我们看到的杜如桢，就是硝烟中的柔情铁汉。

有时不禁悄悄质疑：这韩老还真敢这么写？可是，白纸黑字，书，都印出来了！方才明白：一般的写法，往往乏味，而那种带着痛感的"毒素"的味道，蜇疼了舌尖，挟了少许的"痞"味儿，竟有一种反派的迷人感。遍观《边将》里的人物，都不是锁死在一种气质或身份上，难以好、坏定论，许多人物包括主角杜如桢，偷窥、狎妓还爆粗口，带着邪恶的美感。而这样的多层次、多维度，恰恰成为吸引人之处，读着竟让人来个精神上的"葛优躺"——这潇洒的"痞"气，真是帅得要死！

其实放在文学大背景下，《边将》的笔锋一点儿也不孤独。八十四岁的王蒙先生去年在陕西演讲时还激情轩昂地宣称自己写了一部五万字的爱情小说，写得"要死要活"，并格外珍视"写小说所得到的那个心潮起伏的感觉"。他说质疑"四十岁是否写小说"的人"太没出息"，"一个人老不怕，第一如果他还能写小说，第二如果还能娶媳妇，他活得仍然是有质量的……"。2019年初，那个让他"要死要活"的《生死恋》分分钟出炉了（《人民文学》2019年第1期），《小说选刊》转载时用了这样的推介语："如果你读到王蒙的《生死恋》，绝对想不到这篇作品出自一位八十五岁老人，语言的热度、感觉的奇妙、行文的畅快，仿佛来自青春写作者……"

这部《边将》也有同感同质。韩石山称这是一个"神圣的爱情故事",也是一曲人性的赞歌。杜如桢始终深爱二嫂王慕青,长他四岁的二嫂也是"怎么看着他这个小叔子都喜欢,说话,笑,都多余"。当朦胧的爱情轻轻撞击心扉时,如桢与二嫂也有时而的矛盾,毕竟不合"常伦"。这在他们生活的那个时代,无疑无法打破诸多禁忌,即使杜如桢的夫人过世可以"把二嫂续过来"的时候,侄子思义坚决反对母亲嫁给三叔——已成为明军将领的思义要为母亲向朝廷争取"节孝牌坊"。为了不让思义难堪,也为了了却叔嫂二人相望已久的心愿,后来还是孙胡子费尽苦心,花五千两银子,为二人在广宁王府安排幽会,那一刻二嫂变成了"王妃娘娘",黑暗中二人尽享鱼水,而如桢日后方知那就是二嫂……

这就是韩石山。这就是《边将》。这就是杜如桢。既有"关西大汉、铜琵琶、铁绰板,唱'大江东去'",也有"十七八女郎,执红牙板,歌'杨柳岸,晓风残月'"。诙谐幽默,笔力稳健、灵俏、工巧,端丽多姿。给读者的印象是,他右手执剑,镇定自若地指挥千军万马,左手搂住二嫂的纤腰,一边向战场怒目而视,一边又与二嫂交换着灼热的眼神……机警,调皮,还有那么一点儿"痞",如此,杜如桢就像个"人"了。似乎玩着跑着,啃着一枚冰激凌,唱着K歌,山西边关六十六年,尽收眼底……韩老爷子,酷毙啦!

明时·明月

读《边将》,整个人立即掉进那片明朝的天空,那一种北疆边关的英气扑面而来。杜如桢,王慕青,杨博,马芳,蒲州戏班,墙子岭大战,清风阁宴饮,右卫解围,晾马台封王大典……单是人名、街名、物名,已是旖旎迷人。

一段历史总要由政治、经济、文化、民俗等系列要素组成,韩石山笔下的这一段明史,涉及数百个人物,上百个地名,俚语方言,城池地脉,人情风物,语言习惯,等等,皆与今大不相同。要忠实于这些史实,又让读者品之有味，所做的准备时间绝非五年。要通读多少典籍，摒弃多少"伪材料"，才能从一片古籍之海里提炼出一滴有效之水。明朝的吏制与今不同，那一个个彼时的官职名称、人名地名，在常人读来都要反复消化。不仅如此，韩石山还将触角伸到"秦时明月汉时关"，几相对比，春秋战国、两汉、三国、魏晋南北朝，也时而以背景和史料被提及。特别是把《金瓶梅》等联系在一起，无不需要作者扎实的历史基本功，这些翔实的历史片段在烘托人物的同时，更使得全书厚重、沉实、深邃，某些时候，在某种意义上，这本书还可以直接当作历史来读。

除了杜如桢一家，《边将》中的人物都是明朝历史上真实存在，比如声震关外的大人物杨博，屡战屡胜、只要赏赐不要官阶的将军马芳。既有边将们的征战厮杀、家国忠诚，也有烽火连天中的儿女情长。朝廷大臣杨博改良戏班子的那个情节尤为别致：本是落魄的蒲州同乡班主和外甥，因右卫被围，穷得连唱戏的行头都变卖了，也不够回家的盘缠，杨大人深表同情，杜家为他们置办了行头，再排几出戏，转身之间竟成为大同边军的"文工团"，在边防军堡巡回演出，一时成为盛况。更令人不解的是，戏台就建在堡门外，每当演戏，大同这边，杨大人盼咐下属告诉墙外的蒙古人，"备上吃喝，请他们老老少少，都过来看戏！"几十年后班主的儿子重整旗鼓，依然不忘边关情谊，每年都带戏班子到边关来演出。那些演出的剧目也被韩石山安排得恰到好处：《五典坡》《黑叮本》，全书结尾处的那场戏还把杜如桢的生平故事编排进去，这个细节安插在杜如桢的暮年，更给人一种人生如戏、戏如人生、电光石火、云垂海立的情感大回旋。

想必读过此书的人定可会意，"边将"作为全书的灵魂无处不在，边将之魂深潜于那一幕幕历史画卷之中，读之淳厚隽永，回味无穷。那些立于尖刃的言辞，哪怕喷出血珠，却有"草色遥看"之魅，就像齐白石画虾从不画水，却分明感到水的流动和存在——这正是韩老半生功力所在，凭文字掀动读者的情感，使你如醉如痴，而他自己屹如泰山，冷眼旁观……抛开才情与坚执，正是全书的不矫饰、不说教，令人激赏不已。

悠然从容，张弛有度，这是作家最好的写作状态。这部小说不似有些细密小说的密不透风,而是信马由缰却不散乱,章法是在闲庭信步中隐现的。用白描手法塑造人物,正是本书的语言特点,时而深涵若海,时而浅白如溪。"白描"是我国古代小说创作中常用的艺术表现手法,它要求用最精练、最节省的文字,不加渲染、烘托,刻画出鲜明、生动、传神的人物形象。在《边将》中,韩石山把这一手法运用到炉火纯青,郑重却无匠迹,不渲染,不铺陈,如芙蓉出水,清新自然。在"历史"这个宏阔雄浑的叙事面前,那一个个珍珠般的事件顿使"边将"这棵大树活了起来,开花,并结出果。五百多年前的历史画卷在近五十万字中徐徐展开,时而惊心动魄,命悬一线,时而月白风清,推心置腹,时而唇枪舌剑,妙语连珠……在我读来,这段烽烟,堪称明代历史天幕中的那一管"大漠孤烟",虽千疮百孔,却也华美绮丽,温暖而又苍茫。饱经时光淬炼的人淡定从容又端丽宏大,岁月沧桑中漫溢而出的激情恣肆,一方面拜托了岁月,更重要的,则是顽强的生命意志,以及由此衍化的生生不息。这部巨著堪称韩石山小说创作的"珠穆朗玛",韩石山自己也称《边将》乃晚年最重要的一部作品,"此生有此作,足矣"。

滔滔历史长河,《边将》是韩石山双手托出的一颗硕大莹润的结晶体。盛世莫忘烽烟事,况而当下的世界远未"大同"。"何日平胡虏,良人罢远征"?世界人民都在翘望"长安一片月,万户捣衣声"……当下的我们再随《边将》深入"边鄙之地",看那群男人女人,官家民家,汉族异族,他们打杀,他们哭笑,他们也握手,也同情,你给我一拳,我还你一脚,推着,搡着,偷着,窥着……其现实意义和镜鉴价值,无不慰藉着五百年前的那缕边将之魂。

晋人·晋风

多年来,在我的文学版图上,晋人韩石山往往就成为地理意义上晋地的代言人。韩老在我心目中属于文学前辈,过去的几年,每当与韩老在《文学自由谈》"同框",仿佛跟在老师身后的小学生,一副亦步亦趋的虔敬膜拜状。正是在《文学自由谈》写稿这些年，一直远远近近地关注着几位同刊老作家：李国文、韩石山、陈世旭……皆因他们老而弥坚，始终不紧不慢地"老骥伏枥"着。此间形成一个不成文的印象，他们专于随笔——至少古稀之后的他们渐渐远离了散文、诗歌等比较"年轻"的文体，虚构的小说更为少见。不仅如此，他们的随笔更显"水落石出"的筋脉和骨感，时而放射不那么平淡的锋芒。这似乎也回应着历史规律，从青涩到成熟再到清癯力道，仿佛不带点儿棱角就辜负了岁月沧桑的珍贵，而小说的虚构、诗歌的激情、散文的吟哦对于他们都未免有点儿"轻飘飘"了。他们需要面对面的直抒胸臆。这一点，韩石山自我披露："早年，我是写小说的。中短篇小说集，出过四五本。后来呢，真叫个惭愧，基本上退出了文坛，搞起什么现代文学研究，出过两三本人物传记……"《边将》让他重回小说，体现的，正是作为一名山西人的担当。

　　《边将》的字里行间遍布韩石山对家乡的感情，他爱山西，爱大同，对一草一木的珍视，犹如幼苗，生怕眼神稍重而压坏了它们。更有明朝大同一带的民风民居、市井俚俗等边关民众的日常生活场景。此外，当时流传于坊间，引起士子与平民关注的《金瓶梅》《三国志演义》的情节和典故也被韩石山信手拈来，安插于六十六年的生活战斗的各个场景中，显得格外自然、贴切。一个个极具地域风情的地名、物名、俚语、饮食都给人留下深刻印象：脚地，毛褋袋子，苦焦，蒲州小吃"杂填"，海东青（一种草原上的苍鹰）……就连山西的宅子怎么造的，有什么讲究，间架结构，朱雀玄武，均能一一道来，仿佛韩石山自家的房子就是他盖起来的，这使小说显得格外耐读，口齿噙香。

　　这大概与他的家学背景有关，出生于读书世家，大学读历史系，接触古典文学，写一个个古典文物，"操盘"这样的《边将》，似不在话下。由之，整部书没有觉得现实与历史的疏离和隔膜，让我们站在四五百年后的这个节点，一眼就望见那雉堞烽火，边月溶溶，影影绰绰……山西与蒙古，这一对奇特的关系尤其值得打量，那些被掳去的汉人的孩子，蒙古人也不是随便见一个就抢，而是暗中跟踪很久，搞清这孩子的家世背景，"孺子可教"的，才被盯上。当时的这种社会状态被在永安寺避难的儒商孙占元一语道破：大明、蒙古以及漠北的鞑靼三方要"互市互惠"，才能平安无事。而朝廷如果一味剿灭，只能是"治丝益棼，难有靖时"……这些安邦治国之策，竟来自荒野古刹的一个商人，可见大明当时不无高人，亦实乃韩石山笔力辣道，宝刀不老。

山西形胜，大同，右卫，在《边将》中如青云出岫。在中国，风景绝佳、文蕴厚重又被世界冠以各类光环的名胜数不胜数，类似地貌的山川，也不算少数，唐时的王维、王之涣、秦韬玉等边塞诗人将汉唐边关载入史册。山西，大同，因承载过一个泱泱朝代的命运转折，久之沉淀而成独特的地理气脉与人文渊薮，韩石山则以《边将》为绝唱，赋予明时边关以丰富的精神涵义，经历史风烟的浸润，都赋予这春风大雅，秋水文章……

斯人久已殁　今世有知音
——读孟慧贤《清廉魏徵》

纵览孟慧贤诸多的著作和文章，他的写作只有一个样本——廉政，而魏徵作为这种廉政样本的载体，成为孟慧贤廉政写作取之不尽的素材库。这些年，他以一支羊毫软笔，写尽大贤魏徵：《古镜今鉴》《情深意浓》《魏徵公园碑刻集萃》《我与魏徵故居》……2014年初，电视文学剧本《清廉魏徵》横空出世，洋洋洒洒四十三万言，被公认为孟慧贤魏徵研究和廉政写作的"珠穆朗玛"。

在孟慧贤的生命里，魏徵是作为一种情结存在的。熟悉孟慧贤的人谁都不会否认他对魏徵研究的专业性。围绕魏徵，孟慧贤通读如山的古籍史料，博观约取，厚积薄发，独特的历史情境关联成一条凝重亦灵动的廉政文化流脉，将魏徵及其廉政思想一拎而起，纲举目张。

《清廉魏徵》历时三载，"文章尔雅，训辞深厚"，将这本书掂于手掌，虽阔不盈尺，却堪比泰山。厚重的历史，鲜活的故事，深刻的寓意，白描式的语言，构成本书的四大特色。

全书由魏徵的父亲魏长贤辞官展开，这更令人确信，魏徵的"谏上"是有其血统渊源的，魏长贤就是一个谏臣。他在噩梦中"因蔑视皇上，讥讽朝政，被处斩刑……"。现实中，他上书文帝"近君子，远小人"而遭贬抑，魏徵自幼得到的正是这种勇敢、正直、仁厚、心怀天下的启蒙教育。魏徵博览群书，才智超群，事实上，他最在意的还是"纵横之术"。他成年后第一次亮相就是无意中智救裴家小姐，这让青年魏徵从一个自然人正式成为一个社会人——他以自己的智慧影响了公众和社会，并成就一段良缘。

由此展开去，一场场矛盾冲突像山水画轴，一千多年前的历史画卷在四十三万字中徐徐展开，时而惊心动魄，命悬一线；时而月白风清，推心置腹；时而唇枪舌剑，妙语连珠……古往今来，多数帝王一向自操威柄，强权之下，皆为弱者，众臣也常唯唯诺诺，至多腹诽耳议，但见魏徵一身正气，凛然如松。千夫诺诺，唯他一士谔谔！

磁州街头，因唐太宗朝令夕改"冒昧上书"，可以看作魏徵进谏的开始。此时魏徵几易其主，此前在旧主面前多为献计而少"冒犯"，新主性情几何？多数人是需要事先掂量的，此刻贸然进谏，应为君臣"磨合"的开端。魏徵幸遇明君，冒昧之辞被唐太宗视为肺腑之言，魏徵慨叹："陛下闻过则喜，虚心纳谏，乃我大唐之幸、百姓之福啊！"

最令人难忘的情节还有三个：唐太宗嫁女、荥阳救灾和泰山封禅。

"朕的家事你也管吗？"无论古今，许多人看来，魏徵，这是一个多么"认死理"的谏臣啊！满朝文武欢天喜地操办"皇嫁"的时候，孤零零地，只有他一人向隅。作者对此事的描述看似淡然，却蕴含着玄幻和杀机。君臣纲常，尊卑有序，此前的太宗已经给了魏徵太多"面子"，包括因《秦王破阵舞》魏徵不悦，太宗拂袖而去，太宗都没"计较"魏徵的"不知好歹"，此时，贵为国君的唐太宗，有理由把嫁女看作"家事"，然而，魏徵异常顽固地认为"一国之君，家事就是国事，小事也是大事"，同时搬出《唐律》、汉明帝分封儿子的故事对太宗条分缕析……难怪太宗感叹："朕怎么就摊上你这么个人呢？"幸而有个知书达理的长孙皇后，听说魏徵冒死进谏，居然恭喜夫君"双喜临门"：嫁女又得诤臣！不惩反奖。这个故事读来令人兴味盎然，掩卷则思绪万千，久久玩味。

"泰山封禅"又是长孙皇后救了魏徵。这次事件除了魏徵和张公谨，满朝文武又是不谋而合一边倒，这件事的"严重"程度，以至于让向来把生死置之度外的魏徵，也考虑到了身家性命。幸而，魏徵成功"自救"——他的《隋书》被长孙皇后阅读并呈给太宗——这个情节令人思索一个贤良皇后的作用。这一次，如果没有长孙皇后，太宗真的认为魏徵："什么志向和远见？他却一而再、再而三地辱没朕躬，朕还再忍受得下去吗？""不要以为他有什么了不起！没有他魏徵，朕照样能治理好天下！"显然，魏徵所面临的，已是生命之忧。

魏徵仿佛看见自己的末路，伴君如伴虎，如临深渊，如履薄冰，犯颜千次，总有一怒。他望着孩子们的背影，自语："叔玉、叔璘长大后不论做事还是为官，一定要让他们远离京城，绝不能像老夫一样留在皇上身边，整天提心吊胆……"正在考验他们君臣的关键时刻，太宗没有妄断，而是陷入深深的思索，他来到渭水边，秋风渭水，落叶长安，重温魏徵的舟水之喻，太宗感慨万端。与此同时，魏徵也奋笔疾书，先是写下《辞官表章》扔掉，再写下《十渐不克终疏》。这样的文章，即使裴夫人贤良明理，也清楚这无异于在皇帝面前火上浇油，以至于当太宗下旨召见魏徵，全家顿感大祸临头，一片哭号。而皇宫大内，太宗却哈哈大笑，与战战兢兢的魏徵一番论战，魏徵口若悬河，直言"朕变了"……是啊，太宗也是一个"人"，他惊疑："朕真变了吗？"魏徵直言相告。"在朕面前敢于喋喋不休的，也只有你魏徵了，要是换个别人，给他十个胆儿，他也不敢。"魏徵声言也"怕"，"怕把陛下气出个三长两短，臣不好交代。"二人哈哈大笑……这样的情节很有画面感，我们不由得期待能在荧屏上欣赏这一场君臣之间和而不同、斗而不破的智慧较量。

"这个匹夫，朕让他监修洛阳宫，他却自作主张，把修建宫殿的工料都运到了荥阳，简直无法无天！"如果说太宗嫁女和泰山封禅是冒死进谏，而洛阳宫事件简直就是胆大妄为的"欺君之罪"，加上"假传圣旨"，理应罪加一等。特别是当皇家队伍从长安一路到洛阳兴师问罪，魏徵大有吃不了兜着走的杀头之虞。然而，魏徵的忠心，日月可鉴，他是替天行道，不辱使命，在体恤民情上，与太宗的思想高度一致，当气冲冲的太宗被地震灾区的百姓挡驾却山呼万岁时，面对前来请罪的魏徵，唐太宗几乎喷怒："此次荥阳地震朕命你全权处理一切救灾事务，难道你想贪天之功据为己有吗？"

至此，读者内心悄悄勾画着不怒自威的唐太宗，他在一阵复杂而奇妙的心理活动之后，故意板起面孔，掩面偷乐呢——魏徵这个一直以来屡屡"犯上"的"死心眼儿"，多次在大殿之上"一票否决"，此次督建洛阳宫过程中更是目无皇上，擅自"挪用公款"。当地震突发，他灵活机敏，随机应变，为国家为子民胆敢逆天，对家国的责任与担当，怎不让唐太宗欣赏有加！高山流水，青松明月，原来他们是知音啊！读到这里，读者为魏徵紧紧提起的心顿时放松下来，并怡然一笑：君臣都很可爱嘛！

当然，这一切还应得益于君臣二人的良好互动，倘若太宗昏庸，不给诤臣进谏的土壤，纵然魏徵刚直不阿，学富五车，他的脑袋早不知搬了多少次家，他的那些智慧与韬略也在一抔黄土中灰飞烟灭了。

魏徵的历次"犯颜"，长孙皇后和百姓救了魏徵不假，更有效的，还是他的自救！品行，胸襟，视死如归，这一切，成就一个真实的魏徵。

用白描手法塑造人物，正是本书的语言特点，时而深涵若海，时而浅白如溪。在《清廉魏徵》中，孟慧贤把这一手法运用到炉火纯青，工巧却无匠迹，不渲染，不铺陈，不说教，清水芙蓉，浑然天成，使得那些血肉丰满的人物在增加人性的复杂性的同时，更大大提升了作品的可读性。

《清廉魏徵》最大的现实意义应是巧妙处理了"古为今用"。作者借古喻今，人们对书中的许多情节似曾相识，譬如人情、裁员、坚守自我、面对强权、人性的复杂、理想的坚韧，等等。孟慧贤一直工作在纪检监察第一线，深知腐败问题一直是困扰多国的顽疾。他热衷于对廉政文化的研究，明白优质精湛的廉政文化是对礼崩乐坏的绝佳修复，是执政党战胜腐败的强大力量。如何让一千多年前的魏徵精神结出21世纪的廉政文化之果？这在各种思潮交汇、思想活跃多元的今天显得尤为紧迫。从这个意义上讲，《清廉魏徵》的问世，对于研究魏徵思想和廉政文化，加快清正廉明的良好局面的形成，具有十分重要的现实意义和极高的镜鉴价值。

要么孤独　要么庸俗
——读韩联社散文集《人生总有孤独时》

纵览韩联社近年的密集出版,"孤鹜""孤独"的意象如此鲜酽。读完这本《人生总有孤独时》,他的整个人就立体起来了:生如夏花,死如秋叶;拥抱孤独,拒绝庸俗。

这本散文集分为上下卷。上卷的亲情篇中,父亲,继母,兄嫂,都给我留下难以磨灭的印象。

"父亲的一生,像一幅凄凉的风景画,萧瑟而寒凉。一生辛勤,一生奋斗,一生挣扎。做农民,没有力气;做父亲,又给儿女们一副多愁善感的心性,然而,最失败的,还是做丈夫……"韩联社笔下的父亲,并非具备传统意义上的所有美德,他有时也懦弱,甚至经常对母亲冷暴力,因这,儿子们甚至希望他们早年离婚,而同样"多愁善感"的二儿子韩联社,为此还写了一封长长的《致父书》……

读着这些家事,是否想起了你的童年呢?相信20世纪五六十年代出生的人,大抵上都会低呼:这就是我家啊!比如我成长的家庭,庶几等于韩家的复制:只是把三男一女转换成了三女一男。一样的困窘,一样的挣扎,一样的手执书卷,却不得不面朝黄土屈服于命运的父亲。家父几乎与韩父同龄,生于1923年,曾在法国传教士的教会学校读书,后又就读于某乡间私塾,整个看上去就是一文弱书生,由于始终难逃一个农民的命运,在可怜的梦想与残酷的现实之间铸就了复杂的性格,而这种性格对子女的影响却不可估量。是否可以这样说,那个特殊时期粗通文墨的父亲们,必定要把多愁善感这一特质传给子女中的某一个或几个?

通常，在两性关系中，当我们爱一个人，就意味着把伤害自己的权利交给了对方。在亲情中又何尝不是如此呢？有时，爱与伤害是孪生。人类就这样爱着、伤害着，一起走向清冷或温暖，殷实或空茫。于是有人提出"亲密有间"的亲情或爱情。这样的"爱且伤害"模式，不分肤色，不分人种，全世界通行，恰如眼下我正读的《陀思妥耶夫斯基传》，老陀思妥耶夫斯基医生有七个子女，作家陀思妥耶夫斯基排行第二，他见证了父亲的暴力、焦躁和蛮野，同时也无可奈何地继承了父亲的古怪、多疑、忧郁和病态的敏感，读着陀氏这些描述，竟与韩联社笔下的父亲如出一辙……难道，每个作家的长成，都要经历这样的家庭环境？

韩联社笔下的兄嫂，也可圈可点。那个时代的人们大多子女成群，俗语里的贫贱夫妻百事哀，何尝不是兄弟姐妹之间的隐喻？贫困使得所有人际关系窘状百出，长嫂往往与下面的小叔小姑不睦，这在那个特殊时期极为普遍。但韩联社笔下的兄嫂，却温情至极、励志至极。他们是真正的长兄长嫂，兄长尝试了修表、修电视、开出租等多种谋生手段，最后积劳成疾，撒手西归；最令人动容的，还是长嫂在众兄妹中的"母亲"位置，当父母先后逝去，嫂子深情地对弟妹们说：爹娘虽不在了，但这里永远是你们的家，你们要常回来看看。果然，当小妹在省城工作后要生孩子了，她第一个想到的竟是嫂子，"她对韩联社说：哥，你把咱嫂子接来吧……"韩联社把那支《嫂子》献给长嫂，同时也触发了读者的泪腺。

更为巧合的是，我与韩联社笔下的这位小妹，竟有着非同寻常的交集。其实，多年间，我并未见过现实生活中的韩兄，只是远远地关注着这位省城的媒体达人。博客方兴未艾时，我尚醉心于体制内的一方讲台，虽时而手痒难耐暗自涂鸦，终不成气候，难以与韩联社为首的各种博客圈热火朝天的线下活动"接轨"，只有临渊羡鱼的份儿。后来重拾笔墨，并关注到韩联社著述频出，羡慕嫉妒着，直到有一次，随省城一位公益达人去元氏县参加公益活动，同车里竟有韩联社。

这一见非同小可，作为藁城的媳妇，原来我们还是半个老乡。当他听说我曾在棉纺厂工作，于是提起他的小妹宝钗，我几乎惊呼起来：我与宝钗不但同龄，还就读于同一所学校（我比宝钗高一届），并先后分配到原国棉四厂，住在单身公寓的同一层……当年，宝钗见我业余偷偷写些小稿发在当地报纸上，有一天兴冲冲地把一摞稿纸拿给我，那时打印稿还很少，上面密密麻麻地写着蓝色钢笔字。宝钗告诉我，这是她在报社工作的哥哥写的小说。封面上方写着五个大大的字——都市的忧郁，文稿没有署名，只说她哥哥是记者，对于见短识浅的我，瞬间被镇住了。惊呼身边竟有如此高人的同时，近才情怯吧，有心结识，终因自卑而懦懦。加之我很快就调离，为了适应新环境，阅读写作就弃之脑后了。这些年中，韩联社的名字如雷贯耳，却从未想到他竟是那位作者。这部中篇小说，后来收入了他的小说集《清明前后》。

在上卷中，伴随着亲情友情的，还有无边的苦难，韩联社主要抒写的是故乡老百姓的艰难生活。我读陀思妥耶夫斯基传记，也时而咀嚼着作家的苦难书写。对苦难的关注，无疑成为作家的良心课。如果在作家中寻找一个苦难代表，陀氏肯定首屈一指。显然，陀氏笔下的苦难，离我们尚远，隔了种族、家国、环境、年代，而韩联社笔下的苦难，离我们并不远，《兰芝堂姐》《文法堂哥》《勤英表姐》诸篇记述的那个年代的苦涩现实，哪怕"80后""90"后们，只要有心，都能从各种媒体或口口相传中窥知一二。

文学人注定相遇。读了本书的下卷，不由得一声惊呼：韩联社在做记者编辑的同时，从未中断写作。他的文字中，渗透着一种浓郁的人文关怀。一边做着媒体人，一边著书立说，偶一回头，竟著作等身了：《家园里的流浪》《孤鹜已远》《清明前后》《我为峰》《历史的忠告》《史海撷英录》……这些已出版的文集中，有散文随笔、传记、小说，而他对文学作品的评论，也是信手拈来。除了自己的写作，他还热心于对文友的提点，特别是那些深邃而清冷的人文思考，令人回味。无论写他的老师、同学、同事，以及工作生活中的至交，无不透露出一个媒体工作者对人生对社会对眼前整个世界的人性审判，读着就有了一些鲁迅先生的味道——鲁迅也有一个名篇《孤独者》：他与乡党魏连殳同在S城谋生，二人同在月亮与六便士之间挣扎着。《伤逝》中的涓生、子君，《弟兄》中的秦益堂、张沛君……《奔月》中的后羿和嫦娥，《采薇》中的伯夷和叔齐，尽显人在梦想与现实矛盾中的苦痛拉锯。

人生识字忧患始。从20世纪80年代参加工作，一路走来的韩联社，也经历着肉身与灵魂的拷问，凭着一双无邪的眼睛，观望着这个纷繁的世界，一颗聪慧的心，感悟、思考着耐人寻味的人生，并试图在粗野的世相之下，发掘出人们心灵中那些深厚而又文明的人类情感。这个面色忧郁的作家，心如烈火，充满了强烈的情感，将自己的精神生活与当下的文学活动高度融汇。

背叛、挣扎、利欲，尽管韩联社经历了世事的风吹雨打，却必须承认，在这部书中，一颗纯挚之心跃然纸上。纯真、纯情、纯洁，是配得上韩联社的。以清澈之眼，观罪恶之事——这该是何等境界呢！很长一段时间，我都在思考一个问题：一个作家，到底是要讨好读者，还是要表达自己？或许很多人觉得这个问题很简单，答案当然是后者。但在巨大的利益诱惑面前，做到后者谈何容易！稍不注意，就形成了自己的人格分裂。读着韩联社的书，毫无疑问，我读出了他的挣扎，他的彷徨，甚至他的低落，但同时也读出了他的真诚和坦率，又那般畅快淋漓。此刻，我又想起了鲁迅先生。

值得指出的是，读韩联社的书，有时我怀疑他是拿了中文、历史双学位。尽管人人都懂得"文史不分家"，但真正对历史如此的昵近，并从历史波澜中压榨、过滤，使之凝结成一颗颗思想的结晶，这也是我从韩联社的文字中读出一些鲁迅和李国文的味道的真正原因。恰如本书序言作者刘江滨所言的"经国业"和"千古事"。显然，韩联社拒绝信号枪一样的"预备—起跑—终点"之类的固定式样，他试图通过一个键盘，探讨和开掘人生的多样性。

"写作，在最成功的时候，是一种孤寂的生涯。"这是海明威1954年在诺贝尔文学奖授奖仪式上的发言，却像为韩联社量身定制。海明威还说："一个在人稠广众中成长起来的作家，自然可以免受孤独寂寞之苦，但他的作品却往往会流于平庸。而一个在岑寂中独立工作的作家，假如他确实非同凡响，就必须天天面对永恒的东西。"——海明威告诉我们：写作者是孤独的。难以置信，写作者从未感到过孤独。也只有在孤独的时候，他们才能获得真正的精神超越和灵魂自由。可否这样说：人类的一切活动都是为了消灭孤独。然而，对于写作者，孤独却如离离原上草，总是一岁一枯荣。

读着韩联社的文字，时刻感受到他身上燃烧着一种海盗和山大王的灵魂。只有真正了解这个世界的丑陋与污浊，被现实击打，被痛苦折磨，遍体鳞伤、无所遁形，却从未放弃对光明的追寻，依然微笑着、坚定前行的人，才是真正的勇者。

叔本华说：人，要么孤独，要么庸俗。庸人逃避痛苦，于是他们的生命"氧化"成为一派平庸；孤独的存在，拉开了杰出与庸常的距离。生命中所有的灿烂，终究都需要用孤独来偿还。韩联社若生在古代，必是一个赍志林泉、仰天长啸的人物，大概早就携一缕风，驾一溪云，追李、杜、白去了。

可否，把韩联社的这些文字，统统归于孤独。——因为在我看来，它们都是孤独之子。

《肥田粉》里的希望田野

我相信，中国可以分为两部分：城市中国和农村中国。

我也相信，欲让世界了解"城市中国"，就把我们的北、上、广、深推到前台，其高楼广厦、时尚奢华，绝不逊于那些老牌欧美。

若要了解"农村中国"呢？那就直接住进"垣头村"吧——长篇小说《肥田粉》（白占全著，北岳文艺出版社2018年1月出版）的故事大本营。在那里，你可以捕捉现代农村中国的万千气象：转型，挣扎，欲望，欣悦，痛苦，希望……注意，是"住进"，而非镜头游移式的蒙太奇、意识流。更关键的是，住进的时机，要赶在收获时节的秋日，最好还要有一场豪雨。

《肥田粉》，一部晋人白占全的"中国在梁庄"。"垣头村"为当前中国提供了不可多得的真实镜像：肥田粉，断墒，熥灶，炕楞，脚底，响器；城乡之间，煤矿饭店，古旧民居，绿化养殖……所有这些元素纺织蹉跎，其故事都上演在秋日的垣头村。这座看上去安详静谧的吕梁古村，实则激流暗涌，犬牙交错：从城里来的下乡女知青张晓鹰，人好，品洁，貌美，突破了当地所有人的审美天花板。把这样一个角色甩在吕梁腹地的古村落，倘若不发生点儿什么，似乎有点儿对不住那个特殊年代的特殊村落，以及那一个个生活在这条大河中扑腾着的人。而女人的故事永远离不开男人，她身边的两个男人，勤勉正派的丈夫高国庆和终生暗恋又伤害她的贺狗子，打破了俗语里的"三个女人一台戏"，二男一女的戏份也够精彩、难缠、惊险，当然也不乏苦涩中的温情，人性中的沧桑。

小说以高国庆、张晓鹰二人婚礼的雷雨前夜开篇，垣头村的一应人物渐次上场。在农村，一场婚礼，就是一部民俗大片、一场当地风情和人物关系的大展览。随着这场婚礼，读者跟随小说人物，从20世纪的70年代中期到21世纪的今天的一卷卷农村画轴徐徐展开。那些场面和事件，都是我们所熟悉的：乡味十足的吕梁农民，一身"农"味的煤老板，联产承包，古民居旅游，环境污染，绿化养殖……从农业合作化到家庭联产承包责任制，从计划经济到市场经济，从单一的农业耕作到多样化的商业经济发展，这是农村中国的共同面孔。而属于《肥田粉》的"这一个"，则依赖于高国庆、张晓鹰、贺狗子等垣头村农民的精彩"表演"，以及那些浓得化不开的"吕梁味"："圪蹴""圪楞""圪台""脑畔""崖底"，只能属于黄土高原里的沟沟壑壑；"嗯嗒嗒""留空空""一盅盅""红印印"等只能是山西乡音；修断墕时的劳动号子、"想亲亲"以及一首首民歌，铺排出一个个热气腾腾的山西"老醯儿"……这一切虽显隔膜，却也新鲜。有的生僻字，以及吕梁的专属名词，电脑字库里都难以找到。再加之"肥田粉"这个别有意味的书名，对于城市里乃至农村的"80后""90后"，都有一种别样的生疏和怪异。它实则为一种肥料，在20世纪的农村里常见，却又因为贺狗子对张晓鹰的侵犯，才使垣头村人"赠予"张晓鹰这个代号。而无论现实生活还是精神意象，"肥田粉"都有一种生发、催进的作用。

以城市知青观照农村生活，这在过往的文学作品中并不少见，《肥田粉》正是做了这样的尝试。小说的两条主线，张晓鹰、高国庆和贺狗子、张晓鹰、阎金英，他们的故事游走于农村、煤矿、城市之间，千丝万缕。改革开放后，他们都试图离开家园以煤矿创业，以期实现人生梦想，有的干脆进城寻梦，从此他们各自的人生变得扑朔迷离。当今中国，城市与农村就这样互动、啮合着，我们身边无数个张晓鹰、高国庆、贺狗子们在奋力推动着这个庞大的啮合系统。

这样全景与特写的交替上映，呈现出一个寓意深远的吕梁村庄。村里的每一条肌理，都被作者锋锐的笔触仔细梳理、酣畅剖解。这幅当代中国农村风情画里，有你，有我，有他：刘丑汝、马勺、高丑小、李模团、七子、谋子……欲望、追求、梦想，一夜暴富的迷失、懵懂，情欲与人性的纠缠，这些，不是仿佛，索性就是每个拥有"老家"的城里人的邻居，甚或就是我们的父兄婶嫂。即使高国庆夫妇和贺狗子致富后乔迁的新居，也是那么似曾相识：那就是我的邻家三叔嘛……这些人物与故事的盘根错节里，隐藏着当代中国农村发展历程中躲不开的阵痛。通往幸福的道路，因这些阵痛而显得日月清明。

高国庆开煤矿受挫了，他们要回到垣头村寻根；贺狗子在外"发达"了，还要回村"炫富"；阎金英在外"疯跑"了十几年，也要回垣头村"忏悔"。城市与农村何曾割裂？只能是你中有我，我中有你。他们在长达四十年的中国社会的嬗递中，从传统农民到新一代农民，经历了奋进、追求、阵痛、思索、停滞、收获等一系列的人生尝试，最后找到一条适宜吕梁大地的新农村发展道路，以及自我价值的实现。这样探索，引人深思。

相比两个男主人公，女主人公张晓鹰的人物形象略显单薄，脸谱化、理想化，而众人围绕她展开的故事过于密集地集中在她的"城里人"身份，一切从城里人"下嫁"出发，甚至连亲儿子夏雨也以母亲的下乡知青身份告诫爸爸，要好好对待张晓鹰，不能辜负了她，尽管夏雨是在成为大学生的情状下说这番话，但仍令人感觉有悖于他的身份，有些牵强。好在作者用一个情节稀释了这种印象，即，当高国庆这个煤矿老板，整天带着一个娇滴滴的女秘书马甜甜出现在一些暧昧场所，作为妻子的张晓鹰"吃醋"了，她提醒，她质疑，她查看国庆的短信，这"醋"吃得妙！这就使一个女人更像女人，而非"高大全"的纸面人。另外，拥有一个城里妻子、始终背负一种身份负疚感的高国庆，在发达之后不是找一个男跟班佐证自己的"忠贞""正派"，而是非要带一个如花似玉的女秘书，这难免引发联想、惹起事端。在这一点上，小说却把高国庆描写得格外"柳下惠"，使得人物形象稍欠丰满。

小村庄，大时代。从这个意义上讲，《肥田粉》正是这个时代的缩影式文本，唤起我们心底最温暖最强劲的乡音。中国农村使得中国"接地气"，《肥田粉》使垣头村地气十足。通常，人们在快速前进时往往忽视了后方，只有挫折临头，后方才显得重要起来。我们应该做到的，或许是不要在城里受难时才想起当初村里的那个"小芳"姑娘。事实证明，当曾经沧海，那个"小芳"姑娘将是我们永远挥之不去的情怀。

"垣头村"是你的，也是我的，是所有城市行者的精神还乡。所有生活在世纪屋檐下的中国人，没有谁能摆脱生命的根基——"垣头村"。所有村庄都经历着不同的嬗递，其模板就是面前这个时代。好在，《肥田粉》给出了希望。有希望，我们就有理由继续执掌这种嬗递，并有信心和能力驱走阴霾与绝望。正如全书从雷雨夜开篇，又在雷雨夜谢幕，"在这水比粮贵的干山垣上，一场饱雨不仅意味着丰收，也意味着一年有了充足的水吃"。如此，读者"跟"着贺狗子借着闪电"回家"，就看到了一个云幕背后的"光亮世界"。

苦难　人生的钙片

　　大约十年前，我从《学习时报》读到一篇短文，题目是《我们中国军人》，一篇从美军视角评述中国军人的文章。通常，这类文章难免八股式的官话套话，但这篇文字通篇回荡着一股清新之剑气，读之如孔子闻韶乐，回味久久，当即以孔乙己式的侥幸把这篇文章剪下来，粘贴在随身携带的笔记本里，至今完好保存。从此，牢牢记住此文作者——金一南。

　　这些年来，一直远远近近地关注着金一南，从媒体中看到他先后出版了《苦难辉煌》《浴血荣光》《心胜》等著作。特别是《苦难辉煌》，令大众意外也让作者本人意外的是，这样的内容竟然一路畅销。据说，2010年最畅销图书，连资深出版商都始料未及——不是穿越小说，不是养生秘诀，更不是情场必杀技，而是以散文笔法讲述中国共产党诞生和成长的《苦难辉煌》。观照以往所有的历史书写，《苦难辉煌》似乎只能算是"佐餐"，却以畅销的名义击败许多正襟危坐的"正餐"，被捧上越来越多的人的阅读餐桌，多次登上国内各种图书排行榜首位，两年间十九次印刷，经常供不应求……

　　这是一部中共党史，又是一部叙事散文，以散文的笔法写党史，金一南堪称第一人。如此严肃的大手笔竟然放在"散文"的名义上，稍有不慎，极易滑入"戏说"的泥淖。清史明史可以戏说，唐史宋史亦可，中共党史的戏说可不是闹着玩儿的。金一南的高超就表现在他让冷峻的苦难摆脱了"一本正经"的伪装，而给它们穿上故事的新衣，他把这件新衣做得好看，且好读。"好看"的外衣包裹着人们所需要的蓬勃朝气、昂扬锐气、浩然正气，畅销，则理在其中了。

　　这还是一部承载了中华民族伟大复兴的梦想之作。金一南在接受采访时曾说："我写《苦难辉煌》，写那个时代，最终的目的就是写那代人的真正信仰。"我相信，能够真正称之为"信仰"的东西必定坚如磐石，软塌塌的绮念只配作为流星式的臆想而已。果然，我在这本书里读到了厚重、沧桑、锋利。看似缓缓淌出的一个个故事，串起一部中国共产党的苦难斗争史。书中描绘了众多我们敬仰或熟知的大人物，毛泽东、周恩来、蒋介石、博古……我们仿佛听到这些巨人推动历史巨门的吱呀声，正如作者在全书结尾时所说："不是每个人，都能以短暂的生命辉映漫长的历史。"又如作者在前言中所说："他们历尽苦难，我们获得辉煌。"书中也描写了众多迄今仍默默无闻的英雄，一些鲜为人知的历史细节一直隐藏在岁月的褶皱中，作者在这本书中将它们一一抚平，还原这些"小人物"一个历史的公平与真相。客观地讲，这本书对历史知识的普及甚至让正版教科书力所不逮。

　　读这样一本书，需要读者某种成熟的心智。但是成熟，却是个很暧昧的标准。应该说，这样的文字，期待着一类成熟并仍保有锐气的读者，这样的叙事，也等待着一种敏感而绝非懦夫的志士。"真正的英雄具有那种深刻的悲剧意味：播种，但不参加收获。""量变堆积历史，质变分割历史，人们能够轻松觉出每日每时不息不止的量变，却不易觉出行将到来或已经来到的质变。""共产党人终剿不灭，是其（蒋介石）终生不解之谜""鲍罗廷给人一种'被废弃了的火车头锈在岔道上的感觉'。"……书中这样睿智而机趣的句子比比皆是。"狂飙中充满了英雄。但伽俐略说，需要英雄的国家是可悲的。""狂飙中遍布着色彩。但孟德斯鸠说，历史苍白的国家是幸福的。"这样的话，真的"内涵极大，够我们安静下来，思索品味一生"，因为历史从来就是在挫折中轰隆前进的，或许这就是苦难与辉煌之辩证。

　　从《苦难辉煌》中过滤着深深的苦难，面前则矗立起一个个硬骨铮铮的大写的人。不仅仅文风的穿透，更源于一种超乎民族大义之上的大视野、大捭阖。他们在每逢苦难时表现的那种不惜身的气概，震撼之余，仍有一种大义衍生的大美，将人紧紧纠缠、震彻。执着地追索，嘶哑地呐喊，拼死地探求，这一切，皆因作者将自己的肉身之躯，置于民族命运之上，宁可让道义和责任将自己高高抛起——"他只对祖国充满敬意"。

　　这样的阅读，令人从未像现在这样思考，关于意义，关于生命，从未如眼下这般地痛恨那些虚浮的荒诞，那些生命中不可承受之"轻"。前几年媒体曾议论全民"失钙"，甚至有网民给某国家机关邮寄钙片，我却从《苦难辉煌》里感到了一种硬骨与气韵。这样的文字是一颗颗嗖嗖射来的子弹，足以将平庸的生活击得粉碎。或许上天就是这样平衡世界的，让大多数人生于安乐承载太平，而让极少数人去面对忧患，长臂挡车，担起天下道义。

　　这部书对苦难的咀嚼，击打和穿刺着和平帐幔下的社会人心。这个世界从来不缺少安逸，满眼的耽湎和沉溺还不够吗？满耳环绕的靡靡笙歌还不够绵软吗？满世间的灯红酒绿还不够香腻吗？……生活越来越精致、滑腻，思想，包括军事思想，理应拒绝粗糙、肤浅，正如书中所说"做难事必有所得，做简单的事只是毫无意义的重复""出发长征的中国工农红军，开始了最深重的苦难，也是最耀眼的辉煌"。

　　原来，伟大的含义，是因为他们让苦难为人生"补钙"。

　　至此，我不敢说自己读懂了苦难。下这样的断言，显然要冒着浅薄、媚俗的风险。但是我相信，按照张承志"大手笔"的标准，《苦难辉煌》无疑标注了一个"天下兴亡"的题目。敬畏，是我的表达，我只是沿着追随者的目光，发现了方向，还有力量。

爱的"后来"

我与山西作家有缘。

之前是在《文学自由谈》里结识韩石山老师，2019年又与一批山西作家一起参加中国作协"雾灵山创作之家"的文学活动。那次，二十人的团队，山西作家占了三分之一，他们的创作各有"绝活儿"，而憨实内敛又不乏俏敏的房光，就在其中。

自此就断续读到房光的小说《外面》《小凤》《麻绳》。每读都有一个强烈印象：他的小说活脱脱就是从泥土里钻出来，文字叶片上还残留着泥土的清气、牲口的哞叫、灶台的灰烬和滚圆的露珠，总之，这是一个把小说种在泥土里的人。最近，他又从泥土里"捞"出一个短篇——《红莲》（《山西文学》2021年第2期）。读之，更不平静了——小说展现的，是一个残忍却有趣的人性真相。

一万多字的小说，容量不大，却讲了一个将心灼疼的故事。主角是农妇红莲母女。红莲出嫁没出村，娘跟着两个哥哥生活。初时的娘，极典型的中国传统母亲，尽可把诸如"勤劳善良""任劳任怨""甘于奉献"等加之母身。父亲早已下世，两个哥哥"老婆孩子一大群，都种着几十亩地，娘不想拖累他们，至少是要尽可能少地拖累他们，地里有了活儿，就一个人去下地干活儿"。然而，终于在这一天，娘在割黍时晕倒在地，直到天黑才被儿子寻来背回家。

这时，红莲"出场"了。她这瓢"泼出去的水"立即释放出作为"贴身小棉袄"的强大暖意：一番寻医问药之后，她心里对娘的病有了底数。

再把两个哥哥叫到一起,他们"事先没料到娘的病这么咬手,脑子有点儿反应不过来,蹲在地上一个劲儿抽烟","戏份"就来了——"人老了病了,通常是家里有几个子女轮流转,一家三两个月,转了这家转那家",显然,此时哥哥们觉得红莲也是此意。然而,他们还真低估了妹妹,红莲义无反顾地把娘接到自己家,并交代两个哥哥种好娘的那份田地,哥哥们听到妹妹的安排,顿时如释重负。

红莲自始至终把娘当作了重病号,完全卧床,最为突出的两点:虽然娘并未到不能自理的程度,但她坚持用小勺喂药;最让娘不能接受的是,红莲宁可跟娘翻脸也要让娘在炕上"解大手"。至于每顿饭绞尽脑汁地为娘增加营养更是做到极致,她把自己与丈夫女儿吃的饭完全跟娘所吃的区分开来,哪怕娘极不习惯,更难适应,但红莲固执地坚持,从炒豆腐、下荞麦面到凉粉、糖包、炒鸡蛋,而她和丈夫孩子则吃豆面贴饼和萝卜条山药块。

渐渐地,就开始"戏剧"了。小说开头就是红莲让一只老母鸡孵小鸡的画面,那画面极为鲜活,呼之欲出,老母鸡如何"红头胀脸地'扎窝'",红莲如何东家西家地借了十二个鸡蛋,又如何在三七二十一天后一个个破壳孵出十一只小鸡,小鸡长大再生蛋,唯一的那只公鸡刚开始打鸣时"怪里怪气,难听极了",没过几天"声音变了,能起起伏伏拖得老长,听了眼前像是飞舞着一条彩绸"……谁说娘不习惯被红莲"超规格"地孝敬?还有一句话呢:习惯成自然。这不,娘最初还不好意思自己吃炒豆腐,到非常自然地吃炒鸡蛋,这天,"自然"也被娘打破:她要吃肉!红莲马上去买猪肉,但刚抬脚,就被院里的鸡们"醍醐灌顶":为啥偏要花钱买猪肉,杀只鸡不就有肉了?再说了,杀只鸡不但有鸡肉吃,还可以熬鸡汤,两全其美啊!

于是娘把一只鸡"差不多全吃了,还喝了两碗鸡汤","吃罢就睡着了,一觉睡到了半后晌,安安稳稳啥事儿也没有"。但也是从此开始,"娘的性情变了",浑身是病,红莲要"忙不迭地就给娘头上敷块热毛巾、腰部垫个枕头、捶捶背、揉揉腿、捏捏肩啥的",接着,娘"一天比一天古怪,

— 152 —

看见的都不顺眼，听见的都不顺耳，闻见的都不对味儿，横挑鼻子竖挑眼，好像专要找茬儿闹别扭"，吃饭时"不是盐多了盐少了，就是碱大了碱小了，要不又是太迟了太早了；红莲做下面条，娘要吃贴饼；红莲做下大米，娘要吃凉粉；红莲做下搓鱼儿，娘又要喝稀粥。红莲想不通，娘想吃啥饭，咋就不事先说出来，总要等饭熟了才说呢？后来，红莲洗锅涮碗声音大一点儿，说话声音高一点儿，走路慢一点儿，娘就不依了，硬说红莲这是嫌弃她摔打她"……一天下来，伺候娘这件事，竟比下地干活还累。

至此，孝顺闺女红莲依旧安慰自己：娘有病，心情不好，累就累点儿吧！

哀哀父母，生我劬劳。作为儿女，谁还去计算过爱的技术含量？显然，既为爱，既是亲人，况为母女，付出就是了，没人去掂量爱的后来。

可是，不掂量，不等于就没有"后果"。红莲的一味善待，娘变本加厉了，其实此时，读者一眼看出，娘的肉体的病已经完全治愈，但"心病"来了。有一种病，就怕闲，忙未必忙死人，但闲的代价却总是出人意料。娘这一闲，红莲更难做人。娘时哭时笑，莫名其妙，就想起找"张大娘"这一出儿。张大娘正在家腌菜，让红莲先回，娘却多疑起来，说她并没去找张大娘，而是转一圈回了家，让红莲哭笑不得。张大娘进屋，第一个观感就是"白了，胖了"，然而娘却"长长叹一声说，嗨嗨，白个屁，白是不见天捂的，受气受的；胖啥呀，肿的"。接下来发生的娘跟红莲的小女儿抢柿子，干脆让她变成了一个老小孩，而这样的闹腾只会加剧。此时，迎来了红莲的第一次反思："娘变得不像娘了，我把娘惯坏了。"她猛然惊醒，"人不中惯，人心不足蛇吞象"，于是她尝试改变，让娘自己喝药，痛心的是，娘已经回不去了。她怕娘再闹腾，只好继续喂药吃肉。当然，这也没能阻止娘的闹腾，她甚至半夜把红莲叫醒，非要看电视，要看老戏，要把声音放大，一旁的女婿和外孙女就像空气。

于是，红莲"隔三岔五就要杀一只鸡，给娘吃鸡肉喝鸡汤"。

鸡，终于快杀完了。已经捉到手的一只肥美的母鸡实在不忍下手，红莲又把它放了。她给娘买来五花肉，"红棱棱亮晶晶的，看上去就香"，然而，娘尝了一口，立即"呸"到红莲身上：这是猪肉！那架势，猪肉根本就不

— 153 —

能是肉！红莲软声相劝，娘"眼皮都没撩一下，一副不吃不喝要活活饿死的样子"，然后，气急败坏地把碗打翻在炕上，洒了一片，一头撞在墙上，一边拿头撞墙，一边干哭，长一声短一声号叫……

一个曾经"勤劳善良"的娘，竟对着女儿全家轮番上演撒泼撞墙的闹剧。怎么来的？是的，红莲哪能意识到，她的爱，被一种披着美好外衣的惯性拖进了人性的黑洞。

为何红莲给了母亲太多太多的爱，反而一地鸡毛？

其实始于人性本身，既有月亮的清辉，又有月华中的斑影。爱在人性的真相面前，渐渐失真，又是那么渺小。在一种恶的惯性侵蚀下，爱与被爱的双方，渐渐变得无奈、无力，以及后来的愤怒挣扎，直至后来的狰狞模样。人性，有时是经不起细看的，它有时那么可爱，有时却匪夷所思。

人际关系中，即便亲人，尊重意味着距离，距离意味着安全。《了不起的盖茨比》里有一段经典对话，高尔夫球冠军乔丹·贝克开车载着"我"（尼克）参加别墅聚会，贝克从几个工人身旁开过去，挨得太近，结果挡泥板擦着一个工人上衣的纽扣。于是"我"提出强烈抗议："你是个粗心的驾驶员""你该再小心点儿，要不就干脆别开车"。

贝克反驳："我很小心。"

"不对，你不小心。"

"不要紧，反正别人很小心。"乔丹·贝克轻巧地说。

"这跟你开车有什么关系？"

"他们会躲开我的，"她固执地说，"要双方都不小心才能造成一次车祸嘛。"

"假定你碰到一个像你一样不小心的人呢？"

"我希望永远不会碰到，"她答道，"我顶讨厌不小心的人。这也是我喜欢你的原因。"

作者菲茨杰拉德把这定性为"关于开车的奇怪的谈话"。这样的美式幽默可能令惯于循规蹈矩的我们极不适应，同时西方人很自得于他们自己的"自嘲"："每个人都以为他自己至少有一种主要的美德，而这就是我的：

我所认识的诚实的恶人并不多,而我自己恰好就是其中的一个。"乔丹·贝克首先把别人设定成皆"小心",即,别人已经懂得与我保持距离,自己则"可以不小心",而"我"坚持应该"双方都小心"……今天看来,这种关于人际之间的互动,极为必要。这同样适用于母女亲情,在这一点上,人类可能永远没有学成毕业的一日,爱与被爱的双方很难达成一种舒适的平衡,不是缺失,就是过火,于是人类每天都似投身于砂石中,缓缓磨动,皮破血流之余所积得的宝贵经验便是一般人口中的圆滑。

人性,并不总是"光辉"的。社会发展到今天,人们从来没有遇到过还有不同于以往的一种爱:惯纵和宠溺。但平时的我们,多是提醒母亲对子女过分的呵护,反爱成害,房光的《红莲》反其道而行,来了个角色置换,女儿"娇惯"母亲,这不得不令人思考:两代人之间,该如何相处,把握一个怎样的分寸?

人人都渴望被照顾、被爱,在这个关键点上,人人都很脆弱,甚至很孤独。这样一来,我们往往无限夸大自己在这个世界上的重要性。别人,特别是亲人,离开我们都不能活,或者活得极糟糕,于是总是温柔地将自己的爱编织成一张密不透风的网,把我们的亲人(或爱人)罩得难以喘息,直到谋划逃离。

爱再美,一旦无法与人性"耦合",就不那么妙了。

房光通过《红莲》告诉我们,有时,爱的"后来",极为恐怖。爱而不当,即为灾难。看来,爱,还真是个技术活儿。

直指教育　关乎成长　预约未来

　　离家出走，自闭症，厌学，早恋……何时起，身边的"问题学生"越来越多。我的一个朋友是心理咨询专家，起初她只在学校任教，后来找她咨询甚至治疗的个案越来越多，索性自己开了心理诊所。每逢新学期开始，找她治疗的家长带着孩子，同时也带着各式各样的成长状况，在她门前排起长龙。为了节省时间让孩子们尽快返回学校，她只好将相似状况的学生合并治疗。

　　作为母亲，我内心五味杂陈，却不能厘清个中缘由。大抵世间的任何一个人，大到国家元首小到黎民百姓，他们又都有一个普世意义的身份——家长。而作为家长，谁也别想推掉教育子女的干系。我也毫不例外地目睹了女儿十多年的学校教育，虽然多次聆听孩子学校及各阶段老师的教诲，却依然隐隐地自问，是我们的教育出了问题？但究竟出在哪里？如何面对我们的孩子？

　　相信我与许多人一起，迷惘着，困惑着。

　　直到上海的王立中先生送给我一本他和夫人联合翻译的新书《教育的目的》（文汇出版社，2021年版）。

　　若在从前，这样一本书最多匆匆翻过，大致不会引起我任何触动和关注。但是此时，书的透明塑料封皮尚未打开，仅仅在封面和封底的要点提示中，以上案例中的这些孩子，以及他们身后焦灼、困苦的家长，他们那一张张愁苦的脸，不断晃动在我的眼前，真想当场把这些话读给他们——

　　　　学生是有血有肉的人，教育的目的是为了激发和引导他们的自我发展之路。

　　　　就教育而言，填鸭式灌输的知识，呆滞的思想不仅没有什么意义，往往极其有害。

　　　　不能让知识僵化，而要让它生动活泼起来——这是所有教育的核心问题。

　　　　教育的问题是——如何让学生借助树木来认识树林。

　　　　我们必须记住，不能利用的知识是相当有害的。

　　　　如果一个人仅仅见多识广，那么他在上帝的世界里是最无趣的。

　　　　在教育中如果排除差异化，那就是在毁灭生活……

　　读着，读着，这些话竟然对天命之年的自己也发生了奇妙的化学反应。突然警觉，此前只顾锁定那些问题孩子，其实，这些话何尝不是说给每个成年人呢！假如在我的少年、青年时期读到这些话，尽早地明白这些道理，我会不会是另一个我？

　　正是带着这样的期待，以及隐约的遗憾和追悔，我走进了这本书。我挤出尽可能多的时间断续地通读了它，得到如下一些关键词：教育的目的，智力训练的节奏，自由和训练，技术教育与人文学科，古典的要义，关于数学，大学的作用。这本书被我勾画得七零八落，我在自己心仪的字句下画上重重的标志线，在许多语段后面加上了自己的评注。

　　这本书之于我，至少是两个方面的触动。

　　其一，我的女儿，尽管也算优秀，成绩一直在重点学校的重点班级，高考虽不甚出色但也位于本一分数段。可是，在她成长过程中，仍留下许多不可弥补的遗憾，虽不至于像开头那几个孩子的极端，但也曾遇到不少令我棘手的问题，比如，在她青春期的时候，她的暴怒和情绪无常令我束手无策，或者愚蠢地包容，或者简单地对立；在她对学校某些做法不能适应的时候，我又不知如何去引导和开解；在她对某个学科狂热偏好，而对有些学科异常吃力的时候，只知盲目地顺从她自己的喜好，而不是从她个人的整体成长进行系统思考；对于她的成长以及日后的发展，我也茫然、困惑，没有目标和方向，只好随波逐流，任由她去。

——这些，如果事先读到这本书，读懂书中的某些观点，我会对女儿实施有针对性的启发和引导，减少许多盲目和弯路。比如，怀特海将智力发展阶段命名为"浪漫、精确和综合运用"三个阶段，这样的概括多么"人文"，多么新奇！他又说："我们要努力在学生的心灵中纺织出一幅和谐的图案""让个性和超越自我的东西融合，需要各种形式的疑惑、好奇、尊敬或崇拜，以及各种形式的强烈欲望""大学的责任就是把想象力和经验完美地结合起来""长时间地按照固定的程序工作会钝化想象力""大学是充满想象力的，否则它就什么也不是——至少毫无用处"……这些观点，并非直接告诉我如何引导自己的孩子，但至少它会给我一种"云"指引，让我获得一把作为一个合格家长的"密钥"。

不仅如此，这些观点的真正意义，还在于那些真正的教育工作者。他们获得了这些，我们的学校，我们的孩子，我们的社会，该是何种情形呢？

其二，作为成年人，我对本书的感触最为深切——我在极其沉重地咀嚼"成长"。这本书直指教育，其实更关乎成长。在我看来，后者的意义更为深远。一边读书，我也在痛苦地观照自己的心灵成长，反思我个人，以及我身边的人。我的个人规划以及整个人就是"乱"的集合体，左冲右突，缺乏清晰的目标和方向，究其根本，不知道自己究竟要的是什么，这直接导致人生的混乱不堪。

反观身边的朋友，他们大致分为两个类型，一是最初就确立了清晰的个人目标，然后一路走来，排除前进路上的所有干扰，任何苦竹与笙歌都不能改变他们的主旋律，不为任何炫目的诱惑所动，所向披靡，直到取得成功。另一部分则如我一般，毫无规划和目标，贪恋路边任何一个质地平庸的风景，并为它们止步停留，直到把自己搞得一团糟。

本书中有许多鲜活亮辣的观点，但真正对我剖心吐哺的触动，还是下面这句话——不能加以利用的知识是相当有害的。这反射出自己历来被教育和教育孩子的观点多么浅薄，甚至相悖。自幼被教育要博览群书，任何知识都是有用的。记得读小学时，刚刚认识几个字，同学的姐姐已经高中毕业，属于我们眼中的"博士"，面对彼时贫瘠的阅读资源，她告诉我们，无论遇到手边任何文字都要读，它们都是有用的，那时，她手里正拿着一页泛黄的"拖拉机说明书"。后来，面对越来越丰富的藏书，我也以此督促自己的女儿，甚至"暴力"地增加她的阅读量。现在想来，自己是多么地浅尝辄止，同学姐姐的话没错，错的是自己却不知如何让所遇到的知识"有用"起来。纵观人与人的不同，皆在于这个转换知识的过程，只有"有用"的知识才是生产力，而那些"无用"的知识反而干扰了自己的判断和前行的步速。一味重视"积累"，而无"利用"，历来自己就是这么做的，害了自己也贻误了孩子。倘若早有这本书启迪智慧，也不至于浅薄至此。

在教育这条大道上，今天的中国与当时的英国都遇到了同样的问题。四十多年的高考实践，我们都在质疑教育的公平，中小学的分班争论从未停止，贵族学校以及所谓快、慢班是否得当，我们探究大学学科的设置，声讨大学产业化……甚至北京大学名教授钱理群都悲叹，我们的大学正在培养一批"精致的利己主义者"……教育无疑是属于公众的，这个庞大工程绝非一个人的事，它由个体的成长，延展到国家、群体和民族的成长以及未来，再"宏大"一些，也关系到我们生存的这个星球何去何从。此时再反思教育，不由得惊出一身冷汗。

在今天的中国，各式各样的教育问题不断曝出，这本书的要义，不仅仅存在于课程、学科学习中，更重要的是渗透在学校、教师对于学生的培养当中。教育的目的，或许无法简单明示，但是至少，应该在一定程度上激活生命对于生活的灵感、感悟和创造，这样，人类才能不断地前进；陷入程序化、机械化、模式化的教育，扼杀了太多的天才、创造力乃至生命力……难怪，怀特海宁愿让苏格拉底的"为思想接生"流芳百世。

这本十万字的小书，让我得以结识西方这位大教育家——怀特海。以前曾在毛姆的一些随笔里见过这个名字，但是毛姆书中涉及的名人都可以列成一本书了，自然对"怀特海"这个名字淡而无痕。这次的阅读则把这位教育家、哲学家、数学家单独提列出来，为我浅陋而有限的阅读增添"教育和成长"这一笔。

　　假如，你是学生、老师、家长，这本书将带给你最为直接的导引，把迈向成功的路作最大限度的"取直"。

　　假如，你的角色在以上三者之外，你还对自己尚且有所期待，那么这本书将助你玩转这期待的魔方。

一个人的地铁，一座城的时代印记
——读李辉《假如你在地铁里遇见我》

　　什么时候开始的？北京地铁成为一种城市意象、时代印记和文化符号。提到北京，还有哪个事物比地铁这样令人俯仰唏嘘、五味杂陈？地铁联结起京城人和外地人，它真是一个令人思绪飞扬又频频回顾之所在。

　　你可以把北京人细分为京片子、农民工、老板、白领、蓝领……但读了《假如你在地铁里遇见我》（李辉著，北京十月文艺出版社2019年7月出版），我开始把北京人分为边缘清晰的两类——地铁人和非地铁人。地铁人千千万，只有承德人李辉"坐"出一篇大文章。

　　漂在京城，李辉真切体验了"地铁生存"。同村邻居"李老三"，夸口他"吃过的盐比我吃过的饭多"，绝不相信"我走过的隧道比他走过的路长"，屡屡质疑"地铁里的土哪儿去了"，更被滚滚地铁洪流诱惑，天命之年的"李老三"，终于来到京城，与"我"一起乘上地铁，并从此相信"在北京新建一条地铁比老家村里开一条新路容易"……从"我"一个人的地铁，到我与李老三两个人的地铁，再到千万人的地铁，我们就这样被引入一座城市的纵深。

　　"没坐过北京地铁的人，不足以评价北京这座城；没挤过北京地铁的人，不足以谈论北京这段人生"。作为李辉的河北老乡，对于北京地铁，我"坐过"，也"挤过"：十年前，我在清华大学全脱产进修一年，那时尚无7号线和9号线，从清华大学到北京西站，班上的几个同学每个周末要在五道口乘13号线（与李辉那个"著名"的西二旗站相差两站），一路辗转到军博站。经常，我们在1号线上，其中一位当过铁道兵的同学，先是眉飞色舞地讲他全程参与1号线建设的过程，再抱怨此时"惊心动魄"的拥挤：西站和清华大学之间耗用的时间，远远长于我们在动车上的两个小时（高铁在三年后开通）。

幸亏李辉"不想在村子里待着，更不想像李老三一样一辈子在村子里种地"，他"宁愿在城市的地铁里走来走去"，我们才领略这地铁众生。我相信，李辉在"地铁"里给我们呈现了两个"中国"：城市中国和农村中国。以地铁（特别是北京地铁）观照农村别有洞天，李辉正是做了这样的尝试。《地铁》一书的两条主线，李辉在北京地铁，李老三在陈家沟村，在城市化进程日益加速的今天，城里人对农村普遍抱有复杂的感情，逆城市化、后工业文明等不断炙烤着地球人的神经系统。所有城市都是在农村基础上成长起来，却比农村"出落"得花枝招展、繁华富足。但农村却是一种情怀，被当作一种生活方式来纪念。所以李辉要经常回到老家，当李老三来到北京，两条线交汇了。其实，它们何曾割裂？你中有我，我中有你。只有接近"李老三"们，"我"的不安才会稍稍缓解。

李辉在书中给出一对对有趣的关系：地铁与"土"，"每天早晨，人离开自己的家没多久，就钻进了土的家。土不在家，早就被人赶跑了，而且再也不会回来"；地铁与陌生人，"每天等地铁看到的都是陌生人……相顾无言，唯有汗千行，世界上最难为情的事莫过于如此了。世界上最近的距离，隔着世界上最远的距离"；地铁与汽车，"以眼下的车价，买车不算问题，但摇号算是问题"；地铁里的灯与老家村里的灯，即"老黑"和"小白"；地铁与"绿色出行"、地铁与爱情、地铁与自行车……李辉让"世界上那么多相对应的事，相矛盾的事，来与往，明与暗，动与静，快与慢，远与近，哭与笑，苦与乐，聚与散……都在地铁这有限也无限的时空里，同时展现"。地铁到了李辉这里，是一片海洋，更是一个江湖。

本书尾声的两篇，《一个人的地铁》和《假如你在地铁里遇见我》，令人心意缱绻，眼角濡湿。那些修地铁的农民工，"把地铁修好后，干干净净漂漂亮亮地交给城市和城里人，就很少来乘地铁了，因为他们怕城里的乘客嫌他们的身上沾着泥土"；在那一程只有"一个人的地铁"，"我"

竟不会坐了，不会站了，不会挤了，不会走了，索性在座位上躺了一会儿，然后对着空无一人的车厢吼歌、大声朗诵、对镜自语，做了平时不便做不敢做不忍做不好意思做的种种事……这样的体验，你可曾有过？

前几年曾流行一个词——酷越，关于这本书的文体，我想到的正是这个词。李辉大胆地在小说和散文之间"穿越"起来。说它是散文，要素齐全；若说它是小说，似乎也并不离谱，黑压压的北漂，谁没有一个邻居"李老三"，谁又没有几个小张小芳的同事？况且村里的张斌、刘强、于三、二娟、大花，虚实真假并不重要，你跟他们叫刘老三、小丽都不妨碍认识北京地铁。

普遍受到关注的，是李辉的语感：机智，诙谐，干净，俏皮，读来轻松畅快。注意力疲软的时代，眼球争夺早已白热化。开始时我本打算随意翻翻，谁知，从序言开始就爱不释手，仿佛一只小手拽着目光一路读下去，想困倦都难。

读过李辉这本书，我恰去北京办事，要乘9号线到白石桥南站。从安检到地铁站台，其实还是那个9号线，只是有了李辉的"地铁"，纵使北京西站人流如潮，竟显得不再那么拥挤；纵使真的被人潮一再拥搡，身边也泛起了别样的意味：这一波又一波不断涌来的地铁人，只有李辉拥有了自己的"地铁"。李辉和地铁，相互遇见，李辉还是那个李辉，地铁还是那个地铁，而对于读过这本书的人们，李辉不再是那个李辉，而地铁，也不再是那个地铁。

第四辑 月亮便士

诗意的点染　灵性的飞翔
——薛茫茫诗歌印象

早年的时候，经常关注报刊上的一个名字：薛茫茫。再看发表的文体：诗歌。不由得会心一笑：诗歌跟这名字，多登对！

一直只读其诗，未见其人。直到近年，经常与一些文友被通知到市文联领取稿费或各类奖金，接待我们的，总是一位看上去腼腆而知性的女性工作人员。从她那张素净的脸，以及对每一个人展露的温和、得体的微笑中，无人怀疑她是文联办公室的勤务人员，那些公事文书、案牍劳形，汗牛充栋，终年不歇。作者们围在她身边，进进出出，吵吵嚷嚷，而她总是不吝啬她的耐心，没有一丝躁气；时而，又埋头在如山的表格里翻找着什么。还有许多作者，去前偷懒没打电话，结果被告知这位工作人员去银行了，让稍等。果然，过了一会儿，就见她一脸汗水地奔跑回来，一边开门，一边向作者道歉，然后指点他们点数现金、表格签字……

极少的交流中，文友说，她叫薛茫茫……这瞬间令人惊讶：难道，她就是这样写诗的？

就她那一身严明、一脸肃整，从内到外的中规中矩？就她面前那堆表格，那密密麻麻的数字，接待每一位退休老干部的事无巨细，跑银行、政府、支付中心、人力资源……这些与诗人，不搭嘛。

可是，她偏偏在这浸满烟火的繁情琐务中，提炼出了饱满鲜灵的诗句。

于是更加留意这个奇异而诗意的名字。还真有所发现，从《人民日报》《光明日报》《中国艺术报》《中国文化报》到各省市的各类诗歌报刊，特别是近期薛茫茫出版的诗集《目光》，通读整书，给人的印象是她时而在生活中畅游，时而向旅途致敬，忽而拥抱一缕风，捉住一片云，转身又正襟危坐地遗落哲思一地，总之，她就是在生活中"榨汁"，诗思飞扬。乡土，田园，人伦，器物，礼法，民俗……无不入诗。生活的汁液芬芳馥郁，尽管也有时候或许并不总是那么香甜，于是她索性针刺一番，来个淋漓呈现……

　　这本诗集，仿佛打开薛茫茫的诗眼，透过甜美、温柔的表情，随着文字的颗粒，发现一种别致的生活——此处的"发现"是个动词，她在把诗的触角伸向烟火、景致、行旅、哲思……在生活这座富矿中，让诗意一遍遍提纯，形成自己独特的诗脉。

　　一花入诗，俯仰皆诗——

　　　　灵巧的风，举起支支木笔
　　　　饱蘸湿润的雨丝
　　　　点画一帘挂图
　　　　清香浸满每一丝纤毫
　　　　直到紫玉兰花开
　　　　才收墨
　　　　　　　　——《辛夷》

　　读薛茫茫的诗，会有不同的情感体验，她对事物敏感又独特的感知，常常让人生出意外的惊讶和惊喜。而她语言上的特殊禀赋使得她的文字很是灵透，语感如雨后溪水般轻柔滑畅。在行文上，她的诗正如她笔下的植物，在自然中孕育生长，向四面八方蔓延流淌。例如，薛茫茫发表在 2022 年 1 月《诗选刊》的《干草垛（外二首）》，有这样的句子——

　　　　裹紧些，再裹紧些
　　　　挤走多余的氧气
　　　　免得自燃

藏起四处张望的眼睛
　　星空过于遥远
　　忍不住又偷偷眺望
　　即使顺着风也
　　刮不来一粒燃着焰火的星子

　　薛茫茫的诗歌特点就是善于发现这些琐碎的习以为常的细微的东西，更多的是一些微观的抒情和叙事。面对平实的生活去想，去看，去好奇。那里有许多默契，许多感应，带给人薄阴天气里一种舒适、熨帖。加之她那些真挚的表达，有智识，明事理，不无病呻吟，借助了灵性的语言，诗意在眼神、感觉中流转，显示出她的同情和抱负，很能让人感受到她美好纯净和崇高的灵魂。

　　再比如这首《白芷》——

　　千年的等待
　　从青丝到白头
　　那些蝶泳的浪花
　　已经离岸
　　随秋风孤独地远去
　　…………
　　任空空的睫毛
　　落上一层薄霜

　　有的人用力过度，一心要在叙事和个性上显露峥嵘，其结果却适得其反。薛茫茫在对生活的介入中保持自己独特的精神特质，使她的诗歌创作始终保持着诗性的均衡与和谐。也正是因为经历了世相的纷繁和波动，使得她一直持有悠然从容、不必渴求身份认同的心态，悠然地写，认真地作。《半张纸》这首诗就很有特点——

沿着轻轨
看一路向北的风景

青叶被薄薄的目光浏览
弹涌绿色的弦声

那朵云是你吗
一半躲进深蓝，又一半在外悠闲
给大地上忙碌的影子
投下一片薄荫

剩下的半张纸
任笔墨纵横
书写浮荡的一生

谁，已把半生走进虚无
又用半生消磨光景

著名诗人郁葱说过：真正的好诗人都是内心开阔心溢良善的好人。类似《半张纸》中这样的诗句，用最简洁的语言表达深刻的思想，成为一种诗歌理想。诗意地栖居，诗意地记录人类在这个地球上的一种特定的生活方式和思维方式。发现生活中最让人意动心热的细节，以及那些安歇而鲜活的精魂。薛茫茫像所有诗人一样，热爱生命，讴歌时代，在对生活的抒情中，诗意地写出诗人的幸福感。《夜宿七盘岭》中，有这样的诗句——

只一个眼神
你便懂了
把如纱的光披在我周身

全不顾那两个影子
还在银河岸边痴缠

杏叶拢着薄雾从窗口递进来
飘曳的眸子
把子规的哀鸣冲散在天际

青枝摇曳，挽一片幽静
约我入梦

山风挟来清脆的晓鸣
也未能将我唤醒

唐人沈佺期也有一首《夜宿七盘岭》。古今诗人隔空呼应，同宿七盘岭，在薛茫茫笔下，古人诗中的伤感已经置换为崭新时代里对大美山河的热爱，让昔日"子规的哀鸣""冲散在天际"，来到作者笔下时，成为"清脆的晓鸣"，一千多年前唐人行旅中的忧郁滞重已经在作者轻灵的思绪中随风飘散。

行旅入诗，成为诗人笔下的主要内容，但能把泛泛的风景写出独特的"这一个"，实属不易。薛茫茫在《灵隐寺》中就将自己的思考深情款款地融入：

从隐身到现身
关乎风，关乎月
有时也关乎一念之间

薛茫茫的写作具备极强的抒情能力，松弛自然，也很节制；语言利落，品位纯正，具有饱满的感悟和充沛的元气，善于在平缓的不动声色的叙述下，记录或伤痛或温暖的细节，一步步抵达诗意的终极。特别是她那简约饱满的语言给人留下深刻印象。比如她写诗之余，随手发个朋友圈也字字珠玑："春日妍暖，微风徐来。有芽在发，有苞待长。天地之隅，谁正诗心涌动，意蕴倾出？万物静息，万物生长，每一个星系都步调匀和，每一个时节都鹭序鸳行。放眼长空，任云舒卷，花凋盛。只愿在飞落之间，点一抹青绿；在平仄之隙，写一处新奇。于有无之中，散着一丝微光，不枉今生，曾经来过。"

还喜欢极了她诗中这样的句子——

    风和树争吵
    叶，落了一地
      ——《争吵》

如果以为薛茫茫限于小情小调的抒写，就大错了，她的红色诗歌大气磅礴，义薄云天。近年文联组织诗人作家积极参与火热的社会生活，薛茫茫作为文联工作人员一直躬体力行。她发表于《中国艺术报》2021年12月24日的《红色信仰》组诗引起高度关注，这组诗分为"红色的种子""马背上的学校""红色的道路""红色的歌声"，引人回到革命圣地西柏坡的往昔岁月。在那段战火纷飞的岁月里，信仰的种子次第发芽，"随着飞扬的蒲公英/飘落在野战军征战的脚印里/长出红色的翅膀"；革命的后代们则随着"马背上的学校"，"穿梭在青纱帐里/躲过敌机的盘旋扫射……在炮火硝烟里/磨砺成长"。

《常青的风景——记西柏坡》发表于2022年1月17日《中国艺术报》，闲闲的几笔，带领读者览过半个世纪的岁月峥嵘——

    从南湖的波澜
    到皑皑的雪山
    从井冈山的星火
    到大渡河的铁链

有硝烟弥漫的战场
也有平静安宁的枣园
踏着黄河的流沙东行
来到了西柏坡葱郁的春天

平时，或许我们的阅读远离诗歌这个文体，却不妨碍把诗置于心坛中的圣坛——文学的最高境界是诗。此处的诗并不仅仅是指诗歌这种文体，而是一种澎湃于天空大地的诗意，诗的境界，诗性的流淌。因为就语言的高度凝练浓缩以及韵律的美感而言，各个艺术门类谁能超越诗呢——古人所说"不学诗，无以言"，是否道理在此？作为写作者，谁能说自己完全脱开诗的滋养呢？

曾经以为诗人必出自中文系，受过专业的诗歌训练，读过各类高、中、低的研讨班，师从某诗界泰斗……如此，才能完成一个诗人的到来。而薛茫茫与她的诗告诉我们，诗并不"挑"人，你心中给诗预留了位置，诗就会附体于你。当然，诗歌同时也是"挑"人的，攘攘人间，诗性并非随意降落在某一个人身上，那些诗意的点染，灵性的飞翔，思想的脉动，精神的飞瀑，一定关乎一个人长久沿着诗轨的潜行，如此，诗与人之间的这种诗缘挑剔得很呢！当一个人在诗轨上行走得足够远，诗神便翩翩降临。

面对浮躁的人生，人类不但需要哲学培铸理性和智慧，更需要诗性的晕染和浸润。蹚过了生活之河，只有活得清透的人，才会被诗邀约，而诗意，为生命垫起了一个个向上的支点，支撑起在天空的飞翔。

薛茫茫，诗滔滔。如果心在飞翔，请让诗在场。

黑孩笔下的"罗生门"

阅读黑孩的那段时间，我正把芥川龙之介读得心惊胆寒。黑孩的文风，又时而很"太宰治"，这样的时候，我不确定是否陷入了黑孩式人性魔圈儿。

睽违文坛近三十年，黑孩霸气归来，一匹小说界的黑马，抛出一波波的集束炸弹，出手皆"王炸"。先是中篇小说《百分之百的痛》，接着又有长篇小说《惠比寿花园广场》，以及不久之后的长篇《贝尔蒙特公园》。还嫌不够，网购了她在二十多年前的作品……疫情防控期间，在一次与读者的云端互动中，黑孩公开宣称："我不看好人性。"其实这正与我对黑孩小说的整体印象不谋而合。"不看好"，呈现一种责任，《惠比寿花园广场》中的韩子煊，《贝尔蒙特公园》中的刘燕燕，《百分之百的痛》里的兄弟姐妹……黑孩的一双鹰眼，对人性不依不饶地钻探和深掘，不动声色地矗起一个个人性的"罗生门"。

中篇小说《百分之百的痛》，展现的是一场亲人之间的"战争"。围绕母亲的病重以及离世，兄弟姐妹之间龃龉不断。离自己最近的人，伤害最深，黑孩展示的是人性最深幽、最灾难、最虚伪、最残忍的一面，所谓至亲至疏，至近至远。

长篇小说《惠比寿花园广场》，一个中国女子秋子，一个在日本的朝鲜族男子韩子煊。两个在日本生活的异邦人，在去北京的飞机上"一见钟情"，而这样的基础，则是"我"无比渴望的、堪称人生终极目标的惠比寿花园广场——韩子煊在那里"拥有"一所房子。"拥有"原来是一个黑洞般的骗局，在最幽暗的人性深井，其褶皱表里，被黑孩一层层剥离、呈现。

通过长篇小说《贝尔蒙特公园》里来自中国的日本役所女职员刘燕燕，"我"与日本丈夫黎本的家庭生活，以及贝尔蒙特公园里的斑嘴鸭，黑孩打开了三扇窗口，播放着显微镜下的日本日常，特别是生活在那里的日本人和中国人。黑孩坦言，写《贝尔蒙特公园》正是因为她买了一个三面镜，"通过它我可以看见我的前后左右"。黑孩在小说里展现了各色人等的掌控、欲望、利益、暴力、生存、挣扎，将人物的荒诞不经细腻刻画，如放大镜下的古玩纹路一样纤毫毕现。特别是透过动物透射人心，背后隐藏的是被伤害的痹痛和刻骨的孤独，所叙述的故事不过是寻常人怪诞痛苦时刻的集合物，却向读者逐一展示了人性的"马里亚纳海沟"。

读黑孩，我时常冷汗涔涔，她对人性的血淋淋的洞悉和针砭，让我想起一大批作家：芥川龙之介、太宰治、毛姆、严歌苓、鲁迅以及"恐怖伊恩"……他们笔下的温情难得一见，即使偶尔呈现，后面保准跟着触目惊心的阴谋和陷阱。他们就是一枚枚人性的解剖刀，剖开了人类身上那些习焉不察的罪恶。话又说回来，一位作家能够有如此锐利目光，其文字必定不会难看。

黑孩小说里的男性，都有一个共同点：惯于欺骗。从韩子煊到丈夫黎本，说起谎话不眨眼，而《百分之百的痛》里，大姐的儿子，已经工作的外甥冰冰，却把本属于姥姥的养老钱理直气壮地据为己有——那是"我"卖掉北京房子的巨款，本来专门用于母亲治病养老，却被大姐哄骗到自己儿子的名下，当母亲病重需要这笔钱，大姐死活不肯拿出来，而那个公务员小男子汉，竟脸不红心不跳地"喷"小姨："靠……在我这里，你算什么啊。"名叫"冰冰"，说话做事也真的直降冰点，"换了是你妈妈，你也会说你忙吗？"冰冰回答一个字："会。"读到这里，我不由得冰透全身，牙齿打战。

女人来到黑孩笔下会是什么样子？"记录系是刘燕燕的一块袖珍版帝国。不过，这只是我的一个想法而已，听起来也似乎荒唐。有时候，我会忘记了自己身受折磨，觉得刘燕燕非常伟大。一个女人，可以控制日本区役所里的一个系，并且没有人会追究这是因为什么。"黑孩的小说里随处可见这类大胆尖锐阴郁绝望的黑色叙事，也成为她笔下的职场怪相，"为了工作，不得不彼此往来，却又相互憎恨"。特别是日本人眼中的国人，"老实说，有时候我觉得混乱并且崩溃。比如我老是琢磨日本人会怎么看我们。户籍住民课就我跟她两个中国人，我觉得日本人可能把我们俩看成了所有的中国人。再说一遍，一想到我跟她被看成是所有的中国人，我就很崩溃"。刘燕燕这个典型形象，人的劣根性在她身上暴露无遗，在日本生活三十年，还要费尽心机在中国再占一份福利。

家庭里的"我"也不轻松，因为丈夫固执的谎言，儿子昂贵的学费。丈夫一次次撒谎，一次次被戳穿却屡教不改。每天的上班成为煎熬，犹如刀山火海……儿子雄大说"妈妈看上去心事重重"，丈夫在一旁解释，原因是明天要去役所上班。然后丈夫自言自语地说："如果觉得太痛苦的话，不如辞了职待在家里。人啊，身体才是最重要的。"

"我想骂他，但好像没有吵架的心情"，明明被辞退却谎称自己立即就要成为出版社经理的丈夫，不断用一个个精美的谎言欺骗妻子，这样的时候竟好意思鼓动妻子"辞职待在家里"，仿佛他不知道全家会在第二天喝西北风……于是"我"屡屡在家庭和职场上受到伤害以后，脚步不由自主地来到贝尔蒙特公园，来到斑嘴鸭身边，被扎了无数的刀口，被小动物治愈、疗伤。

男人，女人，中国人，日本人，黑孩冷眼瞟着他们身上的人性黑洞，却比谁都懂得控制、冷静，通篇没有一个指责的字词，仿佛把这些"罪行"往读者面前只做镜像呈现：自己去看吧，我可没骂他们。然而，黑孩深谙"欲擒故纵"之道，越是笔调节制，读者越是"激愤"，虽没"失控"到"义愤填膺"，却是一步步地跟随她看清地球那一隅人性的真相。

芥川龙之介有短篇小说《罗生门》，黑泽明有电影《罗生门》。现实中的罗生门，是日本京都的正南门，民间称为"地狱之门"。许多无名死尸，被拖到城楼丢弃，因年久失修，愈显颓败、荒凉、阴森。年深月久，在人们心中产生了阴森恐怖、鬼魅聚居的印象，故而有了"罗生门"是通向地狱之门之说。

罗生门进入文艺作品，很是"诡异"，电影《罗生门》，整合了芥川龙之介的两个短篇小说《竹林中》和《罗生门》：风雨飘摇的"罗生门"下，躲雨的三个人——行脚僧、樵夫和杂工围绕一起杀人案展开对话。樵夫在竹林里发现了一个武士的尸体，武士和他的妻子路过山林，遭遇了强盗，妻子被强盗侮辱，而武士惨遭杀害。然而，故事的真正"恐怖"之处在于，每个当事人在官府面前各执一词：为了美化自己，减轻罪恶，掩饰自己的过失，人人都开始叙述一个有利于自己的故事版本。人心的险恶、人性的丑陋，触目惊心。

黑孩的小说人物组成了另一时空下的"罗生门"。他们都是软弱的人，为了掩盖自己的弱点，展现着各自的荒唐和讽刺。《贝尔蒙特公园》里，"我"辞职了，不再"心忒忒"，却发现儿子不再跟"我"叫妈妈，于是期待亲生儿子"自自然然"地叫一声妈妈，竟成为新的人生目标……

"我"在家庭和职场中难以喘息，只能在小猫"惠比寿"和小斑嘴鸭贝尔身边寻得慰藉："现在这世道，人是最可怕的。只有人才会什么样的事情都干得出来"，甚至发展到"我这个人一向只对动物动感情，人死了我几乎不会流泪，动物死了我会崩溃好几个小时"，"人类并不完美，并没有一个精密机械的程序来驱动人类生性运转，可那是多么重要"，所以伴随小斑嘴鸭贝尔的失踪，"我对现实的感触和希望好像也被卷走了"。而妈妈死后，那些"不知羞耻、依然鲜艳茂盛的贪欲，令这一大片空白充满了亲密和黑暗"。

芥川龙之介在一篇短文《沼泽地》中提到一种"可怕的力量"，这也正是我在黑孩小说中时时感受到的一种惊悸，总感觉前方有一个陷阱，一个怪圈。难怪芥川把绘画作品《沼泽地》称为"杰作"："尤其是前景中的泥土，画得那么精细，甚至使人联想到踏上去时脚底下的感觉。这是一片滑溜溜的淤泥，踩上去扑哧一声，会没脚脖子"，这是否就是黑孩笔下的"心忒忒"呢？人生无常，地震、山火、风暴、兵燹、海啸，再加上眼下的新冠肺炎，时时威胁着人类，人类就像蚜虫般被天灾人祸所灭杀，然而"我"的苦闷与迷茫似乎告诉同类，以上这些还不算真正可怕，世道人心的叵测才最令人绝望。黑孩的故事，唤起的是读者的共情，据说福楼拜在描写包法利夫人的自杀时竟然呕吐起来，好像他自己也吞下了砒霜……我在黑孩的小说里也看到她在一个个"罗生门"里的挣扎和煎熬。

黑孩的小说呈现一种潮水般奔涌的语言流，密集的文字流排山倒海般向读者砸过来，推着读者亦步亦趋地跟着她的脚步，想丢掉一个字都不行。读黑孩就别想在风景中悠游，始终的不适、不安、恐怖让人充满阅读的期待。她笔下的那些人物因缺点而真实，每当从她的小说里走出来，我的耳边都回荡着太宰治的"生而为人，我很抱歉"。

一代"丧神"太宰治的《人间失格》里有一个细节，中学里的一场体操课，主人公叶藏与同学一起练习单杠，"我"故意做出一本正经的表情，大叫一声，像跳远似的往前猛力一跃，结果整个人摔到沙地上——这是"我"设计好的一次"失败"，立即引起众人哄笑。然而这时，堀木正雄却鬼一样地凑上来，伸手戳着"我"后背低声说道："你耍招。我看得出来，你是故意的！"

精心设计的失败，被堀木识破了……为了引起关注，不惜摔痛自己，人性的细微、微妙，尽在其中。

这让我想起黑孩小说中一个意味深长的称谓——"那个人"。《惠比寿花园广场》里，韩子煊的女儿真实在秋子面前，复述妈妈即韩子煊前妻的话"那个人是在日朝鲜人"；而《贝尔蒙特公园》中，再次确认作为丈夫和父亲的黎本说谎之后，"我"和儿子雄大从此一致称他为"那个人"："那个人上楼了""那个人回来了""那个人走了"……读着，不由得抱紧双肩，通体冷飕飕。二十年前，东北女作家皮皮在《渴望激情》中让出轨的丈夫尹初石给妻子写信，开头即为"尊敬的妻子"……作家真是个狠角色，人性更如一口深井，一个称呼，人性的真相无以遁形。

黑孩小说中所写，都是把人类最想隐蔽的部分暴露出来，不管你喜不喜欢，她笔下的描绘都直抵灵魂，让你无从逃脱。黑孩尽管讲了一个个残忍压抑的故事，却也使读者从中读到了人生的真义，犹如《罗生门》里那个婴儿。

当罗生门下的空气凝固起来，气氛郁闷得让人窒息，突然，一个婴儿的啼哭给地狱般的罗生门增添了一丝生机。樵夫决定收养这个孩子，行脚僧感到十分欣慰。婴儿的出现成为整部影片中唯一的一抹亮色。行脚僧始终不愿意"把人想得太坏"："如果人们不相互信任，这个世界跟地狱又有什么分别呢？我不愿意世界变成地狱，我相信人。"

黑孩的小说里也有这样一个"婴儿"——小猫"惠比寿"和小斑嘴鸭贝尔，"我"感受到贝尔娇小身姿的软萌和温暖，这让"我"怦然心动，如此鲜活，如此悲伤。"惠比寿"和贝尔对"我"的疗愈显而易见，这些呆萌的小动物，萌化了"我"，始终给"我"活下去的勇气和信心。《百分之百的痛》里没有出现小动物，所以"我"的痛才是"百分之百"。在自我疗愈的道路上，小动物们功不可没。黑孩宣称自己的下一部小说里也会如期出现一种神秘动物，这让我不由得充满期待。

或许正因为弃婴、贝尔、"惠比寿"的微妙而鲜明的联系，让我们从黑孩小说里看到了芥川龙之介和太宰治的穿透和精辟。这些压抑的小说带来一丝温暖和更多解读空间的同时，还告诉那些觉得自己"丧失了做人资格"而郁郁寡欢的人，在世人眼里，你并没有自己想象中的那么糟。

黑孩喜欢使用第一人称，"我"虽未自我标榜"勤劳、善良"，却渴望一种社会秩序。毛姆曾对写作这样诠释：善于创作的艺术家能够从创作中获得珍贵无比的特权——释放生之痛苦。黑孩本身就是优秀的小说家，中间虽有中断，但小说家的潜质并未消失，在身体某处蛰伏着，一旦机缘适宜，它们就会被触发，像火山一样喷涌。

就整个地球而言，东京虽离我们不算太远，却也隔了海，已是异域、他乡了，黑孩笔下文字和故事的异质感已然成为她的旗帜。但综观她从写作之初至今的所有作品，对人性真相的恒久探掘仍是不变的主题。食尽了人间烟火，锐利的刀锋，准准地搭在人性的脉搏上，下手之狠，赛过芥川前辈。这种狠，多带劲儿！让人一眼辨别烈酒与温吞水。这或许就是黑孩虽久离中国，但中国的"江湖"上依然流传着她的"传说"的真正原因——在文学的疆域，人们不会忘记一个才华之人跌跌撞撞的独行。

文学为她止痛

世间有一种热爱没道理可讲，譬如曹明霞之于文学。

在曹明霞身上，文学肯定带有某种神谕与魔性，因为就我对她的了解，她的人生随便一种选择都可能比文学来得殷实、尊贵。在那些泥泞的岁月里，随便一个姿势，都比文学来得实惠、体面。文学让她整个人处于一种临战状态，焦虑、拧巴、逼仄，这也使我对文学产生了一种爱恨杂糅的胶着感。

最初认识明霞，正值盛年，她刚从黑龙江来到河北。那个流光溢彩的生命时段，一个极年轻极标致的曹明霞。那时她刚刚在上海一家刊物发表了小说，我们交流作品时，她看到我在当地报刊发表的一些散文，极真诚地告诉我："你的基础比我好得多。"她曾鼓励我也写小说，可恰恰那之后我渐渐疏离了写作，并把生活压力当成堂而皇之的理由，我们的交往也随之淡了下来。

直到2006年夏，明霞的作品研讨会，其时我对文学有点儿厌倦，正跟着一个行业杂志满世界乱跑，美其名曰为其撰稿，实情却是逃避某种坚守和攀爬。我写那些应景的文字，悠悠哉品味着日行万里的潇洒。却不知，明霞的小说已频频亮相于全国各大报刊，有一次我出差南通，在新华书店意外地发现明霞的长篇小说《良家妇女》，激动地给她打电话，之后，又在全国不同的机场书店发现她的《看烟花灿烂》……

2007年秋，她入鲁院高研班，我也同时被派到清华大学进修一年，我的进修内容远离文学，我仍然热衷于将自己搬运到一个又一个远方，心浮在半空,只是更加频繁地在报刊上看到"曹明霞"三个字,内心小小地低呼:哦,明霞又发表小说了!我羞愧于经常在她面前标榜自己"踏遍全国",我那几年的状态是每月必出,最频繁时每月二至三出,春风秋叶会使我飘荡起伏。那一刻,忽然明白,时间的方向就是爱的方向,人生真是一场静悄悄的储蓄啊,她在各种期刊上发表的中短篇小说,不正是她生命的迹刻吗?

我目睹了明霞这些年为写作的付出:人在单位。体制内的"单位",只要你的专业不是写作,你所有的创作,都是偷着藏着。明霞说,如果她在三十岁懂了"单位",哪怕三十五岁,也敢下决心离开,但"现在老了,生活需要保障"。她的许多小说都以"单位"为背景,中篇小说《事业单位》曾入选当年中国社会科学院文学所的"中国文学年鉴",也是这篇小说,给她带来长时间的麻烦。明霞虽为女流,可是对现实的批判,不让须眉。她为许多大而无当的铺张、低效荒诞的浪费和枯燥无聊的会议焦虑痛苦,"如果实事求是,很多单位都可以给一多半人放假。一窝蜂地聚在单位,除了聊天闲扯,还要耗水耗电"。她为腐朽心急,为时间难过。

在她的办公室,贴着一张纸条,"说问题勿超五分钟,不闲聊"——只这一举,被人视为异类。与时间拉锯,只是为了读书和写作。她说她拼命写,是有过梦想的,指望调入作协,名正言顺,而不是偷偷摸摸……

明霞有一种洁癖,熟悉她的人也难以置信。又是文学,让她时刻保持一种对粗鄙和庸常的警惕。陈冲老师经常用到"眼格"二字,他让自己少看、慎看那些"格"以外的文字。明霞也在她的博客里转载过一篇《总得藐视点什么》的文章,我想这应该代表她的"格"了。开始时我曾觉得未免迂腐,久之则感到他们一定有着另一种感觉,那就是——高贵!明霞朋友不多,都有着切近的趣味阈值,关键是都领教过她的"冷酷"——从饭局到各种聚会,我们经常被拒绝。

这又让我想起作家赵玫说过的一段话:"避开那些行尸走肉者,那些肉体尽管活着灵魂却已经死掉的人,那些思想和谈话都琐屑不值的人,以及那些用陈词滥调代替思想的人……哪怕是伤害了那个可能本质不坏的人，那又何妨？标准只有一个，那就是时间和意义的等式。"我相信，这段话敲疼了包括我在内的许多人的神经，也让我想起波兰作家维特凯维奇笔下的"穆尔提－丙"药丸。这种能导致"世界观"改变的药丸，服用后松弛、麻木、逸乐，让人放弃理想与坚守，停止思考与进取，愉快地接受麻醉，继而获得安详与平和……我不敢确定"灵魂已经死掉的人"是否都服用了这种药丸，但我敢确定的是，明霞肯定是拒绝服用的人，她身上有一种让你产生距离的东西，一种审美傲慢，将自己置于思想和灵魂的锋刃，一如尼采有些可爱的狂妄：一个人必须超越人类，凭借灵魂的高度，凭借蔑视……

一直以来，我曾经明明暗暗地向家人标榜自己对文学的执着，再把明霞推到前台，家人对这般与文学死磕的人将信将疑："不写作，她会死呀？"话不投机——看看明霞，还是我去死吧。文学之于我，是闲来无聊的为赋新词，于她则成为活着的证据和宗教。不知是文学蛊住了她，还是她离不开文学，文学竟成了她的一味药，就像一部电影里那个把艺术当成药的国王。这个国王不爱江山和美人，一次次偷跑到剧场，亲自指挥、导演，鼓励那些有天赋却缺少自信也不被观众认可的演员……没有艺术，他活不下去。

明霞的家是个小社会，她有十兄妹。最初，我想她的家族出了一个作家，兄弟姐妹该如何"宝贝"她呢——我的兄姐因我的几篇小文章发表兴奋得仿佛我来自联合国，每每夸耀到"家族"高度。令我意外的是，明霞的亲戚们对她的作家身份充满不解，甚至恨铁不成钢。在他们看来，明霞实在应该有个实惠的角色，即使写作，也应该写电视剧，"又出名又挣钱"。

文曲星不会随意被"点穴"的，兄妹十人，只有她被文学"劫持"，命运图谱中散发着神秘的天才气息。明霞不足六岁上学，不足十八岁上班，人生充满了"春行冬令"。文学让她不甘、不安，命运多错忤，她多次与死神擦肩。上班一年后，她考入大学，学的却是财会专业，毕业时连"借"和"贷"都搞不清。明霞学财会，显然是命运开给她的一个玩笑。

我相信，在这个世界上，有一种专为写作而生的人，他们整日沉湎于笔墨和想象而荒疏了与周围的交往，造物主偏偏让这种对生活好像并不在意的人，对人世和命运有着透彻的认识和精准的预感。偏偏又是这等颖悟灵秀之人，在现实中往往捉襟见肘：里尔克一生都在寻找自己的"艺术赞助人"；布考斯基每天干着肮脏的体力活，回家还要在打字机前敲出诗句；毛姆在写作严重受挫准备回去当医生时，一个剧本救了他……而那个可爱透顶的卡夫卡写信给未婚妻："我最理想的生活，是带着纸笔和一盏灯待在一个宽敞的地窖最里面的一间。饭由人送来，放在地窖的第一道门。穿着睡衣，走过地窖所有的房间去取饭，是我唯一的散步。然后我又回到桌旁，深思着细嚼慢咽，紧接着马上又开始写作。"呵呵，简直萌翻了——你远离尘世，不挣钱养家，居然幻想着有人给你送饭！可是还有更萌的呢，D.H.劳伦斯悲哀地说："如果这世界上没有其他人该多好……"

悖论啊！他们这样处心积虑地应付生活，直接目的却是能够背对生活，才能达成一意的写作。明霞曾认真地、仔细地、歇斯底里掘地三尺地应付生活，她在《婚姻规则》中说："女人失了婚姻，想独立，想自己挣钱，自己买房，还克服了生理上的巨大困难，甘当尼姑。可是，她的日子，不是怕猫，就是怕狗，劫道的，抢包的，连装修，都怕人家一锤子把你砸死。女人离不开男人，这是上帝给人间故意留下的一笔。"

明霞有过长达二十年独自抚养女儿的经历，我知道，她非常缺钱。生活稍有温饱，她就继续写那些"不挣钱"的文字了。除了文学，我不知还有什么能诱得动她，对于女人极具杀伤力的金钱与爱情，也休想在她这里把文学取代。很多次，部门或个人高价请她写书，她都拒绝。我对此很好奇——你缺钱嘛。她说，拿人钱写表扬稿的活儿，不好干，看着简单，其实很浪费时间，写出来的可能也不是个东西，"我和孩子如果吃饭有问题，肯定要委屈自己，吃饭是第一要义嘛。现在，温饱解决了，就没必要为难自己"。

明霞从十几岁有了文学梦想，在艰难的跋涉中，有无数爱过文学的人都纷纷告别了文学。她从呼兰河畔走来，上过黑龙江作家班，走到今天，身后是无数有过文学梦的人，而跟文学不离不弃的，只剩了她自己。其实，有时生活是和人开玩笑的，你期待什么，什么偏偏背离你——她的写作似乎永远处于"种桑长江边,三年望当采",而"回馈"她的,永远是"枝条始欲茂,忽值山河改"。至今,在我这个旁观者看来,除了一点儿微薄的稿费,文学没能给她带来任何相应的现实待遇和有形的东西,相反,她受尽文学带给她的考验和折磨。最美的愿望一定最疯狂,我曾宿命地想,她的前世一定是被文学劫持的,否则她今生不必做如此辛苦的偿付。她那岩石般的天性经常使我思考:如果一个人能给我大把的金钱,而另一个人则启动我生命的意义和力量,我让自己选择后者。明霞正是。

2013年,命运终于对她露出微笑——历时三年的长篇小说《日落呼兰》出版,多家报纸连载,获得多种奖项。文友庆贺,明霞那天喝了很多酒,席间戏谑幽默,妙趣横生。此时,我更明白,文学这个缥缈的东西,看似虚无,却让人温暖踏实。为了获得"踏实",我亲眼看到她一次次心碎地向生活妥协,像呵护婴儿一样,为文学筑起一个安全的"金钟罩"。有一天上午,她发来一条六秒的微信语音,打开听不到讲话,却是一片市声嘈杂,文字紧跟来:能听到我发去的噪音吗?这大热天,学校、超市,所有人都疯了一样……静心写作,只能靠自己。那几天我正纠结于单位的人事纷扰,看着这文字,我在乱糟糟的单位想象着她一个人的冷和静,欲泪。

集中读她的作品,位于两个端口——相识最初以及最近几年。"最本色的女性文学"(贺绍俊),我认为这句评语无人能出其右。早期作品有"怨妇"情结,到了《呼兰儿女》和《日落呼兰》,我的大脑中忽然蹦出了"圆融",意外啊,怎能从战争题材中读出"圆融"呢?她创作成熟之后的语言则犀利、讥诮、凌厉。让我意外的是,读她近期作品我经常难忍爆笑——不是开怀大笑和嫣然一笑,是一种"憋"着爆出的坏笑。"这不是你呀!"我向她质疑。她说:"这就是我。"《谁的女人》中王玲玲说:"你还想找一心一意?你要得也太昂贵了吧,谁会和你一心一意?一心一意能坚持多久?……我要是多(男友),可以发给你一个俩的,这个不行换那个,问题是我目前手头也没有哇……"特别是《日落呼兰》,仿佛憋了许久的笑,终于流泻出来。评论家郭宝亮对《日落呼兰》"感到吃惊",称为"不像是女人写的作品",我则在《日落呼兰》里终于看到明霞刚柔并济的一面。

在两部"呼兰"中，我看到她的语言天分终于有了可劲儿撒欢儿的地方，就像一条困在岸上的鱼，缺氧之际，终于回到了水里，每一个细胞都表达着欢畅。这两部"呼兰"让我直接联想的就是明霞的呼兰老乡——萧红。其实，"萧红与曹明霞"一直作为一个隐秘的愿望时常造访我，我固执地认为曹明霞是萧红文脉的延续和再生。

明霞的作品多为短句，短而明白，简约饱满。敏感、自尊、冷峭、机敏、警觉的触须伸向这个世界的各个角落。小说家需要丰沛的敏感，我让自己享受并呵护着这份敏感，也明白这敏感背后却是生命的烈性。我一直欣赏《月亮与六便士》开篇时的一句话："在我看来，艺术中最令人感兴趣的就是艺术家的个性，如果艺术家赋有独特的性格，尽管他有一千个缺点，我也可以原谅。"这个看上去的大美人，你在她身上找不到一丝矫情和造作，相反，她的人特别是文字处处透着冷飕飕、稳准狠，甚至一副"恶狠狠"——恶狠狠地屏退纷扰、攘往，独留一份清静、安宁，用来摆弄她的文学。

"人是不能总受打击的，打击多了，智力都会减"，这话简直让我看到毛姆再世——机趣和俏敏，尖刻与阴鸷。无论她的人还是作品，悲观厌世到极点，却又最关注灵魂的挣扎与救赎。那些立于尖刃的文字，哪怕喷出血珠，却有"草色遥看"之魅力，就像齐白石画虾从不画水，却分明感到水的流动和存在——这就是明霞，凭文字掀动你的情感，使你如醉如痴，哭笑无常，而她自己屹立如泰山，冷眼旁观……抛开才情与坚执，正是明霞的不矫饰、不自恋被我激赏不已——我们一直心照不宣地警惕着女人的自恋。

有一段，明霞曾把目光移往宗教。这二字引起我内心某处一声低呼：她没有提及"命运"！在我心目中，成功者的版图早没了命运二字。这些年，许多人疏淡了写作，也有许多人誓死坚守。疏离，各有其因，而热爱却不需要任何理由。如果非要说有，那也是一场场心灵的治愈。正如人生，宛如剧场，那些来自文学的冷观热望，为生命剪一个"出口"，让满腹忧伤从这里流出，给内心一个向上的支点，来对抗向下的沉沦。方英文在一次演讲时说，一切经济的发展，最终只能以唯一的文化成果来体现，经济发展的理想目的是让人从经济动物升华为文化灵物。在我眼里，明霞所做的"升华"显得挣扎了些，但我又知她不可推却这个宿命式的给予。

冯唐早就声称用文字打败时间，到了明霞这里，是用文字消抵时间。有些人被财富撕烂了，向欲望投降了，明霞依然用她的文字，为生命割一个出口，将那些人生的郁积酿成肥料，涵育一朵孤绝的花。毕竟，一切诚念，终将相遇。

高伟：在词语里放"蛊"

年前在湘西，有一天早晨前往苗王寨，车上一个苗族女孩眉飞色舞地描述她的祖先古老神秘的遗俗——放"蛊"。虽未亲见，且听得云雾缭绕，仅凭阅历自我提炼出一词"控制"，回来就忘记了。最近读青岛女作家高伟的《她传奇》，读着、读着，竟有了"蛊"的感觉，不觉间就被高伟营造的语境"控制"了。起初是想把边角时间留给《她传奇》，但神一样的魔力驱使我中断了手中正在进行的诸多事务，这些都有时限要求，尽管心内坚强地叮嘱：先将"正业"做完，再读。可是，同样的内心，还有一种更为霸道的方向，这个指向不知不觉就变为实际行动，让我寻找了许多中断工作的理由，一头扎进高伟预设的"蛊"里，尽情迎接她袭向我的蘑菇云般的精神当量。

相遇高伟真该感谢伟大的互联网。最初的时候，无意间从哪一个链接进入青岛一女作家的博客，接着又进入青岛另一女作家的网络领地，最后进入高伟的博客。在别人的博文中，链接里有大量现场图片，我一眼就盯紧了高伟的一袭红衣，暗想，噢，诗人，果真允许这么不含蓄！就是这么歪打正着地进入了高伟的博客的，并在网上下单买了她的《她传奇》。一读，就进去。

十四个名动世界的女人，段位及级数处于世界顶级。她们，以及那些与她们筋骨相连的男人，扯开一场场爱情、婚姻、生命、艺术、癫狂、宁静等交织扭结的人生大幕。在这本《她传奇》里，被进行着解剖式的惊心动魄的高氏解读，思想和智慧的汁液像血一样从她的笔下源源渗漏。许多读到她文字的人很难不被"劫持",受"蛊"或在瞬间。我还相信,所有读到的人与我一样地惊异:还有这样的读与写!

可是,不对呀,"蛊"这个词第一反应该贬义,"蛊惑"首当其冲,何况,"蛊"这个字本身就是个坏词,怎能与如此美妙的阅读体验产生关联,并且如此强烈呢?读高伟之前,对于阅读体验,我想我是做过一番连自己都不甚了了的寻觅的,寻觅那种与自己精神纹理的切近与契合,也曾一度以为找到了,但一些貌似惊艳的东西,却在我这里都没能逃开"安乐死"的命运。这也并不意外,营销界流行过一个说法,二十多年前,想推出一款新产品只需召集几家甚至一家报纸,开个新闻发布会,第二天报纸一出,新产品就在信息绝对缺乏和不对称的彼时爆炸开来。而今若想"爆炸"呢,那需怎样的标新立异绞尽脑汁甚至不择手段,才能博得少得可怜的几只眼球?日本学者大前研一说我们正处于知识碎片时代,信息在 21 世纪变得很廉价,网络让信息的传递没有了时差和国界,于是"注意力经济""眼球经济"才大行其道。这多像眼下的文字海洋啊,我就在海洋般壮阔的文字碎片里寻寻觅觅,不惧以蠡测海:哪些是能给自己带来心灵震撼且绕梁三日的呢?

这真的需要一种相遇,在我看来,差不多像彩票大奖的概率。那些灵魅的、妖娆的、诡异的、华美的、正襟危坐的、唯美甜腻的,尽管有的看上去蛮惊吓的,在遇到高伟之前貌似吸引我许久,可是内心深处,总还觉得,缺少点儿什么,又莫可名状。直到高伟进入视线,于是坚定地以为,我一直向往的原是这种去除了花哨技巧的博大温厚的语境,一种朱子格物、高僧悟禅之后的清宁。于是经常独自想象那个站在灵魂高处驰目骋怀的高伟,游在书山学海倚马千言的高伟,走在人性前沿婉转腾挪的高伟,就是苏格拉底那枚最饱满丰饶的麦穗了。

我相信走近高伟的必然。这种贴近,很像高伟自己描述的"发现"胡因梦,高伟离我也很近,我虽至今未见其人,但每天能在网络微信上看她的文字和照片,看那么多像我一样的读者为她的文字着迷,还可以随手给她发纸条、点赞。高伟说从胡因梦的文字中得到治疗,而高伟的文字之于我不仅仅"治疗",更有前所未有的提振与整合,从这个意义上说,高伟就是我生命中的"胡因梦"。更令人高亢的是,我越来越感到,当我搞不懂自己,甚至被生活摧残得一塌糊涂的时候,高伟让我找回了自己,并遇见一个新的自己,我就在她尽舒水袖的文字戏台上,一点点清晰明朗起来。

她是惊扰了我灵魂的那个人。

平常的经验里,智性的女人其显性智慧多为一副灵气森森的模样,残酷、冰冷,有的高高在上,不识人间烟火,有的则带些神经质。久了,在制造距离感的同时,更让人陌生、恐惧。是的,她们让我感觉不到温度,描写她们的文字也不乏智性犀利甚至酣畅,可与我的距离感是固执的,我只能去景仰膜拜,眼神怯怯的,远远地观望。甚至,我崇拜已久的毛姆和福尔摩斯,尽管我经常沉浸于他们,吸吮着绵绵不绝的精神汁液,那是些遥远的异域风情,那些鹰钩鼻子灰蓝眼睛,那些身着内撑裙、帽子上嵌着高冷羽毛的贵夫人,先天的经度和纬度让我像遥望月亮一样遥望她们,她们自然也像月亮一样美丽而冷冰。

高伟不是,她简直让我温暖得惊呼,灵性、智性、显性以后的温暖,简直伸手可触。比如,我可以随时给她留言,在我心里她已是一个相熟已久的闺蜜,我甚至毫不顾忌地与她分享心事,她说一声"谢谢"让我伤心几天,信息传递中她的善解人意、善良仁厚令人动容,加之我与她同龄,相似的光阴以及相近的生命纹理,让我肆无忌惮地靠近她。就在这样的精神和思想的激荡、震颤中,她竟然在我毫无准备的情况下走进了我的梦里,梦境那么真实:翻着她的作品,她说她要来我这里出差……

相信在俗世浸淫太久的人都不会拒绝这种温暖。高伟是诗人,最初难免把她打入异类行列,还是文字!文字中的高伟宽厚博大得让人想起金属的质地与悠鸣。虽在解读他人,她却像《她传奇》的出版人陈政先生所说的镜子,照出她身上那种高阔得令人唏嘘的大慈悲、大仁善、大包容。在难以躲避的世事苍凉面前,她抵触甚至鄙弃那种一味地抱怨和人性的阴毒,期待那种由"绿色元素"营造的自然生态,于是我从她的文字里敞亮地看到,类似抱怨和阴毒的垃圾以及毒瘤离高伟很远,她的整个人就那么清明宁静地悄悄站立，低调甚而羞涩。翻看她的照片，阅读她的文字，眼前不断浮现着一个个国内外才华横溢女作家的肖像，有的看上去真的完美，可是此刻在我眼里还是缺少一个叫"温暖"的元素，高伟则用文字在读者面前使自己昂立，同时满含温暖的情韵。这就奇怪了，这样的圆融与统一，需要洞穿了怎样的世事曲折，进行过如何隆重盛大的涅槃般的修持（这是高伟文章中使用率极高的一个词），才能抵达！故而，我经常想，有的女作家天生是用来远远地打量的，而高伟，令人昵近。

　　其实，不读高伟，又如何领教她的"锋利"！如若把她看作那类只玩温馨的小女人就错了。而高伟的锋利的刃部又是抹了蜜的，读过的人被刺穿得舒服酣畅。没有这种涂满柔光的剑性，读者怎么可以耐性十足又期待万分地去读她那些长长的句子？她的叙事无论宏大还是细腻，总在贴近一个叫作人性的东西，她经常操着智性和慧性的小刀仔细切片研究它们。我读《她传奇》时的惯常想象就是这样一个镜头：在凡俗的情事面前，高伟锐眼一扫，她已暗自颔首，所有真相无可遁形……

　　一度，我认为词藻重要得敌过意义，时而下意识地铺陈和华丽。读了高伟，才知文章到最后，是拼思想的。她告诉我们并非所有的疼痛都是成长的必需；与其向外索取，不如向内修持。她对男女情色的认知也是令人称绝的，却读过之后还是不由得庸人自扰：在她游刃有余恬淡从容的背后，别是一种看透的凉薄吧。在我心目中，这样的女子，足以匹配全世界最为美妙的爱情。她站在那里，可以想象一潭不为微风荡起一丝涟漪的秋水，一种静美的轮廓，一种秋水长天的寥廓。这该得益于高伟惊人的阅读量了，北海作家阮直先生对此直呼"生畏"。是的，在她面前，必须是一种"仰"的姿势，这让我抛却了平日的所有纠结以及患得患失、矫情与浮躁，告诉自己，快回去读书吧。

　　对于高伟的才情，我不敢轻易用"聪明"这个词，它可以用于大多数不算那么愚钝的人，何况运用不当就会与"小"连在一起。而对于极少数占据思想制高点的人群，我认为聪明就是一种辱没了，于是，此时我让"智慧"出场。当我在高伟带来的精神原子弹中一次次澡雪，则觉得智慧也不够了，该是什么呢，是的，我认为是一种通灵！倒是陈政先生的"高伟替许多憋闷了许久的同类们狠狠地出了一口才情的恶气"，让我们"上火的灵魂"狠狠放了一次血，最为精当。

长久以来，我应该是在下意识地寻找一类人：脱离了低级趣味，清澄明净，辽远放达的人。至少是一种精神指向。多次以为找到了，我不敢说高伟绝后，但直到我读了高伟，我认为她就是我所寻找的人。我们这个年龄早已开始寻觅一种叫作"意义"的东西，高伟属于那种对俗世无要求，而对自己的内心却极其严苛的人，从她的文字里找不出一丝虚骄与浮躁。高伟写张曼玉："她一点点进入我们的视线，没有一丝刻意的味道，也没有权威使我们的目光就范，能够自动进入我们精神目光的女人是美好的女人。"此刻，这是高伟。

高伟很"女人"，也很"男人"。这是我读完《她传奇》后的另一"定论"。内心的强大，一种糅合了刚性的智性的强大。有的强大流于表面，太"脆"，经不起揉折，但高伟的内心是那种"合金"化的经过锻造的添加了特殊成分的强大，这样的强大体现为刚强而柔韧，这样的过程全在高伟的"炼金三阶段"里面。

高伟很"女人"。坊间的"脂粉"是脱不开俗艳干系的，而我仍固执地想说说高伟的"脂粉"。这么懂女人的高伟怎么能不脂粉呢，可她怎么就把脂粉这件事拿捏得这么赏心悦目呢？在此不想评价高伟的美，在她对世上的美千帆过尽之后，再由外人品评总显得矫情。一个俯瞰了全世界的美的事件的高伟，她本人所具有的美该是怎样的容量和含量呢？显然，试图化验这美的化学成分，并非易事。

陈政先生读过高伟解读女诗人普拉斯之后，油然一种担忧：高伟，你自己有没有度过你认为的"普拉斯死亡诗域"？

我想这应是一个设问句式，高伟用她的思想阔度和精神海拔告诉我们，她业已实现了这种穿越。而今我更在她的传奇三部曲中寻到了那种"云在青山"的清俊模样。

高伟的书里经常出现一句话：现在不认识的人就不要认识了。这尽管悄悄暗合着我此前的人际认知，而此刻面对高伟，我想许多文学人跟我一样，油然一种物以类聚的生命靠近，就把这句话颠覆一次：高伟，让我们认识，现在。

　　我愿，跟在陈政先生身后，在高伟文字的"蛊"里，继续"惊心动魄"下去，"荡气回肠"下去。

堆土渐高山意出

在钢筋水泥摩天幻影的都市,泥土与现代人的距离越来越远,以至提到这个词时内心涌起的陌生感令人无地自容。当我们每天在车流人海中穿梭,泥土是什么味道,还有几个人能记得?

可是人类又脱胎于泥土。当初女娲用力挥舞沾满泥浆的枯藤,苍茫大地上一个个小人儿出现了,那是今天世界的雏形啊!于是我们才理解,为什么总会有人对泥土流连不舍。这样的人,我身边就有一个——紫陌。

紫陌,本名周虹,《满院槐花香》(企业管理出版社,2015年1月出版)是她的第一部散文集。在这本书付梓之前,紫陌把沉甸甸的样稿送给我先睹为快。翻阅着,我似乎回到故园黍地,感觉紫陌的文字似乎在泥土里搅拌过,我也在她一颗颗散发着泥土芳香的文字里,触摸到一个都市人挥之不去的乡愁。

家园,童年,岁月,亲情,乡情……她那从槐香中、从泥土间打捞出的句子,往往带着画面感和心灵的温度就轻轻抚慰了都市人的乡愁。随便一个章节,随手一翻,佳句叠现:"那棵给我的童年带来无尽欢乐与幸福的老槐树,仍然亭亭如盖,静静地荫庇着整个小院,一嘟噜一嘟噜的白花向下垂着""离开那个几棵疙瘩柳、几间土坯房的小村已经十几年了,走在光怪陆离的城市街头,浮躁灼人的城市空气,总觉得这一切不属于自己,灯火阑珊之时,飘忽的心灵只有回到那个满天星斗、湛蓝天空下的小村才逐渐宁静、清澈下来"……紫陌的文字总把人带入冥想状态,一颗喧嚣中早已褶皱起来的心渐渐柔软,轻轻抚平,然后在轻摇轻叹中放下所有顾忌,欣欣然地回望过往，回望坎坷、困顿以及得失。我瞬间恍然，原来，走过长长的人生路之后，紫陌就是以这种方式遥望故园，留住乡愁。

这直接导致紫陌的语言也很"泥土"："脸上的泥浆还没有擦净，脚趾上沾着草叶、黑泥，提着鞋子一溜小跑奔到教室""瞅着房梁上发黑的椽子、檩，隔墙应答着大嗓门三婶的问询，看母亲里里外外地张罗……"，这里的"瞅"，一下子让我们回到乡音中。乡音，让我们在红尘万丈中飘浮着的心一下子落到实处，静静地，就回归了自己。

或许由于同样来自农村，平时我经常下意识地远离那些"太城市"的人，"城市"得发腻，这是我对一些城市人的"定义"。遇到紫陌，我的这种怪癖被轰隆隆地激活，原来她也是这样！那些看似精致其实令人起腻的女人，让我们浑身不适，反而那些看上去爽快天然，粗眉大眼，浮着露珠，似乎根茎上尚且沾着土星儿的人，让我们像向日葵追逐太阳般去亲近。即使紫陌来到城市近二十年，但清灵浪漫的田野气息从不曾离开她。为人妻，为人母，在单位还成为独当一面的部门一把手，性情中也多出成熟和雅丽，但老家那棵老槐树似乎"蛊"住了她的人，她的心，她的文字，想让她哪怕"珠光宝气"一点点，难比登天。

家园感可能是每个写作者绕不开的命题，就如同我们于夜深人静时的追问：我们从哪里来，又到哪里去？生命的意义何在？我们一天找不到答案，就会一直追问下去。"家，她用一花一木、一砖一瓦记录着曾经的故事，她固执地珍藏着你成长的足迹，无论你走多久，走多远，她都在那里静静地等你。"（《我的老板凳》）"不能想象，没有了老槐树的小院，还是我梦里的故乡吗？"（《满院槐花香》）渐渐地，我发现，泥土就是紫陌的"治愈系"。泥土以文字的形式使她能够在喧嚣的都市中活成一串清新的槐花，泥土使她拥有一个健康的身心，泥土也使她的幸福和快乐有了温度和舒适度。她就是这样锲而不舍地守望着生命的原乡，于是拥有了不俗的幸福指数，灵魂有了一个永恒的居所，一个可以让精神不断成长的地方。

特别喜欢紫陌怀念亲人及旧时光的文字。烟尘笼罩下有父母长辈不倦的身影，有他们皱纹里或愁苦或欢快的表情下不善表达的悲悯与关爱，还有亲人如花的笑靥。《一直想念——给奶奶》是一篇催人泪下的清明祭文，"耳畔有个声音：奶奶病了……奶奶无声地望着我，眼里噙满不舍……"一生坎坷又坚强无比的奶奶，默默扛起遭弃的命运，一双缠足一副弱肩围织起身后一个枝繁叶茂的大家庭。"没有牲口，更没有机械，但这丝毫阻挡不住对土地无限渴望的农民对它的爱和期待。"（《布谷声声》）紫陌用父母下地播种这一惯常的劳作场景做铺垫，让自己对土地的感情在一场场寻常农事中弥散开来。

跟紫陌的同事般接触，还得益于我们一起编著《桥东记忆》，她有着独特的生活智慧，但你在她面前就干脆做那个闻香人吧，因为她就是那一串串散发着幽香的槐花，你大可以无所顾忌，面对一颗清灵灵的琉璃心，你还用戴面具吗？那些满溢着槐香的文字就像一只轻软的小手，心思再婉转曲折，在她面前，你也即刻轻快起来，昂扬起来。

堆土渐高山意出，泥土竟是这样成就了文学的紫陌。诗人王海亮在题紫陌《满院槐花香》三首中，有一句"笔底深情风里字，槐花如梦柳如烟"。槐花如梦，应为紫陌的真情写照，看来想让这个苦恋泥土的"村姑"阳春白雪一把还真不容易。2015年仲秋，我在办公室闲翻报纸，看到她发表在《石家庄日报》的《回家收秋》，"收秋"，瞬间竟被我恍惚为"秋收"。两个字，顺序而已，其意境却藏有无尽妙趣。想必有过农村生活经验的人立即就被这个"收秋"拉到一幅画面前。"收秋"是属于农民的，"收秋，于城市人是那么遥远，他们已不知春种秋收，已不知此季此时，土里能种什么，地里该长什么"，想必这不仅仅说出城里人的心里话，南来北往，光阴匆匆，还有多少人记得"收秋"？但紫陌很幸运，"从没割断过与土地的联系"，每年国庆节，父亲种的八亩玉米"准保让我们过得辛苦、充实、快乐"。

再看"秋收"，颠倒过来的二字，严谨规整，文雅细腻，显然属于文人墨客文绉绉的书面组合。我的五笔字库里，"秋收"只需敲击四下就形成了词组，而"收秋"如果用词组则自动拼写成"收悉"，必须用"五笔造新词"，或分别打出两个字。可见，"秋收"是多么"书面"，而"收秋"则是那么的"泥土"！

　　现代都市，香气冲天。喷洒在身上或浓烈或淡雅的香水，大商场里呛人的化妆品专柜，大饭店里的菜香饭香酒香，咖啡厅里游荡着数十种咖啡奇香……女人们绞尽脑汁地让自己"香"起来，但对于紫陌来说，任天下所有的香如何迷醉，都比不上她心里那满院的槐花香。

　　其实仅从外表看，紫陌有着细腻光洁的肌肤，绝对属于那种气死美容院的小鲜肉，泥土情结是从骨子里丝丝渗漏出来的。正如她在《回家收秋》中所说："成熟的庄稼让我感到收获的快乐与充实，清香的土地赶走城市带给我的浮躁，熟悉的乡音把我带回梦里的童年。此时此刻，漂泊的心灵，游荡的魂，静静地，真实地，重新回故乡……我的灵魂永远根植在这丰饶的泥土里，它让我沉静下来，找到自己。"

　　想想看，一个外表光鲜靓丽的女子，就这样让她的文字整天在泥土里打滚，这个女子的淳朴稚拙、空谷幽兰的内质，还用怀疑吗？

阅尽山长水阔　静守凉月满天
——凉月满天创作论

河北女作家凉月满天的写作，低调又潜行，从未刻意铺排，更无乔张做致，而是润物无声，悄悄成长，在读者心中投下一片"凉月"清影。

20世纪70年代初，凉月满天出生于河北正定一个普通的小村庄，如若试图在那个村庄寻找她的"家学渊源"，势必无功而返：父母就是那一时期的纯正农民，家族里既无令人羡慕的知识分子，更无社会中的翘楚人物，所在乡野也无闪耀的历史巨擘，成长环境更无任何文学晕染。不仅如此，她记事时，典型的北方式贫困的影子并未远去。家里一无藏书，二无笔墨，目力所及，只有镐头、棉花、小麦、猪圈、鸡鸭、蓝天、白云……就在这淳朴的底色上，孱弱的基础教育却强势地作用于她：课本里为数不多的古诗词、课文里绝美的语句，顿然打开一个新世界，一时间，汉字的排列组合营造出的美令她目眩神迷，尚不能彻底了解其中的确切含义，她已在美的感觉中几近窒息。至今，她印象最深的就是在自家小院里，家人正张罗着下地耕种，她的手里拿着个肉包子站在猪圈边，小脑袋里反复播放的是什么呢？——春花秋月何时了，往事知多少……

就这样，一个周身沾着草屑的柴火妞，被命运之神播下一颗神圣的文学种子。拂时代之风，沐天地之雨，文学梦，就在这座散发着土腥味的农家院里，破土了。

两 扇 门

　　古诗词最"蛊"人。凉月满天从诸多的古诗词里体验着最原始的文学冲击，开始疯狂地阅读。小小的她已经开始把读书当作享受了，金戈、铁马、春花、秋月……小脑袋里构筑的一幅幅场景在无声的文字里展开。读初中的时候，一本破烂的纸书传到她手中，破烂到难以捧持。那是说书人的《杨家将》脚本，她捧着这堆烂纸，如获至宝，大人们在院里闲话，她躲到小屋在烂纸堆里如痴如醉。

　　她师范毕业后顺理成章地走上讲台，1991年至2001年间，基本上以教书、读书为命。正当她沉浸在教书、读书之乐中，命运却突然转向——她的嗓子坏掉了。

　　她为同事代课，加上自己的课，两天讲了十二节，年轻的她哪懂科学用嗓，到最后一节课，再也不能发声，一片惊悸中，不得不走下讲台。

　　那个时代的师范生，教书才是安身立命啊！望台兴叹，如何是好？强烈的失落险些把她击垮，学校安排她去了图书馆。讲台上的那种惯性被猛地刹车，极大的落差就像天塌下来。图书馆里那些不用讲课的老师们，交流是无障碍的，而凉月满天在同事之中犹如一台沉默的机器，在校园里走着，身后几个新调进的老师窃窃私语："你说，前面那个人是个哑巴吧？"

　　当"哑巴"的时间有两三年。日常交流全靠用手比画，后来她自嘲无意间学会了哑语。至今，说话稍多时，声带那里就像有一个刀片往下拉，为了避免疼痛，只能不说话、少说话。

　　初到图书馆，她把感兴趣的书全部找来。那时的标志性阅读事件就是线装本《阅微草堂笔记》，读到精彩的地方竟忘记这是公书，兴奋地在上面忘情勾画。而那些书，久无人读，仿佛专门在等她。逐字啃下那套《阅微草堂笔记》，以及诸多厚厚薄薄的古籍，凉月满天后来写作时的古文功力就可想而知了。正因如此，时至今日，相对于"作家"，凉月满天更喜欢被称为"读书人"。

《圣经》里说：当上帝关了这扇门，一定会为你打开另一扇门。冥冥之中的这只巨手，訇然推开写作之门：你不是喜欢读书吗？我就给你一个机会，让你尽情去读、去写！

是否应该感谢这次嗓子重疾，让这个世界多出一位优秀作家？

除了《阅微草堂笔记》，那一时期，凉月满天读的另一个大部头就是普鲁斯特的《追忆似水年华》。那么长的书，一个字儿一个字儿地读，"你要是沉不下心去读，不可能感觉到它的美"。就这样，阅读成为那条垂到井底的绳子，她攀着这条绳子一步步爬出井来。日复一日地编蒲辑柳，为写作做了充足的阅读准备：文学、哲学、历史、佛学、禅思，即使西方哲学家论语言文字的那些相当于论文集的枯燥书籍，她都逐字抠下来，感觉遍纸珠玑，醍醐灌顶。

这么读着的时候，写作不请自来。

网络无形中改变了一个人的人生轨迹。2002年前后，凉月满天有了自己的QQ号，恰好这时有一个亲戚出国，临行前把一台旧电脑留给了她。这可不得了，她从此每天晚上都泡在网上，不少在网上认识的朋友仅从聊天中惊讶于她文笔的灵气，纷纷鼓励她写作，并为她推荐了当时的热门网站——榕树下。

"榕树下"文学网站是一个文学爱好者的集散地，开始时她也是"写着玩"，渐渐看到那么多人的文章被发表出来，被评论被争议被赞美，能不心动！至今她后悔没把那时的后台拍照下来，那可是一溜的退稿啊。她很长时间灰心丧气，不愿再写，这时那几位朋友适时鼓励，一年后才在"榕树下"发表了第一篇，从那时起篇篇命中，迎来了写作的井喷阶段。

口头交流被堵，心头块垒却在榕树下疏解。那是她写作频率最高、情绪最饱满的时刻，也是在这时，《现代妇女》杂志在"榕树下"选中了她的一篇文章予以发表，这使她有了在纸媒发表的第一篇文章。

那真是一个纸媒的黄金时代，当一个新时代开启，凉月满天笔下"心灵鸡汤"的励志文章温暖、抚慰着一代人浮躁的心，不仅《读者》《青年文摘》《中国青年》等全国期刊大咖纷纷"盯"上她，还成为《读者原创版》

等签约作家，全国的文学界也关注到凉月满天这匹"黑马"。

　　茨威格说，一个人最大的幸福莫过于在人生的中途，富有创造力的壮年，发现自己此生的使命。在"使命"这件事上，凉月满天形容为"入魔"。文字仿佛镀了金，一种非凡的魔力。多少个夜半，猛然间冒出的灵感火花，让她噌地一下爬起来跑到书房打开电脑，把零散的"念头"记下来；有时候开着车就走神了：路边风吹杨柳，落叶飘萧，想着这样的景象如何描写……经历了极其危险的几次，后来她轻易不再开车。

　　凉月满天出版的第一本书是《红楼的草根儿们》。还是榕树下，一天，她在后台看到一条出版社编辑发给她的留言，这位编辑关注她肯定不止一天了，编辑给她确定了一个红楼草根的选题，而这个主题偏偏又是凉月满天特别喜欢的。她在两个月内完成了十六七万字的书稿，于2007年出版。从2002年起，近五年的时间内，凉月满天从寂寂无名，到一朝成名天下知。如果说《现代妇女》的文章标志着发表的井喷，那么《红楼的草根儿们》的出版则迎来了她出版的火山爆发，并成为凉月满天写作道路上的里程碑事件。从此，她的作品出版势如破竹，几年之间就成为传说中的"著作等身"——至今，凉月满天已经出版个人作品四十余部，主编、编著近三十种图书。2013年至2019年，是凉月满天的出版高峰期，仅2013年就有六部作品出版：《看淡，活出人生大格局》（武汉出版社，2013年1月）；主编《纪连海点评三国志》（漓江出版社，2013年3月）；《旧食光》（中国华侨出版社，2013年7月）；《逆风飞翔》（吉林美术出版社，2013年12月）；《来不及好好告别：三毛传》（湖南人民出版社，2013年12月）；《美人如诗：林徽因传》（湖南人民出版社，2013年12月），后两部传记分别在三年后再版。其他年份都有三到五部书出版，并渐渐成为再版、获奖专业户。如此出版量、影响力，用"井喷"绝无违和。

　　总揽凉月满天在二十年间的写作，从体裁上属于大散文范畴，用时下的热门说法即为"非虚构"；从内容上讲，则大致分为两大类型：心灵美文和历史人物。

此"汤"味绝

有一段时间,人们对"心灵鸡汤"颇多诟病。当然那是指空洞无物、无病呻吟、矫情做作的所谓"鸡汤文"了。到了凉月满天这里,必须为"鸡汤"正名,因为如果把她的这类文章与那些空洞无物凌空蹈虚者等同,就大错特错了。她"炖"这碗鸡汤的时间足够长,一个人能够几十年如一日"炖"此不疲,捧出一碗碗味道鲜美、营养丰富的鸡汤,实属不易。

凉月满天写作二十余年,最多的作品就是这类心灵美文。文字浅白如溪,思想厚重深邃,淡远深凝,惯于从平凡身边事透射人生。这类心灵鸡汤还可以再细分为生活美文类、哲思感悟类、情感导航类。《在时光逗号处静候佳期》(江苏凤凰文艺出版社,2017年7月),《我为我的心》(文心出版社,2018年7月),《红楼的草根儿们》(新世界出版社,2007年9月),《面对生活,请拈花微笑》(山东人民出版社,2012年9月),《心无所待,随遇而安》(中国经济出版社,2012年10月),《一床明月半床书》(花山文艺出版社,2014年1月),《谁不想被世界温柔相待》(黑龙江教育出版社,2014年5月),《小窗自纪:精装典藏本》(万卷出版公司,2015年8月),《世界开满孤独的花》(新世界出版社,2016年12月)属于生活美文类;有些作品充满生活智慧和职场启迪,如《走自己的路,让西瓜去说吧》(华东师范大学出版社,2009年4月),《有一种智慧叫放下》(金城出版社,2009年6月),《你可以有主见,但不能固执己见》(中国电影出版社,2018年9月),《将来的你,一定会感谢现在不设限的自己》(北京理工大学出版社,2016年6月),《我没有草原,但我有过一匹马》(哈尔滨出版社,2016年1月),《思想像花儿一样开放》(外语教学与研究出版社,2015年8月)都属于哲思感悟类;作为知识女性,凉月满天的作品中还有一类是留给情感的:《我是你的如花美眷》(哈尔滨出版社,2011年5月),《女人一生的美妙螺旋》(成都时代出版社,2016年9月),《这段感情只对你我有意义》(清华大学出版社,2014年1月),为女性发声，为情感导航，这一部分情感美文展现了作者本人最为鲜活、野性和真挚的情感世界，将这个世界上的两性关系抽丝剥茧，水落石出，这也让她不仅在女性中大量圈粉，男性世界中也有大批拥趸。

四十多岁的时候，凉月满天经过了一次婚变，她被打伤腰椎躺在医院里。那一时期，父亲半瘫，母亲心脏病，女儿尚幼……仿佛天塌了下来，偌大世界没有一个人可以依靠。躺在病床上的她，惦记着《林徽因传》的写作，截稿日期已定，她也从不拖稿，硬是躺在病床上抱着笔记本电脑，完成了《林徽因传》。

对于这个世界的善，她永世铭记；对于这个世界的恶，也不会去表演自己的宽宏大量。"未经他人苦，莫劝他人善"，天命之年的凉月满天承受过恩情，也经历了背叛，连婚变都没能打倒她，《林徽因传》的写作就自然地带进了自己那一时刻的生命体验。

倘若凉月满天端给读者的这碗"汤"毫无营养，出版社绝不会傻傻地为她频繁出版——读者喜爱她这碗"鸡汤"。她的"汤"里盛满文学的、哲学的、历史的慰藉和激励，年轻一代和学生的热捧，已说明一切。《在时光逗号处静候佳期》中有一篇《冷暖无惊》，结尾处她写道："不惊呼，不哭泣，哭泣也可以，却不诅咒，知道这个世界是这样的。"她还欣赏周华健，"你来了，风继续吹，你走了，风还继续吹，这就是事实，虽然残酷，却很真实"。她虽在《灵魂金粉》中说"其实我们都是利己主义者，于己有用的，钻破头去学、去懂，于自己无用的，学它来作什么"，可是有着异常敏锐的嗅觉、味觉和极高的艺术鉴赏力的凉月满天，同时又明白，"总还有一些无用的书喜欢读，一些看似无用的知识愿意知道，因为读了会开心，知道了会高兴"。

活得焦虑不安，已是这个时代大众的普遍症候，当人们在滚滚红尘中日益沦陷，凉月满天的"鸡汤"的治愈作用也日益显现。蕴藉儒雅的文字意境高远，深涵若海，并充满含英咀华般的自我观照。她的文章素材众多，包罗丰富，但铺排有致，收放自如，读来如在一处从未名世的胜境探索，引人叫妙不绝，叹不虚此行。

在心灵鸡汤写作的同时，特别是在浩如烟海的阅读中，凉月满天从古典文化的熏染中，嗅到草木的香气以及日常食物的古典含义。于是她的美文还有一部分给了花草美食：《古诗词里的草木香》（万卷出版社，2020年8月），《鲜味：正是人间好食节》（北京时代华文书局，2015年），《旧食光》（中国华侨出版社，2015年7月）等。

《古诗词里的草木香》是一部从花草中引申出人生哲理的美文集，书中拣择五十余种草木、两百余篇诗词，并附以精美本草彩绘图鉴唯美成篇，开启了一段现代人与草木相遇的旅程。以《薤上露，何易晞》为例，知识性、趣味性以及视觉效果绝美呈现："薤"其实就是野蒜，但这样一个生僻的学名被她写出了无尽的香鲜，参出别样的人生感悟。《鲜味：正是人间好食节》是一部将诗词和饮食文化相结合的随笔集，不仅有琳琅满目的食材，更有诗词、史料，有探秘、玩味，有莼菜、薤菜等多见于古代作品中，却未被当代人们熟识的食材，有先民五谷的祭祀信仰以及流传中的演变，有文人士大夫或是贩夫走卒所喜爱的酒食。本书具备诗词与美食的双重味道，从古代食物中穿插故事、典故，结合当下生活，书写人们与草木的相遇与相知，抒发怀古幽思，彰显古典文化之美。《旧食光》则以温暖的食物讲述温情的故事，通过一餐餐简单的饭食引申出生活里发生的平凡却充满乐趣的故事，朴实而温暖，更由此引出所赋予的生活哲理。

这一时期，凉月满天辞藻华丽，语言优美，所呈现的文学世界姹紫嫣红，旖旎多姿。表面上看她在写花草美食，其实花草美食只是载体，"载"来了人生诸味。值得一提的还有凉月满天的语言特点。她的语言多为小段、短句，短而明晰，简约饱满，俏敏成趣，意绪婆娑。《读者·原创版》主编张笑阳评点凉月满天的文字，"短的句式、对话、细节的铺陈，细致入微又带着悲悯的人世观察"。中国社会科学院研究所副研究员吴子林则说凉月满天的作品"好就好在不让人觉得它们是文章，在那里难寻着技巧"。凭文字掀动读者的情感，使你如醉如痴，而她自己屹如高山，冷眼泰然……抛开才情与坚执，正是不矫饰、不训诫的风格，令人激赏。

绿窗明月在　青史古人空

生命进入不惑，美文写作近十年之后，仿佛狂风落尽深红色，凉月满天渐渐从华丽中沉淀出一个个重磅人物传记。自2013年至今，先后有三毛、杨绛、林徽因、陆小曼、苏东坡、李白、杜甫、纳兰性德以及三国时诸葛亮、曹操、司马懿等一大批人物走到凉月满天的笔下。

女性人物葳蕤婀娜，璀璨夺目。凉月满天笔下最斑斓的女性人物当属林徽因了——《美人如诗——林徽因传》。林徽因的传记车载斗量，但凉月满天笔下的林徽因融入了自己独特的生命体验，由于这部书是她躺在病床上写就，关于女人，关于才华，关于美貌，关于婚姻，关于爱情……就有了草叶露珠般的生动真切，以及一种慑人的力量，为这个世界因情所困、因情所乱的人们开出一个清凉的药方。《来不及好好告别：三毛传》更是受到众多追捧，一个陌生女子在网络里留下读后感："喜欢凉月满天的文字，不是一天两天了……她的文字里飘出来的，真是如她的文字，凉月满天，银光满地，清凉无比，直沁心脾。"这位女读者还把凉月满天的文字比作最好的"美容剂"，是"无法舍弃的心灵鸡汤"，陪伴自己度过了许多欢乐或阴郁的时光。民国名媛陆小曼一直热度不衰，《陆小曼：悄悄是别离的笙箫》绽放了作者一贯的冷凝蕴藉，将陆小曼传奇而悲情的一生一一铺展，与之相关的人物：林徽因、徐志摩、王赓、翁瑞午，在彼此之间的情爱纠缠中，展现了一代名媛的任性一生。凉月满天写杨绛，无论她本人是否遇到属于自己的那个"钱锺书"，但某些时候仿佛她就成为另一个杨绛，诚如钱锺书母亲盛赞杨绛的："笔杆摇得，锅铲握得，在家什么粗活都干，真是上得厅堂，下得厨房，下水能游，出水能跳……"当然，对于凉月满天，命运奇诡，并非个人所能掌控。但这两个女人却在冥冥中惺惺相惜，不约而同地践行着杨绛对诗人兰德的译介："我和谁都不争，和谁争我都不屑；我爱大自然，其次是艺术。"

凉月满天与这些杰出的女性人物，虽生活年代不同，经历各异，却彼此心性相通，心魂相映，仿佛五百年前她们就已神交。她们来到凉月满天笔下，多了一个后世懂她们的人。在这个世界上，懂是多么珍贵，某些时候，懂要远远高于爱。一个人懂你必定爱你，反之，一个人说他爱你，未必懂你。这些奇女子栖落凉月满天的笔端，立即建立起一条懂的通道，相知相惜，端的知己。

凉月满天笔下的男性人物尤以三国三部曲备受瞩目。"三国牛人三部曲"以一支轻灵之笔抒写凝重灵动的三国文化流脉。《司马懿：一个能忍的牛人》（辽宁人民出版社，2018 年 8 月），《诸葛亮：一个能算的牛人》（辽宁人民出版社，2019 年 1 月），《曹操：一个能变的牛人》（现代出版社，2019 年 4 月），三部书很好看、很耐看。纸页里尽是千年前汹涌翻卷的历史风烟，"穿梭"其间，时而生出一种别样的况味以及时空流变的恍惚。

江河汪洋，星空浩瀚，曾经有一段历史接续秦汉，如许宽阔，却遭遇巨石峡谷，奔腾成激荡的浊流，这就是"天下大势，合久必分"出来的波澜气象：三国。华夏大地漫长的历史演变中，三国群雄纷争，一个华丽黯黑的时代。虽只有存活了数十年，三国时期却对整个中国历史影响深远，波谲云诡的事件，澎湃壮阔的背景，眼花缭乱的命运，它们组成一幅色彩斑斓的投影，投射在中国历史的幕布上，吸引着一代又一代中国人去探究去研磨。

司马懿、诸葛亮、曹操，各有千秋，各司其职，又恩怨勾连，生死与共。无论现实中，还是文学作品里，这三位都被后人津津乐道，口口相传。当然，他们来到凉月满天笔下，周身就打上特殊的烙印，诸葛亮长髯羽扇、气度淡然，司马懿沉默隐忍、工于心计，曹操腹黑善变却又王者荣耀……凉月满天是个尺牍高手，她抛却了约定俗成中的历史脸谱，倾筐倒箧，又剀切中理，赋予三人多面和矛盾的个性，再加上历史的难言与无奈，形成丰满立体的"这一个"。看得出，凉月满天尤其对诸葛亮钟爱有加，称他"谋而有勇，智而有仁"。他内藏颖慧，智高慧深，明明可以给自己经营广厦万间，蓄美妾无数，珍宝古玩堆积如山，享尽人间荣华富贵，但他却活着寒俭、死时寒酸；他甚至放着自己的儿子不管，去管别人的儿子，给别人的儿子"打工",把职业干成了事业,倒在职场。他拼尽一生,为别人做嫁衣裳。在作者眼里,诸葛亮"有资格成为一个完人"。

是谁说过,历史乃是过去在心灵中的重演?凉月满天说自己每写一个历史上真实而鲜活的人物,总觉得"替他们又重新活过一遍"。她不为他们辩解,也不把他们打倒或推向神坛,仅仅是从历史的纵横经纬中,挑线绣织出"这一个"。

为了写好这些历史人物,凉月满天阅读《后汉书》《三国志》《晋书》《资治通鉴》等大部头,在浩如烟海的史籍中披卷破帙,遐思翩跹,思接千古,以古刲今,使人物卓然昂立,浮现在历史的幕布上。这期间,凉月满天整个人得到生命的沉淀,摒弃了浮华,无论人生还是文字,静冷、俏敏、端丽多姿,但简约灵透,情感丰沛。你在她身上找不到一丝矫情和造作,相反,她的人特别是文字处处透着冷飕飕,稳准狠,甚至一副"恶狠狠"——恶狠狠地屏退纷扰、攘往,独留一份清静、安宁,用来侍弄她的文学。

作为教育部"十一五"规划课题组专家,凉月满天多次参与主编或编著诸多项目:"语文热点""经典阅读""青春读本"等中小学生课外读物近三十部。至今,谈到出版书目的精确数字,她甚至一脸懵懂。一个连自己的出版量都说不清楚的人,可见时间、心力的方向:寸阴尺璧中,成就了"著作等身"。

其实,"著作等身"用于凉月满天何其流俗,她本人也毫不在意。一直以来的低调行事,让她的文学成就远远被低估。这种态势一如她的"凉氏"腔调,无论为文为人,凉,是基础体温。说凉,千万别忽略她对文学的"热",这种"热"是用"凉"呈现的,这时,"凉"也成为"热"的表现形式,成为她的作品和整个人的真实写照。感受了人生里那份难以逃脱的灰暗、粗鄙、悲哀,凉月满天让自己轻坐莲上,指尖微凉。她的微信头像是一朵莲花,朋友圈背景仿佛贾宝玉决绝而去的背影,白茫茫一片中,隐约出一个人的行事规则和生命志趣。

进入2022年,网络上流行一段话:"不要跟善于独处的人诉说繁华。每一颗善于独处的灵魂都是从人声鼎沸里拼命冲到了现在自己的一片净土。"这段话仿佛为凉月满天量身定制。有些人被财富撕烂了,向欲望投降了,坐拥四十余部作品的凉月满天,正值创作的盛年,胸中块垒已化作天边彩虹。走过千山万水,依然用她的文字,为生命割一个出口,将那些人生的郁积酿成肥料,涵育一朵孤绝的花。作为读者,我们没有理由不对她的"下一部"充满期待。

一对年过半百的"疯子"

"只要出发,就有收获!"

"不走寻常路,只爱陌生人!"

"一妻一'切'(越野车切诺基)走天涯。"

"并非所有的越野、探险都要等工作稳定、经济充分了才能去,关键在于你有没有说走就走的激情和冲动。"

"若你也是一个自驾游向往者,请立即出发!"

……

在这个一切皆有可能的时代,这些热气腾腾的文字出自一对天命之年的夫妻,他们的自驾合集《45岁以后,一起出发——一对中年夫妻的畅快自驾游》。

这是一本"夫妻书"。文字作者叫莲花,莲花口中的先生,一个"骨灰级"的摄友——"逆光中的树",则是众人眼中的"帅锅(哥)"。此书中,莲花主文,"帅锅"谋图,他们自从十几年前一次偶然的自驾探亲,自南向北穿越大半个中国,从此萌发的自驾梦挥之不去。这些年来,夫妻二人多次出发,欢快地用车辙丈量着中国的大幅版图,探西(西部),访古(古村落),是他们出行的永恒主题。他们越"驾"越远,川西贡嘎雪山、秦岭、甘南、川藏北线、世界屋脊……他们还自行设计了无数个"主题"驾:闽浙交界的古廊桥、永定土楼、沙县小吃、江西明清时期的古村落、湘西安化黑茶……那些地方,自有属于他们的热情与梦想,幽逸与孤绝,"一辆车,两个人,我们一次次战胜自己,一次次幸运地被高山大川接纳,一次次将美景拥入怀中"。这颗颗文字渗出的万千气象、自由与不羁、血性与烈性、天风呼啸、风物奇异、固执的奔袭、迷人的放逐、炽烈着、恬淡着，呵，好拉风啊！想想，已让我向往得心疼。

当然，起初我可不是这么想的。杭州是什么概念？我就别在这里矫情了，但有一点，只有杭州之外的人心目中的杭州才"最杭州"。这话虽有点儿饶舌，但作为北方人的我，对此深有体悟。追逐远方，是一种看似浪漫实则艰辛的旅行方式，虽已被越来越多的年轻人追捧，也被更多的同龄人质疑，甚至有人直接问他们：杭州那么好的地方，我们想去都去不成，你们还往外跑个什么劲儿？看看莲花怎么说的："在一个地方待久了，哪怕是杭州这样被誉为'人间天堂'的城市，也会需要到一个陌生的地方去看看，无拘无束地欣赏别样的风景，和陌生人聊聊，品尝热辣刺激的美食……"这就是旅行的收获，也是人类向往远方、向往未知的情怀！

是啊，人都喜欢探究与自己相反的事物，比如，看惯了身边糯软的江南，并不妨碍他们执拗地着迷粗犷的西部；看惯了都市的光怪陆离，就向往偏远古朴的原始村落。西部，古镇，永远也别想在他们这里审美疲劳，那份辽阔与厚重的积淀，总让他们常看常新。这本书不厚，十多万字，配有图片，用不太"文艺"的说法：很好读。他们精选了三条自驾路线："朝圣——向着拉萨""诗意——寻找白龙江""探寻——在湘西的崇山峻岭里游走"。综合他们自驾的所有路线，他们的车辙大部分印在了西部。西部，在他们这里是一个浓得难以化开的情结，由于随父母在军营，莲花算是半个成都人，而"帅锅"则在兰州长大，他们骨子里熔进了钢铁般的西部，西部在他们心里，既是一种柔软，又是一种坚硬。由于这本书，我再次打量遥远的西部。我身边经常出现一些对西部痴念至死的西部迷，我的一位老领导三十六岁的儿子，对西藏有着一种前世今生的痴迷，经常毫无预备地只身进藏，就在2010年国庆节，他在独自进藏后第三天，某种谶意一样，永远地留在了那片神奇神秘的高原……有了这些"别人的"西部，我则以一种局外的心情打量着西部，以至他们的西部在我眼里也成为一个谜。

这本书无论文字作者还是图片摄影者，我对他们都不陌生。"帅锅"

是我家先生的战友，二十多年前他们在同一部队摸爬滚打，虽转业后天各一方，"帅锅"随莲花去了杭州，我们留在石家庄。但"帅锅"的父母家人都在石家庄，他们难以切断与这座北方城市的血脉勾连。二十多年来，先生与"帅锅"不间断联络，他们的消息时而传来。我虽对莲花印象模糊，清晰地知道她是公务员，但她实质上却是一个文人，记者、编辑出身，自称"文艺女中年"。一直以来难得见她的文字，因我业余也喜欢舞弄点儿文墨，也算关注她的文字，料定她因工作原因肯定惯于公文式样，而这与文学又有着众所周知的隔膜。当我读完这本书，发现作为公务员的莲花并没被公文格式化，而是情感文采兼备。"帅锅"呢，我们早就知道此人爱车如命，同时痴迷摄影，书中的图片皆出自他手。我对摄影纯属外行，仅仅凭一点儿欣赏的兴趣，约略知道他的照片已经相当专业，尤其那种墨蓝的底色、苍凉、莽阔、悲怆的风格，加之庙宇和僧人配衬，显得雄浑、凝重。

　　这年春节，我们也自驾到了杭州，在"帅锅"家里，当他们颇为"惊艳"地推出这本书，我有瞬间的意外，但立即释然。翻开，原来，这些年，两个"疯子"已经"疯跑"了大半个中国！至此，我才恍然，两个年龄加起来已经过百的人的生活也可以如此"不安分"！看看莲花在自序中说得多好："人生中总会有些日子是给自己的，就找那么几天时间，带着简单的行李，开着自家并不高档豪华的越野车，向着某个天高云淡的方向，自由自在地前行。"读着这样的话，我内心某处被激烈扯动，瞬而又五味杂陈，十年前我若读这样的句子，会生出"负罪"感，仿佛一直被教导"勤奋、耐劳、克己"等理念已根深蒂固，稍有享受则生出放纵的罪恶感。但当我也进入天命之年，面对天命的莲花这样"口吐莲花"，我由衷地为她点一万个赞！

　　"爱茶艺、爱美食、向往追风逐云"的莲花，还是一个双鱼座的莲花，双鱼座另一个代名词是"浪漫至死"，所以，莲花心心念念把自己浪漫地抛在路上，我一点儿也不意外，他们单车进藏的机缘竟也来源于浪漫透顶的仓央嘉措《那一天》。他们尚未退休，远不能说走就走，正如董桥先生的"身在名场翻滚，心在荒村听雨"，路上飞扬着两颗不羁的灵魂。G60、G30以及无数条GN打头的线路成为他们旅途的共同术语，他们的夫妇亲情就被编织进了这苍茫旅途中，瞧瞧，在他们眼中，一块广告牌也是风景，一棵草也让他们欣喜若狂。就在他们对西部的执念里，我看到了他们对于生命的敬意。在他们心里，"西部"不仅仅是地理、经济概念，更是文化概念，是一种图腾和归宿。在城市的铁律下，规则、忙碌、拥堵日复一日地修饰和牵制着我们，以至渐渐麻木，无纹无波，而莲花他们，"在杭州城里看惯了四季的花朵和枝繁叶茂的大树，对眼前西部这大片的无人区就更加关切起来，在高寒的原野上，能见到个人，能看到棵树，都成了快乐的组成部分"。

并非每个人都能把日子给自己，只有肥沃的心灵才懂得"追讨"自己的日子，这是一种生命的恩泽。我景仰这样的心灵，只有这样一颗丰饶的心才懂得这样的日子的万千气象。康德一生固守康尼斯堡，从未离开。我对此一直不解，这位哲人如何就在方圆不足一公里的区域里运筹宇宙？这在我永远也办不到。而我的偶像毛姆却是另一番景象，他如果在一个地方住满三个月，就会觉得哪里都不对劲儿，立即着手下一个旅行，由此，他也被称为"一只贴满标签的旅行箱"，这样的人生多带劲儿！生命最完整的样子，一定是在旅途。一个人对旅行的态度，折射了他对生活的理解。一个懂得旅行的人，必然比困守一隅的人，多了探究真实、了解未知的勇气和激情。

读着这本书，我的心，我的眼睛，跟着他们那辆越野车在不同海拔间起起落落。从杭州西湖的海拔20米到青藏高原的5000多米，从地理海拔到生命海拔，他们一次次挑战并超越自己，我为他们这种晒幸福的方式欣悦不已。壮丽的山川、美丽的风景以及独特的民风民俗，需要心灵的震撼更需要生动的图文记录，他们懂得以自己的方式安置中年生活，这与许多同龄人相比，人生的高度、厚度、广度，不知超出了多少。

需要说明的是，抛开其文学性，这本书本身就可以作为一本自驾攻略，他们的行车路线、住宿、饮食，包括对意外的处置，对困难的克服，对自然的认识，对生命的体悟，都是真实，再真实，实用，再实用。我已打算直接带上这本书上路，践行莲花那个号召：立即出发！

所以，当我在这个春夜轻掩书卷，除了因西部风情的蛊惑而蠢蠢欲动之外，只能一遍又一遍地想念千里之外那两个年过半百的"疯子"……

在数字的天空云卷云舒
——云舒小说印象

云舒实名张冰,一直以来,左手金融,右手小说,"女行长+小说",这个看上去南辕北辙的组合,令人迫不及待走进她的世界。

一

目前为止,云舒的小说分为三种类型:金融,日常,金融+日常。

历来,文学与医学的交集一贯响亮而崇高:鲁迅、毛姆、毕淑敏、池莉、渡边淳一……医与文都必须围绕着"人",而文学与金融"相交"将会如何?在我浅薄的见识里,金融不过是一场人"玩"钱的数字游戏,"文+钱",如此"分裂"、难以"化合"的两个事物,竟毫无违和地统一到一个人身上,难道不该让人惊愕莫名吗?如果说,弃医从文的作家们从解剖人的肉体改为钻探人的灵魂尚且从未离开"人",大学教授、编辑记者们的写作也可以心手相应,那么,日常"玩钱"时而又"玩文"的云舒则显得别具一格。由之,我对云舒在数字和文学之间自如切换的本事,甚觉神秘、隆重,似观天人。文学之人,体现造梦、浪漫功夫,直接的个性表现就是吟风诵月,天马行空,形象思维爆棚,间接的行事风格则不擅伪装和锋芒毕露。而金融又是什么,那个数字王国,贷款存款,投入产出,上司同事……此时,这里却出现了一片属于云舒的别样世界,纤弱女子,凌厉行长,其间的金融风云、商界硝烟以及波诡云谲的办公室政治——惯于"玩钱"的云舒,竟也把文学"玩"得风生水起,花影摇曳。

长篇小说《女行长》（上海文艺出版社，2007年1月）至今备受关注。某国有银行小职员章涧溪，在她三十岁生日那天，一直没能等到最为在意的一份生日祝福，心情寥寥，于是从不亲自送报告的她以一个"逛商场"的托词来到市行送材料，从敲开内控部主任办公室的门的刹那，她的命运随之一亮——成功地调入市行。行长高澎湃的知遇之恩，副行长张若凡的暧昧犹疑，副行长庄大伟的阴险诡计，同事小丁的率真坦诚，同僚欧阳的套路提防，以及一众同事墙倒众推的跟红顶白，爱情、亲情、友情、欺骗、背叛、算计……显然，《女行长》具有明显的"自传"性，为读者呈现的是原汁原味的银行职场原生态。

章涧溪到了中篇小说《凌乱年》（《中国作家》2013年第12期）里，成为泼辣能干的副行长章清溪。人到中年，工作中有直接上司李利行长，家庭中有作为国学大师的"明星"丈夫王家瑞以及即将考研或出国留学的女儿王诚诚，而工作家庭之外，她自己也遭遇了大学初恋张雨浓。此时的章清溪，在职场上是对手，在生活中是女儿眼中的"狼妈"、小姑子及家人眼中的"能人"，在初恋眼中的魅力更是有增无减。在金城支行，章清溪分管竞争最为激烈的"对公业务"，相当于"在前线拼刺刀"。然而，原办公室主任贾增成功利用李利与章清溪之间的嫌隙，"推波助澜地一边给章清溪更多的表现机会，一边让李利的不满暴露在老行长面前"，最后贾增稳稳坐上了市行行长的宝座。贾增最"狠"的一招儿还是对章清溪和李利的"一箭双雕"——让他俩搭班子，这样的情势愈加微妙。接下来爆发的一场"战争"就让贾增自鸣得意了：章清溪倾情参与奋力拼搏的项目，在落实年终奖时，李利竟出乎意料地自留十六万，最后不但原计划给章清溪的五千元被取消，而且项目小组上竟然抹掉章清溪的名字。然而，纵使这样明火执仗的不公，人人却隔岸观火，以至外人看上去，整天兢兢业业的章清溪，缘何"人缘"糟糕至此？这样的桥段，无疑会让初涉职场的人难以理解和接受，而有了一定生活阅历的我们，却如身临其境——这就是活生生的现实。

这样的局面，还是章清溪迎来的兔年春节，更加凌乱。春节后，终于，女儿的研究生成绩过线了，小姑子也有了理想的归宿，章清溪与丈夫王家瑞度过了婚姻危机，但时光一旦插手生活，变化在所难免——"两个月后，李利交流到其他支行了，半年后贾增上调到省行后勤中心当总经理去了"，"日子依旧在光阴里徐徐前行，章清溪还是一如既往地平淡而又紧张地做着她的工作"，章清溪依旧要到市行信贷处去批贷款，副处长终于打破了沉默："到底是怎么回事？你看因为你，全行的贷款奖励都没能在年前发到手。"章清溪真的平淡下来，"我还要问你怎么回事呢？怎么当时就把我排除在外了？"

读者惊魂未定之时，作者并未给出事件的真相，而是留给读者无限的思索空间，任由读者自己去假设章清溪的"人设崩塌"：极为敬业，一直勤奋，待人公平，处处维护大局，那么——劳动模范是如何躺枪的？小说对职场女性的关注灵动细腻，人物刻画入木三分，荣获第七届鄂尔多斯文学奖。

《极寒之后》（《金融文坛》2020年第2期），就是当今银行的现场直播。从基层银行终于由副转正的黄达斌，在初冬被提拔到西大街支行，本意是新官上任一展拳脚，无奈却遭遇了极寒九连环：被老同学的圈套算计、被不良企业拖累、被不明真相同事误解，但极寒之后，好在有他一直看好并蒸蒸日上的高科技产业支撑，另有一个曾给他制造麻烦的平民姚美丽却给他带来翻身的契机，一份百密一疏的协议让投机者得到应有的惩罚，而临近退休的黄达斌被聘为新事业的财务顾问……极寒将尽，一切蓄势待发。

《女行长》、《凌乱年》和《极寒之后》，仅标题就写满故事，如海底的虹吸，强台风一样把读者"吸"入故事的风暴眼。银行的工作，数字的天空，原本以为业务部门虽不至于"净土"，但相对官场，总该单纯一些吧，谁知却比官场更加复杂——官场就是官场，而银行却是"官场+商场"。云舒的笔下，不是一般的刀光剑影，每篇读完，水与火的激荡，火山一样的喷发，给人的感觉，主人公不是身处"战火硝烟"，就是奔赴"硝烟战火"。云舒心中眼中甚而笔下，银行的工作不仅安身立命，还是有温度的。一线滚打，芝草无根，或许正因她的文字生发于数字之中，所以也最原浆最天然，无套路技巧，无刻意雕琢，拥有最大的创作自由，保障了写作的野生和原发性。这样的职场原味,不能编造,只能是生活磨炼环境熏陶、先天素质后天修养、多年浸泡酿造而成。看尽职场百态,云舒锐利的笔锋准准地搭在人性的脉搏上,手起刀落,干净利落,而她的故事又密不透风,状似"恐怖伊恩",令人不安,又极带劲儿,让人一眼辨别烈酒与温吞水。

读着云舒的金融小说,我脑海中闪出"商战小说"的身影,这又让我想起一个人——香港财经作家梁凤仪,显然,我从云舒的小说中读出了梁凤仪的味道。同为女作家的金融书写,看得出她们对本职工作的情感。我对自己这一想法稍作惊异,毕竟,梁凤仪的财经小说以香港为故事背景,故事年代也已是三十年前,然而,我仍感到我能对这两个名字产生这样的联想肯定不是偶然——她们的小说有着一个共同特质:财经背景。

20世纪90年代,内地作者曾久久沉醉于梁凤仪财经小说带来的强烈陌生感。当香港来到世纪之交,特别是回归祖国后,这个世界大都会成为经济发达、竞争激烈的现代社会大舞台,并做了梁凤仪最重要的小说背景,把带有她强烈的个人色彩的香港推到内地读者面前。于是,梁凤仪在小说中所描写的商界风云、竞争故事、情爱纠葛,既让香港读者喜爱,也能吸引内地读者的兴趣。那段时间,内地刮起一股"梁旋风",魅力之大,叹为观止。这也与她的作品多以都市商界为背景有关,在人情、爱情、商情、财情的复杂关系场中,将商战、情爱、励志的因素融入传奇故事中,故事情节跌宕起伏,主人公悲欢离合,真切感情缠绕纠葛,而这些因素,恰恰是当代职场、商界和社会现实的折射。这让内地读者恍然:哦,香港的职业女性原来是这样的!

梁凤仪本人还是一个从来没有离开过商场的女强人。"梁凤仪式香港"来自那一部部商战小说:《金融大风暴》《豪门惊梦》《大家族》《风云变》《信是有缘》……此时读着云舒的金融小说,《凌乱年》让我想起《风云变》,《金融大风暴》与《极寒之后》也有近似,《女行长》更与梁凤仪的许多小说如《千堆雪》《昨夜长风》《花帜》等有着异曲同工之妙。当然,云舒的故事都发生在内地的银行,以及内地改革开放大背景下的经济发展大变局。其实抛开这一切,我更看重她们共同的职场与文学身份,这使她们的故事贴上"伦敦眼"似的标签，写到"核心技术"处，有的读者公开说"看不懂"，包括我读云舒的小说，里面有的业务细节也令我觉得很"隔"，同时，又不得不承认她们笔下逼真的故事都来自她们的职场"实战"。正因为她们一直在商界浴血奋战，才使得她们的财经、金融书写很接地气。我相信这就是她们的门牌号，也可以说是"核心竞争力"，他人难以模仿。

二

从金融"起家"，却又不仅仅限于金融。《亲爱的武汉》《朋友圈的硝烟》《青萍之末》，又让读者认识云舒很"日常"的一面。

《亲爱的武汉》（《小说月报·原创版》，2020年第5期），这部小说也一改云舒之前的职场凌厉之风，一下子把作者带到父辈的命运纠葛之中。小说情节虽到最后才落实到武汉，但通篇却被一个武汉拉小提琴的"资本家小姐"洪清萍"统领"着。挺拔英俊的志愿军军医与武汉的师范女生洪清萍在鸿雁传书中确立了爱情，然而特殊年代的荒唐又让父辈们阴差阳错地错过。最终深埋于心的挚爱终究是难以泯灭的，尽管父亲已经去世，时代却没让情缘隔断，"那明亮的大眼睛，幽黑的眸子，辫梢的蝴蝶结，还有肩上的小提琴"——这是"我"心目中武汉的"资本家小姐妈妈"，一想起她，"我便如向日葵般把脑袋把身子把我所有的精力都聚焦在那张照片上"。作为最像"洪清萍妈妈"的小女儿，"我"将"武汉妈妈"的情结渲染到极致。令人欣喜的是，女儿留学归来竟签约了武汉的公司，并在一个春节找到了洪清萍的同学米老师，悠扬的小提琴声"像极了天使的翅膀，亲吻着我们的脸颊，亲吻着武汉三镇，亲吻着过去和未来"。

《朋友圈的硝烟》（《小说月报·原创版》，2017年第6期），题目甚妙，把人人不离手的微信题材挖掘出来。米兰和许玫这一对闺蜜在微信中的"斗法"，令人不忍直视，将现代生活在微信朋友圈做了极为精彩的展示与延伸，揭示了当下社会中人与人之间微妙纷争又互依互存的关系。自从微信问世，人与人之间变得更加扑朔迷离，必须承认，微信大大改变了人们的生活。

人人手中有，人人笔下无，云舒迅速捕捉到并让微信朋友圈来到笔下，成为她自己的文学"富矿"。

《青萍之末》(《长江文艺》，2018年第4期)把笔触延伸到现代生活的深层肌理，表现为强烈的现实感，那是我们人人亲历的纷乱无序而又不乏温情的现代生活，如对"房子是住的，而不是炒的"的精妙阐释。三姐妹的名字分别是王晓青、王晓萍、王晓末，故事围绕三姐妹展开了一系列的"房子故事"，这里有前几年暴热的房产泡沫现象，有失业、有创业、有亲情，也有亲情里的潜规则，几分无奈，几分攀爬，但人们都在努力生活。小说形象地把现实中人们的生活与这一时代命题巧妙结合，显示了一个作家对反映当下的关注与担当。

发表于2021年第4期《长城》上的《羽翼》，则是"金融+日常"的有机融合。

篇名《羽翼》，实为知名大学的徐宏伟教授以及年轻一代们：女儿采薇、学生纪然以及高中初恋林立的女儿天嘉之间，沧桑而又活力十足的"互动"。功成名就的徐教授占全了中年男人"升官发财死老婆"的"最佳境界"，学生纪然几乎成为他的第二任妻子；高中单恋女友林立的女儿天嘉和纪然都属于那种名校高才生，她们都听从父母之命随波逐流就业到了银行，又都属于"没有关系想转岗挺难，也许要做一辈子柜员……"的那一类，却不得不为了一个"北京户口"，面对一个连"高中生都能做"的柜员岗，宁可"明珠暗投"。由于徐教授当初的高徒们有的在银行任要职，于是徐教授就成为众人脱离"柜员大战"的焦点人物。小说里有中年人的恍惚、年轻人的颓靡、命运之前的犹疑，一番左冲右突之后，他们又都"羽翼"丰满，做了自己命运的主人：徐教授在和纪然登记结婚时，"就像在阶梯教室一样洪亮"地喊出"我不愿意"；天嘉硬是卖掉（或抵押）房子去欧洲游学了；纪然回到自己的家乡东北成为北京某租赁公司外派人员；女儿采薇也按照自己的意愿回国创业，将在西山开办自己心仪的"宠物乐园"。"孩子们"按照各自的意愿"飞"起来了。

三

　　稳、准、狠，是我对云舒小说语言的总体印象，尤其是那股狠劲儿，让人痛快淋漓。有温度，有辣度，凌厉，鲜活，稠密，看起来并非刻意，却往往能片言解颐，寸铁杀人，千般妩媚，又足够霸凌。云舒的小说呈现一种潮水般奔涌的语言流，密集的文字排山倒海般向读者砸过来，推着读者亦步亦趋地跟着她的脚步，想丢掉一个字都不行。读云舒就别想在风景中悠游，始终的不适、不安、紧张让人充满阅读的期待，却也彰显一种精雕细磨的典雅，绝非那种一泄万言、倚马可待的浮语虚辞。比如："到了腊月初一，就开始有了年的脉络，年的味道也开始弥漫，各色人等都为了年开始准备。……可章清溪觉得年就像春天漫天飞舞的柳絮，一不留神就钻进鼻子孔里，钻进喉咙里，那种挠不得打不得而又时时撩拨你神经的痒让你哭笑不得，欲罢不能。""章清溪是个比较传统的人，但唯独对年提不起兴趣，甚至可以说对年早已麻木了，在某种程度上她更害怕过年。她喜欢简单的生活，但年像一个乘数，平常很简单的生活被生生放大了许多倍，乘出了万千气象。"

　　虽在金融的战火硝烟中滚打，但章清溪喜欢"瘦瘦的灯光，喜欢淡淡的茶香，喜欢静静的光阴"。可她又是如此要强，在男上司、男同事眼里"不是一般的女同志"。"李利的'冷脸'如同一张硬弓，把章清溪的箭牢牢镶嵌在弦上，那就没有不发的道理了"。《亲爱的武汉》中的母亲穿上苏联版的布拉吉，"别说走动，身子只要一颤便落在万花丛中。……阳光下母亲在后方医院的山坡上，像花朵般摇曳着，绽放着，走到了父亲的生活里"。这种笔锋真可谓一针见血又精准熨帖，使读者感到痛快，温而热、涩而甘、辣而腴的意味中，还散发一种"云卷云舒"的从容。小说中的某些术语也很是灵动亲切，比如"省行""市行""上级行"，以及行业里约定俗成的称呼"杨行""黄行""大王局""小王局"……简洁而生动，让人回味无穷，更让相关行业的职场人士感同身受。这让云舒的语言为自己贴了标签，呈现独有的腔调，饱满酣畅，处处显露自我特质。

一直以来，每当谈及职业选择，我对自己有一个相当严明的"戒律"：会计和医生，这两个职业是我永远的禁地。我对数字的"短路"时时酝酿着我对云舒的惊讶：她先天对数字的灵性与禀赋，同时又在文字之间熟稔穿行。每当想到银行，我总觉得在数字中浸透滚打的云舒们是在"受刑"，这也致使我对云舒小说中某些金融"业务"似懂非懂，这也极大增加了云舒金融小说的神秘性。我从她对数字的感觉感受到她对工作的挚爱——《极寒之后》中黄达斌"沉浸在数字的海洋里却是最幸福的时刻"，那些数字就像"儿时跟在父亲身后揉捏的那些板结的土地，一块块在他手中松软起来、活泛起来"；当他到银行工作后，父亲叮嘱他"银行是和钱打交道的，责任大着哩，就和种庄稼一样，你不偷懒，它就不会辜负你"……我欣赏云舒对数字的这种天然情感，同时又诧异她对文字的熟稔驾驭。诧异之后就是深深的敬佩——金融作家的大脑必是特殊材料制成！

云舒的小说还胜在细节。"中文+金融"，女主人公才情激荡，木秀于林，这样的情境之下，除非碰到极宽厚的领导，极有可能就是噩梦的开始。云舒是个真正做事的人，这让她与环境的不和谐找到了缘由。王安忆曾说，与人群不能协调是艺术家沉重的命运。现实中，一个人一旦开始做正事，他的狐朋狗友就没了，周围毫无意义的人和事就要开始隔离了，因为这个世界上并没有多少人会做正事，多数人喜欢混日子，所以那个真正做事的人就显得孤独而格格不入。

"直不楞登"的章清溪背后你总能感觉到一丝不易觉察的犀利和细腻：某县银行挪用二十万元公款炒股却用砖头包裹蒙混、煤堆上用雪层增加厚度、请财政厅领导吃掉饭店的观赏鱼、酒桌上随意的对话牵出家庭大战，等等。相信现实生活中不少人都曾"被存款"，随着各银行竞争，拉存款大战涉及了都市中的每一个人，身在银行的"涧溪""清溪"自然脱不开这一干系，然而，她为了完成任务，善于观察的她，从财政厅国库处处长的办公室书柜打开缺口，用一本《我们仨》"送礼"成功，亏章清溪想得出！然而，她的别出心裁还真的奏效，从来不瞧她一眼的李处长，竟真的被一本《我们仨》"拿下",这里的道理却是普世的——爱书的人,能坏到哪里?

加之,这个做事"一根筋"的弱女子,同时又是一位一身正气、有责任感、勇于担当的金融斗士,她业绩斐然,屡被打压,却不放弃对邪恶的斗争,为了避免国有资产的流失,冒着被打入冷宫的危险与"闺蜜"、与直接上司做坚决的斗争,正义最终回报了章清溪,总行向这个真正的人才伸出热情之手,国家的金融大业需要这样的勇士。

四

云舒小说对人性的不竭探掘也给我留下深刻印象。作家真是个狠角色,人性更如一口深井。上司同事闺蜜,亲情友情爱情,云舒冷静又热切地瞟着他们身上的人性黑洞,却比谁都懂得控制、冷静,通篇很少指责的字词,仿佛把这些"罪行"往读者面前只做镜像呈现:自己去看吧。然而,云舒深谙"欲擒故纵"之道,越是笔调节制,读者越是"激愤",虽没"失控"到"义愤填膺",却是一步步地跟随她看清地球这一隅人性的真相——她笔下的那些人物因缺点而真实。每当从她的小说里走出来,我的耳边都回荡着太宰治的"生而为人,我很抱歉"。

芥川龙之介在一篇短文《沼泽地》中提到一种"可怕的力量",这也正是我在云舒小说中时时感受到的一种惊悸,总感觉前方有一个陷阱,一个怪圈。难怪芥川把绘画作品《沼泽地》称为"杰作":"尤其是前景中的泥土,画得那么精细,甚至使人联想到踏上去时脚底下的感觉。这是一片滑溜溜的淤泥,踩上去扑哧一声,会没脚脖子。"人生无常,地震、山火、风暴、兵燹、海啸,再加上眼下的新冠肺炎,时时威胁着人类,人类就像蚜虫般被天灾人祸所灭杀,然而"章清溪"们的苦闷与迷茫似乎告诉同类,以上这些还不算真正可怕,世道人心的叵测才最令人绝望。人性的褶皱与人性的光辉一样都该被书写,也正因此,作家的人性书写可以统统归于锐利的钱锺书:"……在这本书(《围城》)里,我想写现代中国某一部分社会、某一类人物。写这类人,我没忘记他们是人类,只是人类,具有无毛两足动物的基本根性。"

我极为享受云舒这种独特的文学感觉——这是属于一位女行长的崎岖心路。"身在名场翻滚,心在荒村听雨"。银行人如恒河之沙,能把这一切形诸笔端者必为沙中之金。他们必定在庸常的工作之余保有一颗青葱之心,保持对世界的新奇感,对生活的纯真向往,一身土,一脚泥,仍石赤不夺,哪怕趔趄着,也要奔向精神深处那一种高情远致。挣扎着,匍匐盘旋着,也要抓住硝烟尽头的那一线光亮。

当我极力想从云舒小说中寻找不足时,就发现了她的故事情节的密集如雨。读云舒的小说,你要做好"急行军"的准备,千万别想缓步徐行,她不允许你软塌塌、温吞吞。云舒小说还像一个"野蛮女友",暴力但极为可爱,元气满满,势不可当,读之仿佛有一股热流在体内翻卷蒸腾。我有时一边读着就想"求饶":让我喘口气!心内喊着:注意"节律""留白"……同时转念,这正是云舒的功力啊!云舒这类作家,她的正业是金融,写作总是时而被搁置,就像塞林格在二战被炸毁的汽车残骸下面写作一样,也有刘庆邦把自己的写作看作"走窑汉挖煤"的深意,云舒耕耘数字同时又耽湎文字,自然也就惜时如金,快节奏也就可以理解了。何况,云舒能把小说的故事紧凑到令读者不必或无暇思考情节的合理性,已经是她独特而成功之处了。

奥地利作家茨威格曾说过:"上帝赠送的礼物早已暗中标好了价格。"我愿意把云舒的小说看作"上帝的礼物"。诚然,云舒为这礼物曾付出青春、汗水以及某些迟到,但信仰仍在,理想犹存,彼岸,终将被抵达。

纤柔之指　教育之疴
——读俞莉的教育题材小说

　　近些年，深圳教师、作家俞莉的教育题材小说被越来越多的人所关注：长篇小说《谁敲响了上课的钟声》（安徽文艺出版社，2012年7月），中短篇小说集《潮湿的春天》（海天出版社，2016年1月）以及《我和你的世界》（花城出版社，2018年7月），这些作品皆以俞莉在深圳的教师职业为背景，全景展现了教育这个全民行业中的学生主体、家长主体、教师主体以及教育背后社会各层面的生存万象，尤其以身在教育中的各类主体人物挣扎浮沉的故事提出了当下教育教学中存在的痼疾，在锋锐的观察与思考中，彰显了一位教师与作家的使命与担当，其主旨直指教育，关乎成长，更瞻向未来。

不会笑的孩子

　　《我和你的世界》中，高一学生周云瀚的母亲林雪燕打算在家长沙龙里提出自己的疑惑：孩子不会笑，算不算一个问题？

　　周云瀚在深圳中考失利，从春谷这个小县城一路打拼到深圳的林雪燕不甘于让儿子读职高，转学回到老家弋江中学。经历了被老师同学评为"最不守纪律前五名"而停课，也与母亲因电游激烈争执，又告别了早恋女孩……回到弋江的周云瀚竟然"不会笑了"。

　　岂止周云瀚，本来被林雪燕羡慕嫉妒的弋江一中品学兼优好学生柯童童，也渐渐失去了笑容。林雪燕与柯童童的母亲焦海棠是高中同学，二人高考后的人生立见分晓：林雪燕大学毕业后到深圳成为高级白领，而丈夫周志城则成为那一时期常见的——老板。他们不但拥有在深圳的中产生活，更让居无定所并时而面临失业的抄表工焦海棠隐隐不平：林雪燕居然在弋江买了投资住房……然而，这态势很快被双方的儿子"调换"过来：焦海棠生了个"别人家的孩子"柯童童，而周云瀚却险些"蓝领"。当然，这才到哪儿？柯童童并没因此一路高歌考进985，令人痛心疾首的是，他连高考都缺席了——因为母亲焦海棠的个人生活，柯童童受到严重刺激，加之高考前山雨欲来的比拼和重压，他的笑容从越来越少，到渐渐消失，在学校已有两个考生跳楼的高考前夕，柯童童过完十八岁生日，离家出走……

俞莉的教育题材小说中，出现了一大批柯童童和周云瀚一样本来聪明阳光却慢慢变得可气又可爱、在形势重压下挣扎又无奈的学生：《谁敲响了上课的钟声》中的张茵、简小龙、赖文豪、朱志华，中篇小说《潮湿的春天》里的刘诗诗、曾逸凡，《宝贝》中的宋宝儿、茵茵、俊文，《幸运草》中的李梦白、郑扬扬，《老板》中的赵若林，《无病呻吟》中的梅梅……这个格外辛苦的学生群体，在残酷排名下，在父母望子成龙的殷切目光中，在整个战争般的教育硝烟里，经历着个性与环境的冲突、胶着、炙烤，个人理想与外部因素的冲撞，以及少年成长时期升学带来的强力碾压。在中考、高考的羊肠小道上，他们迎来的第一个魔咒就是——排名，为了胜出，学生本身，分分钟被塞入被比较的行列，无人能逃脱。

《潮湿的春天》中的"好学生"、班长刘诗诗因一系列事件导致从"小白兔"到"小刺猬"的"基因突变"，她在全班面前声称不再"装"，"我装累了，以后不装了，我要活出真正的自己来"。于是，她请辞班长，口出狂言，狂傲不羁，暗恋班上的"刺儿头"，最后精神失常。《幸运草》中的李梦白有着男孩的共同特点：调皮，贪玩，但他也热爱生活，喜欢文学，然而最后在学校的严厉教育和家长的棍棒下迷上游戏。偷钱风波中，母亲刘伟红不但打他，还摔了电脑。《谁敲响了上课的钟声》中，代课教师叶小凡眼中的学生"其实真是不简单，点子多，又会玩，又老练。只要不看成绩，个个都很可爱。只是，为什么一说到学习就没了热情了呢？是什么缘由造成的厌倦"？学而优则仕，望子成龙，打着爱的名义，绑架孩子，要他们成功，可是在成人世界，极少人觉得这其实是自私的利己。看上去的"爱"，不断扩大着孩子们的心理阴影面积。

"我干吗要跟别人一样，我就是我！"《宝贝》中的宋宝儿终于对母亲发出自己的"吼声"。作为作者，俞莉借由小说人物也发出自己的嘶喊："'长大后我就成了你'！多么一厢情愿！为什么要成为你？为什么一定要成为你！为什么不能成为自己？"

教育学家告诫家长，不要把"你看人家谁谁"挂在嘴边，反而会打击、激怒孩子，加重孩子的抵触和反感。俞莉也在小说中表达了自己的痛惜："那些小孩子小学才毕业，不过十一二岁，就给他们分了类，贴上了标签，未免太残忍了点儿。"然而，无论家长还是学校，比较何曾停止？"人家谁谁"成为家长必杀技，学校更是将排名残酷地强加于无辜的孩子，无视个人差异，稚嫩的孩子时时被置于排名的风口浪尖：火箭班、精英班、分数、家世……自从他们出生，就被这样掂量，被称重，被选择，被排队，形成更加蚀骨的摧残。这样"比较"着，教育变得扭曲、变形，学生变得如此尴尬，而失去笑容的孩子会带给我们怎样的世界呢？

当《宝贝》中的宝儿向母亲建议再生一个孩子，母亲却对二胎如临大敌。对此，俞莉也有探索和反思：是否两个孩子更好一些？他就不会那么孤独？那么乖张自我？而家长也不会过度焦虑，过分在意？显然，对孩子倾注一切心思，让自己和孩子都透不过气。

"透不过气"的背后，是成人强加给孩子潮水般泛滥的爱——爱，有错吗？事实上，变味的爱确是一种暴政，有专家指出："有多少富家子弟被父母逼着经商，有多少中产子弟被父母逼着学琴，他们真的喜欢经商、学琴吗？"而我们的父母和学校往往将以上理由冠之以"爱"，无视孩子的具体状况，统统将自认为的"爱"暴戾地捆绑于孩子。我们考虑到孩子的自由发展了吗？考虑到尊重孩子的兴趣爱好吗？难怪最后孩子对父母吼出，你爱的是你自己！于是弑父母、跳楼轻生的悲剧时有发生。于是专家呼吁要"尊重对方的自由，尽量减少对别人的期望"，显然，如果"代入"

教育，这里的"别人"应该置换为"孩子"。

我们总是试图强行塑造一个活生生的人，就像城市里被修剪成各种造型的树，其实是对树的不敬。修剪成才是个误区，那个美丽的造型仅仅适于人类，却是以树的伤痛残缺为代价，这种修剪作用到学生身上，就是刘诗诗的疯、李梦白和柯童童的离家出走以及简小龙和周云瀚的"不想上学"。激烈抵抗之后，孩子们还学会了"冷战"，他们"似乎与老师分隔在两个世界，你讲你的，讲得口沫横飞，他们玩他们的，根本不理，也不捣乱，也不吭声，反正就是神游在自己的领地，你盯着他们，他们用眼神奇怪地反问你，你在说什么呢"。

教育走到这一步，一定出了问题。树不会说话，让人类随意摆弄，人不会。

"拿什么拯救你？我的孩子！"这是俞莉借《谁敲响了上课的钟声》中叶小凡之口表达的心痛。日本绘本作家佐野洋子在随笔集《可不可以不努力》中，告诫人类有时"把自己硬撑起来，就像把煎糊的厚蛋烧铲起来一样，会在锅底留下黑乎乎的残渣"，最后她提出"做真实的自己，即便不努力也没关系"。俞莉的小说也在探索一个类似命题，即"努力"的方向：人的行为一定关乎环境，光怪陆离的社交媒体使昔日地球村缩小为地球家，"家"里的事还能隐瞒谁？学校的初衷想让学生专注，却因为堵与疏的不当酿成悲剧。孩子成了机器，连走路吃饭都看书，作为人的快乐、尊严、信心，一次次被打击被摧毁，到最后归于了"钱学森之问"："为什么我们的学校总是培养不出杰出人才？"

太阳底下最崇高的……

"太阳底下最崇高的"教师，近年如同被绑上一辆战车。俞莉身为教师，奋战在教学一线，出自她笔下的那些故事，字字滴血，刀刀抵骨。

俞莉笔下的教师大致分为三个类型。"春蚕到死""蜡炬成灰"并对既有体制的拥护和躬体力行者，如《潮湿的春天》中木棉中学的拼命三郎、

"火箭班"班主任冯贞屏、《幸运草》中的米亚、《宝贝》中的邓老师、《我和你的世界》中的莫老师;倾注了自己的思考并对现状不同程度的抵触者,如《谁敲响了上课的钟声》中的代课教师叶小凡、《无病呻吟》中的李鹭、《老板》中的朱瑗瑗;而上官先生和秦朗则是教育体制改革的鼎力推行者。当然,无论哪一类,他们都是热爱教育事业、身携使命和责任的代表人物,却因对教育现状的不同态度迎来不同命运。

让老师和学生投票选出"最不守纪律五名同学"的情节分别出现在不同作品中,《幸运草》里的班主任阎老师,《我和你的世界》中周云瀚的班主任莫老师,这样做的最后都激化了矛盾,莫老师把云瀚的半边脸扇得热辣,林雪燕告到教育局,莫老师被开除,而林雪燕不得已也给云瀚转学。

这个情节涉及了班级排名、主副科冲突、老师对学生的体罚,最重要的还是这种投票的"变态"后果。赖文豪在作文中写道:"'刚才,我像是被美术老师扇了一记耳光,现在,我也要扇你们。你们同意吗?'我们同意了。只见老师一个巴掌扇过来,那一刻,我觉悟了!这一巴掌一下把我从梦中扇醒,这一巴掌是老师恨铁不成钢的良苦用心。"

俞莉让文中那位教育改革的倡导者秦海洋愤怒发声:"这样的老师怎么能培养出健康的下一代?""最可悲的是,你看那个结尾,他觉悟了,觉悟出这一巴掌代表老师的恨铁不成钢!……他从此觉悟了?没有再违纪了?这一巴掌就这么被肯定了?"这样的诘问无疑一串惊雷,将人们所思而无言的疑问导向空中,炸裂。

《幸运草》中李梦白的老师米亚也是强悍派,米亚是个"能干"的教师,尤其以管理烂班出名,"这些孩子就配来狠的"。《老板》中的"我"也是一名教师,与《无病呻吟》中的李鹭三十四岁就被学生甩了一句"更年期"境况相近。监控摄像头的细节,分别出现在《潮湿的春天》和《无病呻吟》中。《潮湿的春天》中当刘诗诗在冯老师的办公室看到工人安装摄像头,"身体好像被谁猛推了一下,朝后仰了仰,眼神复杂",而后她的眼睛不时瞟在监控摄像头上,仿佛那是什么值得让人玩味又令人恐惧的怪物;《无病呻吟》中的李鹭因为工作不敢要孩子,并且经常做噩梦,梦见迟到,或被校领导听"推门课",或在一个陌生学校监考却找不到教室……李鹭也是抵触监控摄像头的,"高高在上的眼光,悬在头顶……就像赤身裸体在众人面前"。以至于年轻的她竟希望自己生病,终于,学生梅梅用黑绸布蒙住了摄像头:"老师,你不是最讨厌摄像头吗?"——老师的"心结"竟被一个"有病"的孩子窥破。

《谁敲响了上课的钟声》中的女主人公叶小凡是一位代课教师,面对着转正的命运以及同事之间的内卷,更重要的是让人"头疼"的学生。为了找到出走的张茵,她借助注册了QQ号"烦着呢"稳住张茵,为的是让警察迅速定位。

"你烦什么?"张茵问。
"烦学习,烦妈妈,烦课堂,一切都烦。"

以这种方式跟自己的学生"斗智斗勇",好笑又辛酸,令人难忘。俞莉小说中有许多老师寻找出走学生的情节。找到张茵不久,叶小凡就开始满大街地寻找"藏在小士多店后面的网吧"里的简小龙,"当班主任真比当妈还累,妈只管一个孩子,而她要管四十多个孩子"。叶小凡反省自己,不也是压迫他们的一员吗?"可是,有什么办法?政府要政绩,学校要声誉,老师要分数。上面压老师,老师压学生——教育制度不改,任何一句响亮的口号都是空话。"

教师本身已疲于奔命,教师之间,既在同一战壕,又利益攸关。为分数计较是件悲哀的事,然而谁也无力逃脱。"千学万学学做真人,千教万教教人求真",这是木棉中学石柱上的两句话。叶小凡经常无语凝望,显然这等同于俞莉的凝望。

俞莉笔下的教师或霸气凌厉,或明快贞静,或乾坤朗朗。秦朗虽出场不多,一个血气方刚、胸怀一腔热望的热血青年形象呼之欲出。秦朗期望在深圳实现自己的教育梦想,他以为深圳有别于内地,事实却告诉他,"别"肯定存在,但深圳"同"起来,更让他苦不堪言。"太阳底下最崇高的"背后,其实有多少琐屑、辛酸和不堪。

"下辈子跟谁有仇就罚他当家长"

学生和教师周围，站着更为壮观的家长群体。倘若从这一角度出发，教育牵涉到了更为广阔的维度——谁家没有孩子？谁没当过家长？

在"家长"这个名号面前，几乎所有老师对所有家长发出同样的警告："有的家长有意见，嫌麻烦，说工作忙，现在谁工作不忙？再忙，孩子的事也是大事。就一个孩子，你们都嫌累，我们老师要管那么多孩子怎么办？不要以为孩子送到学校，交给老师就行了，这是错误观点。"

老师说错了吗？"老师是对的。你的孩子你能不管？你敢不管？这世界就像赛跑，决不能输在起跑线上。"而这加重的却是那些职场母亲的惭愧和焦虑。她们的职场形态千差万别，都要面临升迁、裁员等，特别是性别本身已经敏感，再加上身后这个孩子，职场母亲的状况可想而知。

周云瀚把书桌上打印好的A4纸递给林雪燕让她填写，其中最后一条是"你的孩子喜欢上学吗？""你觉得学校好玩吗？"云瀚没有回答；丈夫周志诚"眼睛有血丝"，男人很累无疑，那么谁来管教孩子？林雪燕也想过辞职回家做全职，却终有不甘，"好不容易一路读书读出来，来到深圳，打拼到现在，难道就此放弃？难道她的人生价值最后就落得在家陪孩子"？

云瀚因去红树林看黑脸琵鹭，受到老师严厉"收拾"，抄写《弟子规》五十遍，林雪燕说不清老师这样是否应该，她签字时心情是"矛盾纠结"的；纠结绝不止她一个，平时那几个邻居交谈起来，也面临各种叛逆。

相对网游、逃课等，早恋这颗"定时炸弹"也时而造访。云瀚恰恰早恋了，恰恰"不争气"了，只考了职高，好强的雪燕岂能允许儿子如此"惨败"？忍痛辞职把云瀚转回老家重读高中。这时，她看到了那个早恋女孩写给云瀚的信，那些十四五岁的孩子，信中的温情，令林雪燕惊讶又感动。然而，她虽能体谅中学生高压下心灵的郁闷与孤独，但她又不得不扮演一个摧毁者。

转回老家的云瀚就脱胎换骨了吗？他成了不会笑的人！当林雪燕渐渐沦为"怨妇"，焦海棠却暗自骄傲，以为儿子的优秀扳回了人生一局，"人生总还是公平的"。

果真如此吗？

由于焦海棠与邱师傅的地下交往被发现，邱妻带人打上门，柯童童在家目睹了这一切，加之竞争和高考的残酷压力，他先是睡眠障碍，然后焦虑，继而抑郁，也"很久没有笑过了"。一个十八岁的学生，一边是刀山火海的高考，另一边却要面对家庭窘境，可以想象童童内心经历了怎样的啃噬烧灼、排山倒海。他在十八岁生日第二天，给家长留字条："我就是想出去几天，我会回来参加高考的。"然而他并没回来。

家长被孩子折磨，与孩子之间成为寇仇。《谁敲响了上课的钟声》里，一个妈妈到学校开家长会，竟接到儿子留给自己的纸条——"滚！谁叫你来的！"妈妈抹着眼泪，伤心欲绝，引起老师们的"同情和公愤"。宋宝儿威胁把母亲QQ拉黑，吓得母亲再不敢说话，更让母亲崩溃的是宋宝儿用假手机模型骗她。邻家好孩子茵茵，倒是从不玩游戏，热爱阅读，却因为一只鹦鹉从四楼跳下，折断一条腿。施文的另一闺蜜郭春红的儿子俊文如愿考上一所上海大学，并获得一等奖学金，因同学嫉妒引发争执，俊文用刀刺伤同学被带到派出所……无论长篇，还是中短篇小说中，俞莉多次写到一句话，"下辈子跟谁有仇就罚他当家长"。

曾经，成为家长是多么幸福的事！

家长们还有一个顽固"敌人"——网游。周云瀚、赖文豪、李梦白，他们都曾因玩游戏与母亲战争升级，离家出走。著名学者周国平也曾因儿子玩电游而苦恼，尽管他自称"最看重爱和自由"，终因儿子在电游这件事上，"我的见解遭到了挑战，我的困惑多于明白"。《我和你的世界》中，云瀚因晚归爆发冲突后第二天早晨迟迟不出门上学。林雪燕问云瀚："你到底去不去上学？"云瀚没忍住眼泪，带着哭音大声说道："我不想去学校，不想去！""我讨厌上学！讨厌排名！"

林雪燕惊讶的是，回到弋江后，大学教师苏南的女儿也是"不想念书，痛恨去学校"。

学生，老师，家长，究竟谁错了？

教育背后的社会思考

在教育主题的背后，俞莉还笔调节制地揭示出社会大背景下人性的复杂、隐晦和曲折。因教育话题引出的社会万象：网游、单亲家庭、社会竞争、婚外诱惑、职场内卷、理想与现实的冲突，无不烧灼着现代人的神经。

俞莉笔下，各类人物显示出强烈的命运感。无论有钱没钱，学历高低，城市农村，每个人都背负着命运这个咒符，在同一片天空下挣扎。俞莉通过小说提出问题、寻找希望的同时，描摹出了当下社会各个人群的困境。她在《我和你的世界》中直接提出自己的困惑——

> 现在的教育到底怎么了？一个个都不快乐，孩子不快乐，家长不快乐，老师也不快乐，整个社会都不快乐。难道教育不是让人变得更好，人格更健全吗？

作为女性，俞莉笔下多为教育主题下的女性人物：女教师，女性家长。她们在职场、孩子、学校、家庭以及个人情感诸多方面经受着痛苦的纠缠挤压，然而，作为教育环境中的男性就能轻松吗？

俞莉笔下的男性，虽不多，但很有代表性。除了一个个奋斗挣扎的男性家长，还有几位男教师：秦海洋的外甥秦朗、宋子立、班主任邓老师等。他们要面对代课教师的尴尬，要面对学校的竞争，同时像秦朗还要面对深圳带给他的期望落差。

除却社会责任、人生使命、理想抱负的大道理，养家糊口成为男人最为切近的责任，他们成功的标志就是——忙。东方未明颠倒衣裳的是昔日小吏，当代男人东方未明的时候不但不能颠倒衣裳还要衣履鲜明，到了夜晚，陪客户是事实，诱惑也是事实，衣裳是否颠倒真就难说了……男人女人都有理由，一地鸡毛谁之过？

《我和你的世界》里，柯童童在作文中写过"我们常说，父亲是山，父亲的臂膀是最有力的依靠，而我却认为母亲的怀抱则是心灵深处的归宿"。事实上，柯大为的确缺失了儿子的成长，儿子每天面对的只有两个女人：外婆和妈妈。

《老板》中的"我"和丈夫都是教师，面对老板表哥赵楠林，以及作为家长的表嫂吴春华，生活的困惑带给他们同样的煎熬。吴春华是职员同时也是家长，儿子赵若森把她从"一个优雅的知性女子打造成一介怨妇"，赵若森沉迷游戏，吴春华与林雪燕、施文一样，三对母子之间因为游戏、因为早恋、因为在学校的纪律问题斗到两败甚至三败、多败俱伤。她们都痛恨这个新媒体时代，诅咒网络这个恶魔，同时，她们又要面对家庭的另一半——作为企业家的丈夫。赵楠林本是科技大学博士，是家族的骄傲，但自从到深圳下海经商，噩梦开始。作为"老板"，他就像周志诚、李大勇们整天一副"成功男人"的标配：家里难得见人。吴春华告诉"我"，她和赵楠林虽然同在一个屋檐下，却经常见不着面，施文、林雪燕面临的也是同样的家庭战争。而"我"的丈夫在福田一家中学的高中部带高三，基本上是"卖身给学校的"，他们为此不敢要孩子，"连自己的生存都应接不暇，哪有工夫炮制第二代？就是有，也养不起"。

一个默认的社会规则：女人被定义为家庭付出，男人要在外面拼世界。无论现实还是作品，在教育孩子的过程中，必定要接受父亲的缺席——每次学校开家长会的，大多是妈妈。

大学教师苏南的妻子是政府官员，他称呼妻子"人家"；焦海棠与邱师傅，林海燕与苏南，施文与老陶……更有那些单亲学生——阅读俞莉的小说，一定要注意"深圳"这个迥异于其他的大城市，其火箭式突飞猛进，以及特殊的家庭结构，势必反作用于教育。作为教师，无论现实中的俞莉，还是作品中的叶小凡们，都要面对"失父"的学生，简小龙十四岁成为孤儿，母亲再嫁后生了孩子，只把他一人留在家中，叶小凡要时而行使家长之责，把重病中的简小龙从死神身边拉回来……

几年前，一位空军专家公布了一个数据：高近视率已经影响到了国防安全，一所上万人的中学，竟招不到一个合格的飞行预备学员！在分析近视原因时，专家指出，西方国家电子产品比中国使用得更早更普遍，为什么中国青少年的近视率世界第一？显然还有更深层次的原因：用眼过度。假如再进一步，就探到了教育体制：堆积如山的作业，严酷的分班和排名，血腥般的升学、就业竞争，到最后，学生的高近视率背后潜藏的，不仅仅是后备飞行人员问题，而是中国青少年的整体健康。这一结论，不能不说振聋发聩。

深圳底片上的本色呈现

鹏城深圳，蒸腾激扬。然而，与深圳浓烈霸气的城市气质不同，俞莉给人的感觉总是静的，她的写作更有一种不慌不忙的静气。她自称在热火朝天的特区，自己更像一株"阴生的植物"，适合在"背光的地方安静缓慢地生长"。安静的人，安静地教书，安静地写作，她把一张书桌安静地放置在了内心深处。

不过，千万不要被安静蒙蔽，所谓静水流深，安静的水面下是力量的汹涌。俞莉属于"心慈""手狠"的作家，她的文字充满了对于探索和出发的迷恋，韧而坚执，石赤不夺。在教育这片浩瀚的丛林里，俞莉甘愿做一只啄木鸟，或许这种手术刀式精确剖析、直抵问题核心的坦率和真诚令人不适，但必须承认，作家的文学执念是不可救药的，经年累月的乐此不疲，就是俞莉的一部部作品，她是通过作品向她挚爱的教育事业致敬。人类的肉身需要医学意义上的医生，不可否认的是，当物质发展到一定阶段，人类精神和思想的世界越发娇气起来，却不愿意承认自己需要精神和思想的医生。那么，就让作家站出来吧，何况，俞莉还是教育一线的实践者，无须刻意"体验生活"，笔下的故事切进血肉，真实淋漓。哪怕"纠错"的过程如刀刮骨，且忍耐一下，相信若干年后我们会感谢这种疼。

上官先生和秦朗是俞莉精心塑造的两个人物，她让这二人对教育的思考和探索带给我们心灵微火。周云瀚转到红湾实验小学后，校长正是力推改革的上官先生。这是一个教育先行者，他竭力改变教育现状，虽作为孤独的失败者成为人们眼中可笑的堂吉诃德，但俞莉对这个人物更多的是激赏，"不管这些探索多么稚嫩、粗糙，不管我们蒙受了多大的孤独和挫败，也是值得自豪的，因为我们是在和形形色色畸形、伪善的教育抗争"。秦朗与上官先生一样都怀着一腔热血和自己的教育理想来到深圳。事实证明，他们的探索在引发社会思考的同时也正在优化着某些教育规则，我们身边的世界也必将迎来越来越多的人性和科学。

俞莉在小说中多次提到"四叶草"。《幸运草》中的李梦白到了咸宁，去找一种四叶草，他曾被老师教导"找到四叶草很幸运"……看得出，俞莉执意要用一支笔，钻探一眼教育的深井，为她的学生，为健朗澄明的教育生态，寻找一株幸运的"四叶草"。尽管这样的寻找充满艰辛，甚而成为滚石上山的西西弗斯，但我们仍要为她的坚执鼓与呼。

后　　记

　　《无关颜值》付梓之际，我依然羞于提及"评论"二字。

　　事实上，我一直是作为一个阅读者和写作者支配文字的。因这二者的业余性，连"作家"二字都耻于与自己关联，更遑论"评论"。倘若非要定位，也仅仅是一个实实在在的文学票友。于是，所有的写作时间，我对"评论"仰之弥高，仿佛站在泰山脚下仰望极顶……

　　话说，远在我写作之前，在党校从事教学时，曾在报刊的展示栏里结识了一本杂志——《文学自由谈》。仅仅刊出那一期杂志的目录预告，一般出现在报纸下方或期刊内页。杂志名称首先吸引了我：文学自由谈，真的"自由"吗？"自由"到何种程度？看完目录，有些"得寸进尺"：或许，我也可以"谈谈"？后来订阅了这本杂志，遍读其中文章，下意识地觉得自己也"有话想说"。尽管投稿是很晚的事了，却从此与这本杂志结下不浅的缘分。《文学自由谈》是双月刊，在我写作的这些年，有那么几年经常大满贯地占满六期，少时也有三到五期。就有那么一天，忽然我被身边的文学界专家和朋友冠以"评论家"，这让我的吃惊不亚于面对UFO。当我对这一称呼提出质疑时，对方立即反驳："你长期'霸占'《文学自由谈》，早就是评论家啦！"

　　这更让我目瞪口呆：《文学自由谈》原是评论杂志？难道自己一直写的是评论文章？可是不对嘛，每一篇文章都是心之所至、笔之跟随，非要冠以文体，或许"随笔"才是我对这些文章体裁的自我认定。而事实却是：当我写下那些文章时，丝毫未曾想过它的体裁，诗歌、小说、戏剧自然相距甚远，散文、随笔倒有可能，只是行文过程自始至终绝无"评论"意识，也从未深究过这本杂志是否是"评论"期刊，只是一篇篇投稿，编辑一篇篇发表，至今未曾见过编辑，更不曾与他们讨论过这些文章的体裁。

当然，挂着"评论家"的名号，我也在悄悄地检视自己。是啊，这些年倏忽间就写下不少身边的、远方的、相识的、陌生的作家朋友的作品"评论"——千真万确，当初写这些文章时，熟悉的作家朋友往往人与作品一同欣赏，而相当一部分作家至今根本不曾谋面，甚至后来对方才知有我这个人为他（她）写过一篇文章，足可见我写作时是如何的"信马由缰"——当对方用作品"踢"醒了我，这才不吐不快地赋笔成文。确切说，当时写下这些文章时，依然是从心出发的"读后感"式文字。有那么一天，把这些文章集中起来，竟也有了些"规模"。恰在这时，石家庄市文联竟把我吸收进文艺评论家协会，似乎，这样一来，我的"评论"身份"顺理成章"起来，只是蓦然回首，我依然想把"评论家"前面加上一个"被"字。

当然，被"评论家"的感觉，也挺新奇的。或许定性为这本书问世的理由更为恰切。本书分为四辑。第一、二辑所录文章大多是在以《文学自由谈》为主的报刊发表，文章多以思辨、赏析为主，有的针对一种文学现象有感而发，有的是因某部书、某个作家引发的思索，把它们定义为这些年读和写的结晶，似乎并无不妥。比如《迷人的缺陷》始自毛姆，当初读《月亮与六便士》时就感到了这位毒舌作家的非同寻常，及至后来了解到他那不堪的亲情，他生理上的口吃和矮小，他在人群中的自卑和腼腆，他对金钱的锱铢必较……可是他却为读者奉献了一百多部长篇、中短篇以及戏剧、散文随笔等作品，至今他依然不断"涨粉"，正应了他在《月亮与六便士》开篇时的一句话："艺术中最有趣的就是艺术家的个性；如果艺术家赋有独特的性格，尽管他有一千个缺点，我也可以原谅。"再后来读到更多的经典作家："被梅毒所毁的天才"莫泊桑，暴躁蛮横的海明威，家庭关系一团糟的托尔斯泰，赌徒陀思妥耶夫斯基……即使在现实中，身边的男女作家也"个性"十足！哪怕可以称为缺陷，但又不得不承认，正是这样的"缺陷"，辉映了他们的文学成就。

第三、四辑则多为作家文友所作书评。有的是受人之托，也有的是无意间读到一部新作，尽管并不知作者何方人士，可是作为读书人，被一本书击中，写下自己的所思所想自认人生快事。比如我偶然读到一位北漂作者李辉所著的《假如你在地铁里遇见我》，立即被吸引，一口气读完，遂成《一个人的地铁，一座城的时代印记》，至今我也没见过李辉；日籍华人女作家黑孩也是无意之中认识的，先是读到她的短篇小说《百分之百的痛》，因此关注她，一发不可收：《惠比寿花园广场》《贝尔蒙特公园》《上野不忍池》等，她笔下所披露的人性，笔调的静冷与幽深让我不由得想到芥川龙之介的《罗生门》，虽至今尚未谋面，但情不自禁为她写下的每一个字都流自心间。再如金一南的《苦难辉煌》，这本书在全国一路高歌上热搜的时候我并没读到，下意识地以为书中内容不过政治说教或对历史的另一种解读，隐隐地生出一种微微的排斥。直到后来在北京听他为华侨开的一次讲座，讲座内容并未涉及这本书，但金一南将军的学识、胸襟以及家国担当令在场的听众无不折服，我则当场在网上下单买下这本书，才有了后来的《苦难 人生的钙片》……

我真正写作的时间并不长，却得到包括文学界在内的许多领导和朋友无私的支持与奖掖，这让自己时刻心存感恩的同时，更保持一份清醒和初心，朝乾夕惕，不负所期。具体到这本书的问世，诚挚感谢石家庄市委宣传部、石家庄市文联以及花山文艺出版社，感谢在每一个环节给予支持、付出辛勤劳动的各位领导和朋友们，很荣幸，你们为她"接生"！

刘世芬
2022 年 8 月